RECONSTRUIDOS

LA INICIATIVA CLOVER

MICHELLE MONÁRREZ

Para Manuel, el caballero de mis estrellas y el amor de mi vida.

"Esa persona que ayuda a los demás simplemente porque es lo correcto es sin duda un verdadero superhéroe." - Stan Lee

CRIMSON_

Su padre guardaba esqueletos en su armario. El cráneo de un esqueleto, para ser precisos. Alyssa sospechaba que el cráneo estaba formado por partes de otros: el parietal de uno, la mandíbula de otro, la cuenca ocular de uno más. A veces, cerraba los ojos e invocaba la imagen de esos huesos; el recuerdo le llegaba siempre igual: huesos quemados y curados, la sonrisa astillada de una mandíbula torcida, cuencas oculares vacías que le regresaban la mirada, un grito ahogado en su garganta. Las piezas óseas siempre encajaban como un macabro rompecabezas.

La razón por la cuál su padre se quedó con el cráneo se le escapaba, tal vez había sido un recuerdo de sus días en la escuela de medicina, antes de su prolífica carrera en el novedoso campo de la investigación genética y de defensa, o quizás lo necesitaba para no olvidar los días más oscuros.

Las pocas veces que habló de la Guerra dijo que había escasez de todo, pero un exceso de muerte. Después de que las naves cayeran del cielo, la carrera de su padre despegó gracias a su investigación de la tecnología que los invasores dejaron atrás. Construyó el resto soñando cómo proteger la Tierra, aunque pasaron casi veinte años sin riesgo visible en la atmósfera. El cráneo permaneció en el fondo de un armario, acumulando polvo, sin que Alyssa conociera su propósito.

Cuando pensó en los registros que escondía en su escritorio, Alyssa supo que estaba siguiendo su ejemplo, pues ella también guardaba esqueletos o más bien archivos y fotografías de ellos. Mantuvo informes de casos en los que trabajó como pasante en el Reino Unido, alguna vez representaron la oportunidad para una carrera brillante, y la vida que podría haber tenido.

La luz del monitor flotante forzó la vista de Alyssa mientras terminaba de leer un informe de su nuevo trabajo en la Unidad Delta. Cerró los ojos y se los masajeó con las yemas de los dedos, ¿cuándo fue la última vez que tomó un descanso? Observó la oficina gris; la fila de escritorios detrás del suyo estaba vacía y todos los demás monitores flotantes estaban apagados. La pantalla que abarcaba la pared de la parte posterior del Departamento de Archivos mostraba la hora con números digitales verdes: 11:03 pm. No era de extrañar que estuviera sola. Había perdido la noción del tiempo tratando de ponerse al día con su trabajo.

«Debería terminar por esta noche», pensó Alyssa, los viejos expedientes que tenía que leer todavía estarían allí al día siguiente. Debería irse a casa, darse una ducha y acurrucarse en su cama con una taza de té; necesitaba descansar bien y estar alerta para otro día de familiarizarse con el trabajo en su nueva unidad.

La mirada de Alyssa se dirigió a los cajones de su escritorio, podía irse a casa, o podía echar un vistazo a lo que se escondía allí.

Luego de dar otra mirada alrededor de la oficina vacía, Alyssa lo decidió.

—Solo un vistazo rápido.

Después de dejar a un lado los documentos y registros de la

unidad aprobados para triturar, Alyssa sacó los archivos de sus casos antiguos; cinco sobres manila se escondían debajo de un montón de papel para impresora, una grapadora y varios artículos de oficina. Alyssa eligió el informe sobre el último caso en el que trabajó como pasante antes de trasladarse a Estados Unidos. Al abrir la carpeta, volvió a las fotos y registros de la escena del crimen.

Más de lo que quería admitir, esto se estaba convirtiendo en una rutina. Cada vez que estaba sola en Archivos, sacaba sus viejos registros de casos; estos y otros documentos oficiales no podían salir del área, pero podía guardarlos en su escritorio. No había reglas exactas contra la lectura de casos a los que su unidad actual nunca había sido asignada, y las reglas tampoco eran claras acerca de tratar de resolverlos.

La escena era de *Camden Trials*, un *rave* en el norte de Londres que salió mal en el sentido más fatal de la palabra. Las fuerzas policiacas descubrieron cadáveres momificados y la primera llamada que hicieron fue al Departamento Militar privado de Clover Co., pues los casos que involucraban a elementos genéticamente mejorados estaban bajo su jurisdicción. La antigua unidad de Alyssa llegó al lugar como equipo de apoyo y limpieza; en ese momento, ella todavía formaba parte de la Academia Militar de Clover y estaba en camino a graduarse en la División de Narcóticos Mejorados. Ella misma tomó esas fotos.

Mientras leía el informe, Alyssa ignoró los escalofríos que recorrían sus brazos, pero no pudo ignorar el frío que sacudió sus huesos. La puerta de Archivos se abrió con un suave siseo y el corazón de ella saltó a su garganta.

—Sabía que te encontraría aquí, Crimson. —A través de la puerta entró James Kings, el líder de su nueva unidad.

Alyssa abandonó sus frenéticos esfuerzos por ocultar los

archivos del caso. Cuando conoció a James por primera vez hace tres meses, se los habría ocultado, pero ya no.

—¡No entres así! Me asustaste. —El calor subió a sus mejillas, tiñéndolas de bronce. Colocó una mano sobre su pecho, tratando de calmar su corazón acelerado—. Y no me llames así, ya no estoy en turno. —No era raro que la llamaran por su nombre en clave, pero los nombres en clave eran para funciones militares y misiones de campo, Alyssa prefería ser ella misma tan cerca de la medianoche.

—Y a pesar de eso sigues trabajando. Deberías estar en casa.

Alyssa soltó una carcajada. A James le gustaba hacerle pasar un mal rato por trabajar durante muchas horas consecutivas, aunque él hacía lo mismo.

—Mira quien habla.

James se acercó más a su escritorio, una sonrisa relajada descansando en su rostro.

—Deberías aprovechar los turnos cortos mientras puedas, novata. —Su mirada dorada pasó de ella a los archivos que había estado mirando, la comisura de su boca se contrajo con repulsión—. ¿Sigues revisando esos casos de Narcóticos Mejorados?

—Solo revisaba mis viejas fotos y notas.

—Hm... ¿Puedo?

Alyssa empujó los documentos hacia él, y aunque James los había visto muchas veces antes en los últimos tres meses, no parecía importarle pues cada vez se tomaba el tiempo de leerlos y Alyssa lo apreciaba por ello.

—Esto es nuevo. —James siguió leyendo—. Uno pensaría que estos cinco casos tienen algo que ver con la misma droga. —Dejó los papeles—. ¿Piedras Brillantes?

—Sí. —Alyssa se encogió de hombros—. Tengo una teoría.

—¿Y qué estás esperando? Cuéntamela.

—Bueno. —Su pulso se aceleró cuando tomó la carpeta—. Los signos post mortem son los que conectan a todas las víctimas con la misma droga, también pensé que el entorno era favorable para su consumo.

Alyssa recordó los lugares donde se llevaron a cabo las fiestas: mansiones de celebridades, clubes exclusivos de alto perfil y espacios clandestinos registraron fiestas que terminaron de manera similar a *Camden Trials*. Los invitados sufrían una sobredosis en cuestión de minutos y las cifras de víctimas aumentaban por docenas; todos tenían los pulmones colapsados, lucían desfigurados y su piel tenía la textura de pergamino correoso.

James se rascó la barbilla.

—Pero muchas drogas mejoradas tienen los mismos efectos, y los lugares son demasiado diferentes en estilo para estar conectados a una droga específica.

—Así es, demasiadas variables dificultarían la confirmación de algo. Pero Piedras Brillantes es una droga mejorada bastante nueva. Nueva evidencia sugiere que Francia es su país de origen, allí se registraron los primeros casos de sobredosis de Piedras Brillantes, y actualmente es el país más afectado. Lo que conecta a cada una de las víctimas es el idioma que hablaron por última vez en las fiestas.

Alyssa colocó un registro de identificación de las víctimas frente a James. Los datos mostrados provenían de chips traductores, detallaban el idioma nativo de cada víctima y cuándo interactuaba cada chip con otro para poder traducir.

—¿Estás utilizando datos de chips traductores? —James se inclinó para ver mejor el informe, proyectando una enorme sombra sobre la larga superficie del escritorio—. ¿Por qué?

—Los chips traductores casi eliminan la necesidad de aprender otros idiomas porque todos los usamos, pero los hablantes nativos notan cuándo el chip está traduciendo el habla de otra persona. Los chips aún no han logrado que la conversación suene natural.

—Eh, es verdad. Supongo que nunca lo había pensado.

—La mayoría de la gente no lo hace, estamos acostumbrados. Pero en las redes del crimen, esto se ha convertido en una forma de identificar a los forasteros. Por eso tienes que ser lingüista si quieres ir a misiones encubiertas.

—O de lo contrario llamas la atención.

—Correcto.

James continuó leyendo el informe del chip traductor.

—¿Por qué están resaltadas estas marcas de tiempo?

—Todas las víctimas hablaron francés con una persona en particular en la fiesta, esas marcas de tiempo nos dejan saber los momentos en que sus chips traductores se conectaron a esta mujer. —Alyssa señaló un nombre en la lista de testigos—. Abrielle Cartier. La busqué y, en el Reino Unido, no tiene antecedentes penales.

—¿Pero en otro lado?

—Tiene un par de antecedentes relacionados con drogas sin mucha importancia, principalmente posesión y supuesta distribución, pero quizás se haya trasladado a drogas mejoradas. Ella podría ser una sospechosa, una pista.

—¡Mírate! —James le sonrió con los ojos muy abiertos—. Alyssa, esto es genial. ¿Qué sigue?

—¿Si realmente estuviera liderando la investigación? Primero, ordenaría una revisión completa de antecedentes de Cartier. Si eso coincidiera con los detalles del caso, tal vez iniciaría una misión encubierta.

—Quiero decir, ¿qué planeas hacer realmente con esto?

Como una vela que se apaga, Alyssa sintió que su calor la abandonaba; juntar las piezas para este caso fue un pasatiempo para ella, solo una forma de ejercitar su músculo investigativo, o eso se decía a sí misma cada vez que miraba los informes. ¿Había estado intentando hacer otra cosa todo este tiempo? Podía sentir a James mirándola, incitándola a hacer algo más con esta información.

—Ya no hay nada que pueda hacer al respecto. —Alyssa recogió los registros del caso y cerró la carpeta—. Ni siquiera debería estar mirando estos registros. Tú lo sabes.

—Sí —dijo James—, pero sigo pensando que deberías hacer algo al respecto. Cuando me mostraste estos casos por primera vez, apenas había pistas. Y ahora, aquí hay una investigación extensa que respalda tu nueva teoría.

—Sí la hay.

—Tal vez incluso lo suficiente para apelar tu evaluación de salida de Narcóticos Mejorados.

Un repentino e intenso dolor en el pecho le recordó cómo la División de Narcóticos Mejorados la rechazó justo después de graduarse de la Academia; las posibilidades de seguir la carrera para la que la habían preparado eran menos que escasas pues Narcóticos Mejorados dejó en claro que no estaban interesados, y no eran los únicos, las otras divisiones de la oficina de Clover en el Reino Unido solo necesitaban hojear su expediente permanente para desestimarla. El único lugar que le quedaba era en el extranjero, con las unidades de Respuesta Especial.

James tomó su silencio como una señal para seguir hablando.

—Mira, creo...

—¿Que tengo mucho potencial? ¿Que debería luchar para demostrar mi valía y salir de Archivos?

—¡Sí, porque eres una mejorada! Como yo y todos los cadetes de nuestra división. Los soldados mejorados tienen su lugar en las misiones de campo.

—Lo sé, lo has dicho antes.

—¿Sabes qué más he dicho antes? Tus talentos se desperdician en este departamento. Incluso en esta unidad.

Alyssa se burló, los talentos venían de forma natural, los

poderes otorgados por el proceso de mejoramiento no tanto; provenían de la firma de su padre que autorizó los ensayos médicos cuando ella era apenas una niña.

—Estos poderes no son talentos.

James le dirigió una de sus miradas de mentor. Sus ojos dorados se destacaban como dos lunas llenas de otoño en la oscura tez de su rostro.

—Sabes a lo que me refiero. Estás capacitada para el trabajo encubierto, hablas cuatro idiomas, fuiste preparada para las Fuerzas Especiales Mejoradas.

—Aprecio tu aporte, James. —Metió la carpeta de vuelta en su escondite—. Pero perdí esa oportunidad. Ahora tengo que buscar otras aquí.

—¿Es por eso que sigues trabajando horas extras?

Alyssa le dirigió una sonrisa, aunque apretaba sus labios. Ella nunca planeó ser parte de las unidades de Respuesta Especial; con toda su formación en la Academia dedicada a una trayectoria profesional diferente, ahora necesitaba dedicar todo su tiempo a adaptarse a su nueva línea de trabajo.

—Solo quiero causar una buena impresión.

James se rio entre dientes.

—Hay otras formas de hacer eso, ¿sabes? Puedo hablar con el comandante Fox para que finalmente te envíe a misiones de campo con Robin y conmigo.

Una punzada de pánico le recorrió la nuca, las misiones de campo significaban más oportunidades para usar sus habilidades, pero Alyssa no estaba lista para eso, no después de la última vez que las usó.

—No. —Su voz salió más cortante de lo que pretendía.

Se levantó de su escritorio y recogió sus cosas en su bolso. Le dirigió a James una sonrisa, tratando de compensar su tono brusco.

—Aprecio el sentimiento, James, de verdad. Pero prefiero hacer las cosas a mi manera.

James la miró como si analizara su respuesta.

—Entonces, ¿cuál es el plan, Alyssa? No puedes quedarte en Archivos para siempre.

Alyssa miró a James por el rabillo del ojo.

—Solo quiero pasar desapercibida. Si no me hago notar más en la empresa, tal vez pueda mantener este trabajo, comenzar mi carrera en mis propios términos. —Y esos términos incluían no tocar la energía vital en bruto que vivía dentro de ella. Si nunca volvía a usar sus poderes, sería demasiado pronto.

—Creo... —James buscó sus palabras—. Creo que es demasiado tarde para tener esta conversación.

—¿Es demasiado tarde para mi carrera? —Preguntó ella, el miedo apoderándose de su pecho.

—Quiero decir, es después de medianoche. —James señaló los números digitales en la pared detrás de ellos—. Ambos deberíamos irnos a casa.

No pudo contener una sonrisa agridulce.

—No voy a renunciar a esto. —James tomó su chaqueta, que ella casi olvidaba, y se la entregó—. Deberías saber eso ya.

Alyssa soltó una risa seca.

—Claro.

El sonido del telecomunicador la despertó. Alyssa abrió los ojos, la oscuridad de su sala la envolvió, invitándola a volver a dormir; se obligó a sentarse con un gruñido, su cuello rígido quejándose por haberse quedado dormida en el sofá. El telecomunicador sonó por segunda vez. Mientras caminaba hacia la pared del pasillo para revisar sus mensajes, se frotó los ojos e intentó domar sus rizos rojizos con sus dedos.

Mensaje entrante de Clover: División de unidades de Respuesta Especial, se leía en la pantalla. *Mensaje recibido a la 1:57 a. m.* Solo había dormido alrededor de una hora.

Maldiciendo su entusiasmo por trabajar horas extras, continuó leyendo:

El Departamento de Policía de New Graysons envió un Código 8 a la 1:32 a. m. Aún aturdida, la mente de Alyssa se esforzó por decodificar el mensaje. Había recibido una lista de códigos locales de Seguridad Pública cuando llegó a la oficina de Clover en Estados Unidos. Código 8: solicitando refuerzos.

Se inclinó hacia adelante, concentrándose en el resto del mensaje.

Los técnicos de Clover confirmaron la presencia de una posible entidad genéticamente mejorada (GENE, por sus siglas en inglés) *en el área. El sospechoso es hostil. La Unidad Delta está de guardia. Todos los miembros deben reportarse inmediatamente a su sala táctica asignada.*

Su estómago dio un vuelco, la Unidad Delta era la suya, pero ¿por qué la llamaban? James y Robin siempre eran los que respondían a los llamados. Nunca había estado en el campo, y mucho menos contra un GENE hostil.

Después de respirar hondo un par de veces, Alyssa recordó que el tiempo de respuesta promedio de su unidad estaba siendo monitoreado y cuanto más se demorara en reportarse en el piso táctico de Clover, más puntos perderían.

Alyssa se apresuró a ponerse su equipo táctico y salió por la puerta. Qué poco le había durado eso de pasar desapercibida.

MIGUEL_

Zum.

La figura vestida de blanco y azul saltó de un tejado a otro. Abajo, solo ruinas quedaban del antiguo centro de la ciudad: sus modernos edificios de apartamentos, las acogedoras cafeterías y las viejas oficinas reemplazadas por escombros y destrucción. En medio de la escena gris y polvorienta se encontraba una criatura de casi tres metros de altura vestida con una armadura amarilla y negra, el brillo de su indumentaria de batalla sugería que había sido forjada a miles de años luz de distancia. También identificaba a su portador como el capitán de la flota de naves responsable de los ataques, los ataques que casi borraban de la existencia a la ciudad de Monte Licano.

—¡Zetslen! —La figura de azul saltó para encontrarse con su némesis—. ¡Tu camino de destrucción y terror termina aquí!

La criatura volvió la cabeza, con una mirada intrigada asomándose a través de su decorado casco.

—Vaya, vaya, ¡el último defensor de la Tierra! Y yo que pensaba que caerías con los demás.

El héroe apretó sus puños, el recuerdo de sus camaradas caídos incitándolo a luchar, a enfrentarse al mal.

—¡Pues pensaste mal, monstruo! Mientras yo esté de pie, la Tierra tendrá un protector. —El héroe azul se preparó para la batalla—. Con el poder de los siete mares y el vigor del núcleo terrestre, te detendré. Soy el guardián del planeta azul de este lado de la Vía Láctea. Soy el *Terra Ranger*.

La criatura se dobló con una risa gutural, un sonido antinatural con un eco mecánico.

—¿Has venido a detenerme? Muy bien. Te permitiré morir como un guerrero. —Zetslen adoptó una postura de combate, elevándose sobre Terra como un enorme monolito negro y amarillo—. ¿Qué harás, héroe?

—¿Miguel? —Una voz a lo lejos lo llamó.

Miguel levantó los ojos de su tableta, había estado leyendo las coloridas viñetas de la que quizás sería la batalla más épica hasta ahora de la serie *Rangers of Earth*.

Una enfermera estaba al otro lado de la sala de espera.

—La doctora Sharp estará lista para verte en un momento.

Miguel le dio las gracias y se dirigió a la sala de examen. Terra, la batalla por el destino de la Tierra y todos los demás superhéroes coloridos tendrían que esperar.

El consultorio médico parecía más un armario desinfectado en exceso, había un escritorio, una mesa de metal arrinconada contra paredes blancas y una triste cortina gris destinada a ofrecer una sensación de privacidad.

La enfermera lo dejó con instrucciones de firmar el registro de pacientes y cambiarse de ropa. Miguel caminó hacia el registro en el escritorio y encontró su nombre. Garabateó una firma y añadió su fecha de nacimiento junto a ella: 22 de noviembre, cumpliría trece años en tan solo cuatro días.

La puerta se cerró al salir la enfermera y Miguel se deslizó detrás de la cortina gris; se quitó los pantalones y tomó una bata de papel de la mesa, comprobó dos veces que no viniera nadie antes de quitarse la ropa interior y ponerse la bata de papel. Dobló su ropa sobre la mesa, pero aun así acabó como una suave pila desordenada.

Un golpe en la puerta anunció la entrada de la doctora Jessica Sharp; su cabello en cola de caballo desordenado, piel ceniza y marcas oscuras bajo sus ojos color oliva sugerían que había estado trabajando hasta tarde. Ella le ofreció su pequeña mano.

—Buenas tardes, señor De Santos.

Miguel sonrió. El sonido de su apellido en los labios de la doctora le hizo sentirse muy oficial, le estrechó la mano con confianza practicada.

—Hola.

—¿Cómo estamos hoy? —La doctora lanzó su guion diario, con voz seca y robótica.

Miguel se sentó en la fría mesa de metal.

—Estoy bien, gracias.

La doctora agarró un portapapeles con sus notas, la tabla de madera tenía un logo en la parte posterior: un trébol rojo de cuatro hojas, con una cadena de ADN en lugar de tallo.

—¿Sin dolores de cabeza, náuseas o fatiga inexplicable?

—No.

—Y señor De Santos, ¿hemos experimentado alguna pérdida de apetito, ceguera repentina, boca seca, piel seca, erupciones cutáneas, aceleración del corazón, dolores repentinos, hemorragia nasal u ocular?

Miguel negó con la cabeza y la doctora se inclinó hacia delante para tomar un frotis del interior de su boca.

—¿Qué tal pesadillas recurrentes, alucinaciones, sensación de ser perseguido, manos sudorosas o llanto espontáneo?

—Nop.

Ella iluminó sus ojos con una luz, Miguel parpadeó dos veces para quitarse las lágrimas. El frío metal del estetoscopio en su pecho envió un escalofrío por su espalda.

—Entonces, tengo buenas noticias. —La doctora Sharp dejó que el estetoscopio descansara alrededor de su cuello—. Dado que ninguno de los efectos secundarios del proceso de mejora se ha manifestado, podemos pasar a la siguiente fase.

Miguel le devolvió la sonrisa, un poco orgulloso de los resultados, y vio a la doctora regresar a su escritorio.

—Para cerrar la fase uno, haremos más análisis de sangre y pasaremos a la fase dos la próxima semana. —La doctora hizo una pausa para tomar notas en su tableta—. Esperaría ver signos obvios de mutación poco después.

—Y luego no más sesiones de radiación, ¿verdad? —Las palabras se le escaparon antes de que pudiera darse cuenta, deseaba haberse guardado tanto la pregunta como su tono esperanzado para sí mismo.

La doctora Sharp levantó los ojos y se quitó las gafas con su mano libre.

—Me temo que no. Las sesiones continuarán como lo han hecho hasta ahora. Solo estaremos realizando análisis de sangre adicionales y un monitoreo más detallado.

La respuesta lo dejó con un hoyo en el estómago, no se había dado cuenta cuanto esperaba que las sesiones de radiación terminaran.

La doctora debió notarlo también, porque le ofreció una sonrisa comprensiva.

—Vamos a la sala de radiación. Entre más pronto vayamos, más pronto terminaremos, ¿de acuerdo?

Miguel asintió con la cabeza, preparándose para lo que vendría. Lo que vendría hoy, la próxima semana, la siguiente y así durante muchas más.

Dos puertas de metal pesado escondían el laboratorio de radiación, Miguel sospechaba que tenían algo de especial para poder mantener toda la radiación adentro. Siguió al equipo de mejoras a través de la primera puerta y al área de preparación, el personal médico y de ingeniería se pusieron sus trajes de protección contra materiales peligrosos mientras Miguel se metía en la ducha descontaminante. El vapor cálido envolvió su piel, limpiándolo de bacterias e impurezas.

La segunda puerta se abrió con un fuerte zumbido, el frío se filtró desde el laboratorio, lamiendo los pies descalzos de Miguel, quien siguió a los médicos con sus voluminosos trajes, vistiendo su bata de papel y nada más.

La sala de radiación todavía lo dejaba sin aliento. Miguel caminó por el laboratorio pensando en lo diferente que se veía de lo que había imaginado originalmente, pensó que iba a ser solo otro laboratorio de hospital estéril pero las paredes color marrón de la habitación y la opaca luz lila que provenía del tragaluz artificial le recordaban más bien a una cueva recién descubierta en alguna parte del Sahara. Las náuseas agitaron profundamente su estómago cuando sus ojos se enfocaron en la bóveda negra que se encontraba en medio de la habitación; la cámara de radiación se extendía desde el suelo hasta el techo como un tétrico monolito.

Miguel recordó lo asustado que había estado cuando salió del Centro de Jóvenes Refugiados Nuestra Señora de la Paz; no podía volver a sentir el mismo temor. Era hora de que comenzara a ser valiente, entraría en esa cámara de radiación y soportaría el dolor como los héroes de sus cómics. Terra no tuvo miedo cuando luchó contra una horda de alienígenas por su cuenta, o cuando el ejército espacial lo torturó. Esta vez sería valiente, si no lo era, ¿cómo podría convertirse en un héroe como Terra y los otros rangers?

El equipo de mejoras pasó corriendo junto a él hacia sus estaciones de trabajo, pero el sonido de los científicos trabajando no hizo nada para romper su enfoque en la cámara. Contempló la bóveda negra como un vaquero dispuesto a desenfundar su pistola al mediodía.

El equipo de ingenieros tecleó en sus computadoras, un zumbido eléctrico y el sonido del vapor que escapaba de la maquinaria pesada inundaron la habitación y la cámara de radiación se despertó con un eco mecánico, como el sonido de una risa gutural y antinatural.

A Miguel se le subió el corazón a la garganta y le tembló el labio inferior, apartó la mirada, enojado consigo mismo. Después de casi cien visitas al laboratorio de mejoras, todavía temblaba de miedo en su umbral.

¿Qué harás, héroe?

Miguel tomó su miedo, lo hizo bolita y se lo tragó. Tenía que recordar lo que era importante, más importante que su beca en la Academia Clover, más importante que su permiso de residencia o condición de refugiado, incluso más que la ciudadanía que el comandante Fox estaba trabajando para conseguirle, las mejoras significaban superpoderes. Nada más importaba.

—Estamos listos, señor De Santos. —La voz de la doctora Sharp se escuchaba ahogada detrás de su máscara de protección contra materiales peligrosos.

Miguel asintió y entró en la cámara de radiación, la puerta de la cámara se cerró con un fuerte golpe detrás de él. Adentro de la cámara oscura, estaban solo él y el martillar de su corazón. Una luz amarilla se encendió sobre él, la sesión comenzaría cuando esa luz se tornara verde.

Después de una profunda aspiración, se colocó contra la

pared trasera de la máquina; las agujas le perforaron la espalda a lo largo de la columna, apretó los dientes mientras un dolor intenso le recorría. La luz amarilla de la cámara parpadeaba a intervalos, contando hacia atrás, el tambor de su corazón retumbó más fuerte que antes, dentro de su propia cámara de paredes carnosas, haciendo eco de su deseo de gritar. Durante los últimos segundos antes de que la luz parpadeara a verde, Miguel se prometió a sí mismo que no lloraría. Esta vez, sería fuerte. Una sustancia fría y aceitosa fue inyectada en su cuerpo, apartó el dolor y cerró los ojos. Detrás de la oscuridad de sus párpados, no había nada, ni cámara de radiación, ni médicos ni mejoras. Respiró hondo dentro de la oscuridad que lo rodeaba.

¿Qué harás, héroe?

Inhalar, luego exhalar. Dentro y fuera. Dentro. Fuera.

Detrás de la oscuridad de sus párpados, había algo. Una luz cálida lo envolvió, lo levantó y lo llevó hasta un camino de tierra. El suelo estaba mojado por la lluvia dispersa bajo sus pies desnudos, el aire cargaba una densa bruma marina con olor a sal y arcilla. Subiendo por el camino de tierra, una pequeña casa con un gallinero se dibujaba como posando para una tarjeta postal; las modificaciones improvisadas al hogar hicieron que pareciera un collage de casas familiares de los barrios bajos de alguna ciudad costera. Miguel olió tomates y pimientos asados. Entre el sonido de la ligera lluvia que caía sobre los techos de aluminio, escuchó la voz de una mujer, cantaba una canción acompañada por una melodía terrenal que hablaba de libertad y revolución; era un llamado a los abatidos, los desconsolados y los invisibles.

Un estruendoso rugido ahogó la canción de la mujer sin previo aviso. Miguel no pudo ubicar el sonido, ¿fue el grito mecánico de una locomotora? No, era un convoy militar.

Miguel abrió los ojos para ver las luces de la cámara

parpadeando en verde y amarillo mientras lo bombardeaban con radiación, el dolor en su pecho era tan fuerte que olvidó el dolor en su espalda. Una lágrima cayó de su pestaña y Miguel supo que había fallado, tal y como lo había hecho en todas las sesiones anteriores.

El olor a alcohol isopropílico le quemaba la nariz y el incesante pitido de las máquinas en la sala de recuperación le provocaba un fuerte dolor de cabeza. Miguel se sentó con una bebida de electrolitos rosada en sus manos, intentó evitar ejercer presión sobre su espalda para no empeorar el dolor agudo que recorría su columna.

Una enfermera de cabello oscuro y rizado le colocó una vía intravenosa y lo conectó a una máquina que pronto lo llenaría de los químicos que su frágil cuerpo necesitaba después de la intensa sesión de radiación.

—Todo listo, cariño. Te sentirás como nuevo en unos minutos. —La enfermera señaló la mesa junto a él y tomó su tableta—. ¿Por qué no lees mientras esperamos?

Miguel miró fijamente el dispositivo, sus ojos marrones y vidriosos le devolvieron la mirada desde la oscura pantalla manchada, sacudió la cabeza. Las historias de personas extraordinarias y valientes solo le recordarían que no pudo ser fuerte.

—No, gracias. —La enfermera frunció el ceño ante la falta de entusiasmo por sus héroes con uniformes codificados por colores—. Me duele la cabeza. —Se las arregló.

—También puedo encender la televisión si lo deseas.

—Estoy bien, gracias.

—Bueno. Estaré en mi escritorio; grita si necesitas algo.

Miguel se acostó de lado y cerró los ojos, tenía una sensación vacía en el pecho. Se sintió como un globo a la deriva atado a una silla jardinera abandonada entre los restos de una fiesta de cumpleaños.

Apretó sus ojos con fuerza, tratando de alejar sus pensamientos, lejos de la idea de volver a entrar en la cámara de radiación, lejos de la imagen nítida de la casa con el gallinero que tan intensamente ardía en el fondo de su mente.

CRIMSON_

A los quince minutos de salir de su apartamento, Alyssa llegó al edificio Clover. Después de pasar por seguridad, corrió hacia los ascensores del vestíbulo, a tientas sujetando su placa que no dejaba de engancharse en su chaqueta. Deslizó su placa de autorización de tercer nivel y un ascensor sonó para ella.

Una voz femenina, casi humana, la saludó.

—Bienvenida, Alyssa Dietrich, código *Crimson Thunder*.

—Doce, por favor.

El ascensor zumbaba mientras subía, pitando con cada piso que pasaba. Alyssa se apoyó en la parte trasera del ascensor para recuperar el aliento, ¿fue la carrera lo que hizo que su corazón latiera así? ¿O la anticipación?

—Duodécimo piso, salas tácticas. —Se abrieron las puertas del ascensor.

Alyssa pasó corriendo por un pasillo de puertas y buscó la que decía Delta en una placa de cobre. Solo había estado en esa sala una vez antes, cuando recién llegó a la oficina estadounidense. Siendo Clover el líder internacional en el campo de la investigación de defensa, esperaba que los Delta tuvieran más recursos a su disposición. No tuvo tanta suerte.

La falta de equipo de alta tecnología hacía que la sala táctica Delta pareciera más un aula circular, sin paredes electrónicas que mostraran mapas y rutas calculadas por satélite, sin intercomunicadores ni dispositivos militares tácticos. Tenían tres escritorios en forma de media luna alineados contra las paredes y un proyector.

Alyssa encontró a James y Robin sentados en sus estaciones de trabajo vecinas, ya vestidos con sus uniformes de campo. No se veía el comandante Fox ni su asistente.

—Diablos, Crimson ¿te atropellaron en el camino? Te ves terrible. —Robin, la segunda al mando de su unidad, se quitó un mechón de su cabello plateado de la cara con un delicado deslizamiento de la mano.

—Déjala en paz, Robin. Es su primera guardia.

Alyssa se sentó en el tercer escritorio, junto a James.

—¿Han estado esperando mucho?

—No realmente, pero sospecho que lo haremos.

James y Robin intercambiaron una mirada cómplice.

—¿Papeleo?

—Sí. —James se llevó una mano a la boca y cubrió un bostezo que no se pudo contener—. El comandante tiene que lidiar con algunos trámites adicionales para obtener información. Ahora está obteniendo autorización para las imágenes de la Policía.

—Sucede la mayoría de las veces. El comandante es bueno para traer la muerte. —Robin le guiñó un ojo, pero Alyssa no ignoró su tono cínico.

James negó con la cabeza.

—Estará aquí en cualquier momento.

—Bueno. —A Alyssa se le hizo un nudo en el estómago, provocado por la incertidumbre—. ¿Qué sabemos hasta ahora?

—Solo lo que enviaron a nuestras telecomunicaciones. Algún idiota mejorado está haciendo un desastre en el centro.

Mejorado, esa palabra le dijo muy poco sobre el trabajo que estaba destinada a hacer, no indicaba qué clase de mejora tenía el sospechoso, no le ayudaba a planificar un encuentro. Peor aún, no le permitía planear el posible uso de sus poderes.

—¿Qué pasa? —Robin rompió su trance—. ¿Nerviosa por ser tu primera vez?

—Supongo que sí, no es como si esperara que me llamaran.

James hizo una mueca.

—Tenía que suceder en algún momento.

Alyssa arqueó las cejas, ¿de verdad James se había dirigido a Fox para llevarla a misiones de campo?

—¿Tú...?

—No. —James levantó las manos—. Todo esto es obra del comandante Fox.

Sintió la boca seca, si Fox estaba llamando a toda la unidad, podría necesitar a todos, y hasta podría otorgarles autorización GENE, esperando que ella usara sus poderes.

—Ay, por favor. —Robin sonrió como si todo fuera una broma extraña—. No pensaste que podrías esconderte en Archivos para siempre, ¿verdad?

—Bueno no. —Alyssa suspiró, las unidades de Respuesta Especial eran equipos GENE que luchaban contra otros GENE, los rebeldes y fallidos. Desde el principio, supo que su asignación a Archivos era solo temporal. Leer los viejos informes de los Delta solo retrasaba lo inevitable.

—Es solo que... No tenemos idea de cuáles son las habilidades del objetivo. Si no hay información sobre su clase GENE, ¿cómo podemos estar preparados?

—Es por eso que obtenemos las imágenes de la Policía.

—¿Y si eso no es suficiente?

James le dirigió una de sus sonrisas relajadas.

—Es muy poco probable. El comandante Fox tiene mucha experiencia con GENEs rebeldes, y está atento a las nuevas clases —su rostro debe haber mostrado lo poco convencida que se sentía porque él continuó—, sabes, él sirvió en las Fuerzas Especiales Mejoradas en su época, no hay nada que el tipo no haya enfrentado antes. Además, —James señaló la habitación que los rodeaba—. Tenemos el mejor equipo que podríamos necesitar aquí. Cosas de vanguardia.

Los Delta se unieron en una risa amarga.

El optimismo y humor de sus compañeros era contagioso, el nudo en su estómago se aflojó, pero la preocupación aún acechaba en el fondo de su mente.

—Todo estará bien, Crimson. —La voz de Robin era suave y tranquilizadora—. El sospechoso probablemente será un idiota de clase transhumana con súper fuerza. Muy común.

—¡Oye! —James flexionó un brazo, mostrando un bíceps gigantesco—. Los transhumanos hacemos el trabajo mejor que nadie.

—Tu clase GENE es simplemente más fácil de hacer —agregó Robin con una sonrisa astuta.

—Lo que sea. —James rodó los ojos, pero aun así se rio—. Hay belleza en la simplicidad. No hay necesidad de sangre espectacular o luces brillantes, como ustedes dos. —Señaló tanto a Robin como a Alyssa.

Alyssa no pudo contener una risa a costa de él.

—Qué sensible.

—Les presento al *Adamant Tiger* —dijo Robin como lo haría un maestro de ceremonias—, un cuerpo inquebrantable con los sentimientos más frágiles.

Las puertas se abrieron de golpe, borrando la sonrisa de Alyssa de su rostro. Los Delta se levantaron con un saludo militar.

Por las puertas dobles entró el comandante Millard Fox con

sus zapatos brillantes, su uniforme planchado, el rostro bien afeitado y una mirada dorada que completaba su atuendo, su asistente, Honey Graf, entró tras de él, sus tacones haciéndola notar mientras caminaba hacia el proyector.

El comandante pasó junto a ellos y saltó directamente a la sesión informativa.

—Estén atentos. Tenemos mucho trabajo por hacer.

Las luces de la habitación se apagaron e imágenes borrosas fueron proyectadas sobre la pared blanca, en el extremo opuesto de la sala táctica.

—Enfrentamos lo que parece un ataque terrorista, estamos a la espera de más información sobre las víctimas, pero al menos dieciocho personas se registran heridas —Fox continuó hablando mientras su asistente ajustaba el proyector—, los civiles informaron de un ataque dentro del club *Blue Flamingo* en High Street, del Distrito de Artes. Nuestro sospechoso podría estar usando armamento mejorado, o podría ser un mejorado, pero no de los nuestros. En cualquier caso, su ataque al público cae bajo nuestra jurisdicción. —El comandante sacó el control del proyector de su bolsillo—. Ha puesto en riesgo el secreto GENE.

El proyector se activó con el chirriar de sus ventiladores de refrigeración. Luces nocturnas y arquitectura moderna destellaron en la pared blanca; la gente caminaba de un extremo de la calle al otro en sus atuendos de noche. Un edificio de piedra blanca, el Ayuntamiento de New Graysons, brillaba como telón de fondo en la distancia. Alyssa reconoció High Street, en el Distrito de Artes, aunque no sabía qué se suponía que debía estar mirando.

—Este es Sin Nombre 0397. —Fox hizo clic en un primer plano.

Un tipo escuálido de cabello rubio cenizo era el foco de la siguiente imagen, llevaba pantalones militares gastados y una sucia chaqueta verde oliva demasiado grande para él. La imagen hizo que Alyssa pensara en un cuadro, no como el arte colorido y seguro que podía encontrarse en los museos hoy en día, este era el tipo de pintura que uno veía de un artista hambriento tratando de vender su obra en la esquina de una calle, una obra que busca hablar contra la sociedad.

Robin se burló.

—¿Ese es nuestro presunto terrorista?

Alyssa tuvo que estar de acuerdo con Robin. A primera vista, 0397 solo parecía un pobre tipo con mala suerte.

—Pensé lo mismo cuando lo vi por primera vez, pero luego la Policía entregó estas imágenes tomadas justo afuera del *Blue Flamingo*. —Fox pasó a la siguiente diapositiva e hizo clic en un archivo de video.

Treinta y cinco segundos de confusión se reprodujeron sobre la pared, los micrófonos de la patrulla recogieron el aullar de las sirenas y lo que sonaba como un disturbio civil, ¿se había incendiado un coche en la distancia? El video se centró en el sospechoso, había perdido la chaqueta y estaba en medio de la calle; si el comandante Fox no lo hubiera identificado como el sospechoso, Alyssa habría pensado que se trataba de una persona completamente distinta, su postura era diferente y sus ojos prometían violencia, ¿tenía una prótesis en lugar de uno de sus brazos? ¿O era parte de un exoesqueleto de nivel militar? El coche de la Policía se le acercó, 0397 se volvió para mirar la unidad y desapareció de la vista de la cámara. Un instante más tarde, un fuerte golpe sacudió la cámara del vehículo.

El estómago de Alyssa dio un vuelco, ¿lo habían atropellado?

—¡¿Viste eso?! —Le dijo el conductor a su compañero—. ¡Está encima de nosotros!

—¡Repórtalo!

Uno de los policías salió del auto mientras el otro agarraba la radio.

—Tercero David Tercero, estación, ¿cambio?

—¡Al suelo, ahora! —gritó el policía en la calle.

—Adelante, Tercero David Tercero.

—Este es un Código 8 en el Distrito de Artes...

Una pistola se disparó una, dos, tres veces. La cámara captó una imagen de 0397 nuevamente, desarmó al policía en dos movimientos y aplastó el arma con una mano color de plata.

El video se detuvo, la imagen congelada en ese agarre plateado aplastando el arma.

El silencio inundó la habitación.

—¿Qué es eso? —Alyssa escuchó a James preguntar detrás de ella.

—Esta es el arma preferida de 0397 —respondió Fox—, parece un exoesqueleto avanzado o una prótesis mejorada.

—Nunca había visto algo así.

Fox se volvió hacia su unidad, la imagen en el proyector reflejándose parcialmente en las medallas ajustadas a su pecho.

—Yo tampoco.

James tomó una pausa mientras la tensión se le subía a la cabeza, ¿cómo era posible que Fox no conociera las habilidades del sospechoso?

Todos los recursos que la empresa invertía en las unidades de Respuesta Especial eran utilizados para eliminar amenazas que pudieran exponer la existencia de los GENEs al público. Si alguien conocía de alguna nueva variación, sería uno de los cuatro comandantes, especialmente Fox, quien había trabajado en esta división por más de una década. Y, sin embargo, este caso era diferente, Fox no pudo darles pista alguna de la clase GENE, debilidades o fortalezas del sospechoso.

El trabajo de James consistía en diseñar una estrategia para proteger el secreto GENE y al público de las amenazas de los mejorados rebeldes, sin el conocimiento de Fox, estaba perdido. Su unidad estaría esperando órdenes de él.

El proyector se apagó, las luces de la sala táctica se volvieron a encender y Fox comenzó a hablar tan rápido que James luchó por procesar sus palabras.

—0397 fue reportado herido luego de su encuentro con la

Policía, fue visto por última vez corriendo hacia la esquina de Main y Séptima —dijo Fox—, rastréenlo y tráiganlo con vida. Llevarán dos soldados Omega de apoyo, el agente Maloney y Bridges ya están esperando en el garaje con dos vehículos sin etiquetar.

—Señor —se oyó la voz de Robin—, ¿solo dos? Eso ni siquiera es una unidad no mejorada completa.

—Son los únicos que pude conseguirles en tan poco tiempo; ahora vayan, esto sigue siendo una emergencia, incluso si el resto de la empresa decide ignorarlo. Recojan sus equipos tácticos con Honey cuando salgan.

Sus ciento cincuenta kilos cayeron pesadamente sobre sus hombros al levantarse de su silla. Mientras se dirigía a la salida, James notó que Alyssa tomaba su primer equipo táctico y la aprensión creció en su pecho. Alyssa apenas se había graduado de la Academia Clover la primavera pasada, solo tenía dieciocho años, y su primera vez en el campo sería un desastre. James le había asegurado que Fox sabría qué hacer, pero ¿y si le pasaba algo?

Necesitaba controlarse, Alyssa era una novata, pero capaz. Él y Fox la eligieron entre un grupo selecto de reclutas debido a sus cualidades.

—¿Tiger? —El comandante Fox lo llamó antes de que pudiera salir.

—Señor.

—Sospecho que no necesito decirle lo importante que es esta misión, aun así, una advertencia nunca lastimó a nadie; este caso necesita atención especial. Si estamos tratando con una nueva clase GENE, podría provenir de otro país y podría estar buscando enviar un mensaje—. La mirada dorada de Fox tenía la agudeza de un gran maestro de ajedrez—. Solo recibimos este caso porque las unidades Alfa, Beta y Gamma ya estaban ocupadas, este es el primer caso GENE que nuestra unidad ha tomado en mucho tiempo. El resultado de esta misión podría determinar si será el último.

Un profundo suspiro se atascó en el pecho de James, su unidad había estado en la banca del Departamento durante más tiempo del que le hubiera gustado admitir. Después de que el Departamento Militar de Clover exigiera que todas las unidades tuvieran al menos tres miembros, los Delta pasaron a segundo plano; considerados incompletos, solo se habían ocupado de diversos casos que nadie más quería.

—Los directores del Departamento lo han dejado muy claro. —El rostro severo del comandante no revelaba nada—. Han estado buscando excusas para disolver nuestra unidad durante meses. Necesito a nuestra unidad fuerte, Tiger, más fuerte que nunca.

La postura de James se endureció, Fox tenía razón: necesitaba concentrarse.

—Sí señor.

Con un saludo militar, el comandante lo despidió.

«Esta es nuestra oportunidad», pensó mientras sacaba su tableta electrónica con sus notas informativas. «Si lo logramos, finalmente podremos elevarnos por encima de nuestro rango. Finalmente podríamos dejar de preocuparnos de que la compañía disuelva nuestra unidad solo por capricho, pero ¿y si fallamos?»

James tomó su equipo táctico, agradeció a Honey y siguió al resto de su unidad fuera de la habitación.

—Los únicos que pudo conseguir en tan poco tiempo —dijo Robin junto a él en tono burlón mientras caminaban por los pasillos—, qué tontería, somos los Zorros Castrados y todo el mundo lo sabe.

James gruñó en respuesta a su comentario mientras leía, era obvia la amargura en el tono de Robin, las otras tres unidades de su división los llamaban los Zorros Castrados a sus espaldas. Por mucho que James prefiriera ignorar el apodo, servía como recordatorio de la indiferencia que enfrentaban. James no estaba seguro por qué la empresa despreciaba a su comandante. Ninguno de los otros comandantes eran GENEs, y tal vez no les gustaba que una persona mejorada ocupara un puesto tan elevado en la cadena alimenticia.

Se murmuraba aquí y allá sobre algo llamado el Movimiento por los Derechos de las Personas Mejoradas y tal vez se sospechaba que Fox estaba involucrado en él, pero fuera lo que fuera que les desagradara de Fox, significaba que los recursos que tenían a su disposición no eran más que las sobras.

—Así que, ¿cuál es el plan? —La pregunta de Alyssa cargaba un tono adicional de inquietud.

—Sí, oh sabio líder, infórmanos. —Robin había recogido su largo cabello plateado en una coleta alta. El vial de una jeringa en su cadera reflejó la luz de la sala, era el antídoto para su veneno. Si necesitaban al objetivo vivo, todos tenían uno en sus equipos tácticos, él hizo una nota mental para verificar el suyo.

James se obligó a concentrarse en el caso, las estrategias y los planes se agitaron en el fondo de su mente mientras leía.

—Nuestro objetivo fue visto por última vez huyendo hacia el este; desde el Distrito de Artes, podría haberse acercado al Ayuntamiento o dirigido hacia el Distrito en desarrollo.

—¿Qué estás pensando? —Robin preguntó mientras presionaba el botón hacia abajo del ascensor tres veces seguidas — ¿Podría estar planeando otro ataque?

James negó con la cabeza.

—La Policía informó que estaba herido, estará buscando un lugar para curarse. Los parques alrededor del Ayuntamiento o los almacenes abandonados en el Distrito en desarrollo proporcionarían el mejor refugio.

El ascensor sonó para ellos.

—Solo tenemos dos vehículos para movilizarnos, y no tenemos suficientes refuerzos para que todos llevemos respaldo.

Robin maldijo en voz baja mientras subían al ascensor.

—Ridículo.

—Tendremos que hacer que funcione —continuó James, sabiendo que no había tiempo para estar de acuerdo con Robin —, si dividimos la unidad en tres, podemos cubrir más terreno. Alyssa, te enviaré al área del Ayuntamiento, toma nuestras fuerzas Omega e infórmales en el camino.

Alyssa asintió.

—Entendido.

James se volvió hacia su segunda al mando.

—Robin, irás al Distrito en desarrollo. Yo me pondré en contacto con la Policía en la escena y me moveré desde allí.

El ascensor sonó otra vez cuando llegaron a los niveles inferiores del edificio Clover. La oscuridad cubría el amplio garaje y el aire frío de la noche sopló como una brisa invernal entrando en una cueva. Encontraron su apoyo esperándolos junto a dos Jeep sin etiquetar. Ambos soldados portaban el uniforme negro de Clover con una gorra roja, que los identificaba como elementos de apoyo Omega. En un día ideal, cada Delta habría recibido un vehículo y dos soldados Omega como respaldo individual.

—Bueno, niños. —Robin chasqueó la lengua y arqueó una ceja—. Es hora de hacer que funcione.

Fue la primera en salir del ascensor, sus pasos confiados resonaban mientras se acercaba a los dos elementos.

—¡Atención! —Robin aplaudió, el sonido ahogado por sus guantes—. Esta es la Unidad Delta, código de misión 77-84, también conocida como el incidente en el *Blue Flamingo*. Líder de la unidad en guardia, *Adamant Tiger*. Segunda al mando, *Silver Komodo*. Tercera, *Crimson Thunder*. —Robin señaló a

James, a sí misma y a Alyssa—. Tú serás Omega Uno y tú Omega Dos.

James continuó después de Robin.

—Omega Uno y Dos, están con Crimson. Peinen el área noreste, quiero que registren todos los parques alrededor del Ayuntamiento. Komodo, te tocan las azoteas, no le quites la mirada al Distrito en desarrollo. Yo comenzaré con los preparativos desde la escena del crimen. Repórtense de vuelta al cuartel si encuentran algo, queremos al objetivo vivo.

—Ya lo escucharon —dijo Robin—, ¡muévanse!

La unidad entró en acción. James se subió al lado del pasajero de uno de los Jeep sin etiquetar, Robin tomó el asiento del conductor. El motor rugió al arrancar y James dejó escapar un fuerte suspiro.

—¿Estás bien? —Preguntó Robin, con los ojos en el camino.

—Estoy bien —mintió James—, ¿por qué preguntas?

—Vi tu expresión cuando Fox dijo que se trataba de una especie de fenómeno nuevo que no había visto antes, querías ordenarle a Alyssa que se quedara. —Robin giró a la izquierda al final de la calle—. Me sorprende que no lo hicieras.

Robin lo conocía bien.

—No depende de mí —respondió James, Fox se lo había dejado claro—, esta no es una misión de seguridad ni una escolta internacional de bajo perfil. Esta es la oportunidad que estábamos esperando, un caso así de grande obligará a la empresa a reconocernos, y tiene que vernos a todos como una unidad completa.

Robin pareció sorprendida.

—Bueno.

El silencio entre ellos duró un instante.

—James, si fallamos...

—No podemos. —James miró por la ventana. Una luna llena

descansaba en el cénit del cielo nocturno, nubes oscuras amenazando con tragarla—. Hay mucho en juego esta vez.

Robin lo dejó justo afuera del *Blue Flamingo*. Las llamas de un automóvil se estiraban como una lengua hacia el cielo nocturno y el humo negro se elevaba como una nube amenazante mientras los bomberos intentaban controlarlas en vano, ¿cómo había comenzado ese incendio? Ambulancias y coches de Policía estaban esparcidos a ambos lados de la calle Main, a lo lejos, la sirena de un segundo camión de bomberos anunció su llegada. Las víctimas del incidente en el *Blue Flamingo* estaban sentadas en la acera, cubriéndose con mantas proporcionadas por paramédicos, algunas hablaban con la Policía, otras eran atendidas por paramédicos y unas pocas estaban solas, mirando las llamas. Las luces de un naranja intenso parpadeaban en sus caras manchadas de sudor y hollín, acentuando cada parte de sus rostros carentes de emoción.

La expresión de James se endureció como una piedra, se obligó a sí mismo a concentrarse en la misión. Un policía a su derecha acababa de terminar de entrevistar a un testigo cuando James se acercó a él, decidido a obtener respuestas.

—Unidad Clover en guardia. —Mostró su insignia del Ejército Clover—. ¿Podemos hablar un momento, oficial?

Con una fría mirada, el policía contempló la placa. El hombre lo miró y la expresión de su rostro hizo que James se sintiera enorme pero insuficiente; le recordó que cuando era niño miraba las carrozas del desfile de Acción de Gracias y pensaba: «¿Eso es todo?»

El oficial miró detrás de James, tal vez esperando vislumbrar el resto del desfile.

—No me digas que solo te enviaron a ti.

El comportamiento del policía no sorprendió a James. En lo

que respectaba a este hombre, James era solo una persona normal que trabajaba para el ejército privado de Clover, solo un tipo que no logró entrar en las fuerzas armadas de verdad y que estaba allí para quitarle el caso a su gente.

—Tenemos toda una unidad revisando el perímetro. Solo estoy aquí para ponerme en contacto con ustedes.

—Bien, no me importa lo grande que seas porque no podrías haberte hecho cargo de ese fenómeno por tu cuenta.

—¿Qué sabes del sospechoso? —James ignoró el sarcasmo del policía—. ¿Alguien vio a dónde fue?

—Tenemos informes contradictorios. —El policía se encogió de hombros—. Los testigos vieron al sospechoso huir hacia el oeste, apuesto que a los estacionamientos de Main y Quinta, podría dejarte hablar con algunas personas, pero están más preocupadas por lo que el chico podía hacer que por dónde fue. —Miró a James de reojo y bajó la voz—. Las cosas que dice la gente.

A James se le enfrió el estómago, si iba a tener la oportunidad de informar sobre algún otro riesgo para el secreto GENE, sería esta.

—¿Qué está diciendo la gente?

—Algunos testigos dicen que era solo un tipo con armas de fuego, ya sabes, un tiroteo típico. —El policía respiró hondo como si se preparara para tratar de comprender el incidente de nuevo—. Algunos otros están diciendo locuras.

—¿Qué clase de locuras?

—Cosas salidas de *Secret Soldier*. Ya sabes, superpoderes y todo eso.

El frío en su estómago le cayó hasta los pies; conocía la película, un soldado era alterado por el Gobierno con tecnología alienígena. Era una fantasía que se acercaba demasiado a la realidad para el gusto de Clover. Información como esa no se podía difundir, los civiles ya desconfiaban del uso de tecnología de posguerra para medicamentos y el suministro de energía, descubrir que los gobiernos de todo el mundo la utilizaban para experimentar con soldados sería catastrófico. Si se conocía la verdad sobre lo que sucedió en el *Blue Flamingo*, Clover tendría que controlar a la prensa y silenciar a los testigos de cualquier forma posible. A James no le gustaba pensar acerca de esa parte de su trabajo.

—Por otro lado, esta gente se estaba divirtiendo. El club estaba a oscuras, algunos de ellos dicen que estalló una pelea adentro y que el tipo solo tenía un cuchillo. —El policía hizo una pausa como si intentara sopesar qué era posible y qué no—. No sabemos qué pensar.

James le dirigió una sonrisa tranquilizadora, odiándose por lo que estaba a punto de decir.

—No es de extrañar. Estas nuevas drogas son bastante intensas.

—¿Drogas?

—Sí, una especie de PCP mejorado. Aumenta temporalmente tu fuerza y agilidad, te derrite el cerebro. —James agitó su mano como si fuera poca cosa—. Ya sabes, lo de siempre.

—Oh.

—Realmente no pensaste que el tipo tenía superpoderes, ¿verdad? Eso es imposible.

—No, no. Por supuesto que no.

La duda y el desconcierto disminuyeron en los ojos del policía, James se dijo a sí mismo que eso era suficiente para mantener a todos fuera de problemas y le dio la mano al oficial. Se dirigió a la calle Quinta con el sabor de las mentiras y las cenizas pesando en su boca.

MIGUEL_

La arena fría contra su piel le indicó que estaba en la playa incluso antes de que abriera los ojos, el sabor a sal en el aire y el romper de las olas lo llevaron de regreso a una playa que conocía; se aferró con fuerza a esas sensaciones, temiendo abrir los ojos y encontrarse en otra parte. Los recuerdos se reprodujeron detrás de sus párpados cerrados.

Miguel estaba de regreso en San Gerónimo, corriendo bajo un cielo chileno pintado en naranjas y morados. Ante él se extendía una tarde dominguera, un balón de fútbol se movía entre sus pies mientras sus hermanos le perseguían, su piel morena bronceada por el sol brillaba de sudor y los dedos de sus pies desnudos se hundían en la arena húmeda. Le dolía el costado de tanto reír, estaba en casa.

Con los ojos cerrados, Miguel agarró un puñado de arena; su corazón se hundió. Estaba mal, era como polvo fino, no como la arena rica en minerales de San Gerónimo; la única forma en que podía estar de regreso en San Gerónimo sería en un sueño, los rusos con sus tanques y su plataforma petrolera se aseguraron de eso. Ahora vivía en New Graysons, con sus cielos grises y sus edificios altos y fríos. Clover era su hogar ahora.

«Pero entonces», pensó Miguel al sentir la arena en sus dedos, «¿dónde está esto?»

Abrió los ojos a un cielo nocturno sin estrellas, lleno de nubes cargadas de agua. Estaba en una playa, pero no era la de su infancia, ¿cómo acabó ahí? La mente de Miguel buscó en sus recuerdos somnolientos, recordó la charla distante de los chismes de las enfermeras y el olor a café rancio de la mañana, el sabor de duraznos salados en su boca le recordó la sala de recuperación y lo último que recordaba era que necesitaba una infusión intravenosa después de su sesión de radiación. Debía haberse quedado dormido esperando que los medicamentos hicieran efecto.

Al ponerse de pie, sintió un dolor agudo en su costado, la punzada se extendió por sus costillas y le robó el aliento, hizo una mueca, intentando superar el dolor mientras trataba de averiguar dónde estaba.

Miguel vislumbró medusas fluorescentes bordeando la costa, miles y miles de ellas sobre la arena, delimitando la frontera entre la tierra y el mar, cada vez más quietas, muriendo. Si hubieran sabido lo que les esperaba al otro lado de la costa, ¿habrían venido?

Un movimiento cerca de él llamó su atención. Le tembló el vientre al percatarse que no estaba solo. Por el rabillo del ojo, vio a una chica con una bata blanca de hospital, se volvió para verla mejor y su piel se erizó, la joven se había sentado cerca de él, abrazando sus propias piernas y apoyando su cabeza en sus rodillas. Su cabello largo y sedoso colgaba sobre su hombro, entretejido en una intrincada trenza, algunos mechones de cabello escapaban del complejo diseño y flotaban a su alrededor. Parecían moverse por sí mismos, cual hilos de humo, como si su trenza estuviera hecha de sombras del grosor de una aguja.

La chica de la trenza de sombras, *Shadow Braid*, se irguió y se volvió hacia él, ella ladeó la cabeza, estudiándolo como si tratara de resolver algo sobre él.

Miguel abrió la boca para hablar, pero no emitió ningún sonido.

Un aire de misticismo envolvía a *Shadow Braid* y Miguel recordó las historias que su abuela solía contarle. Ella le hablaba de las siempre misteriosas mujeres que vagaban por las calles de noche, llorando las penas de sus vidas pasadas, secuestrando a niños que nunca más eran vistos y derrotando a hombres adultos con una sola mirada aterradora.

Shadow Braid no estaba llorando, pero su mirada penetrante hizo que el corazón de Miguel se acelerara con anticipación, ella le sonrió, con una sonrisa plástica y pintada, como la de una muñeca. Casi mecánicamente, *Shadow Braid* se inclinó hacia él y le tocó el costado, una punzada de dolor lo recorrió al instante. Ella palpó el área, descubriendo que nada estaba roto, su tacto era suave pero firme, como de un sanador. Miguel ya no tenía miedo.

—¿Quién eres tú? —La voz de Miguel salió como el murmullo de un eco.

Las olas susurraron cuando rompieron en la orilla.

Shadow Braid lo miró, su expresión en blanco y difícil de leer, se tocó la garganta como si se ahogara.

Miguel tardó un segundo en darse cuenta de lo que quería decir.

—No puedes hablar.

Ella asintió con la cabeza, con esa expresión neutra que parecía tan aprendida y practicada como su sonrisa plástica.

—Supongo que eso significa que no puedes decirme dónde estamos.

La chica de la bata blanca ladeó la cabeza con otra sonrisa pintada, señaló el cielo detrás de él. Miguel siguió su dedo, aunque no fue difícil averiguar qué estaba señalando.

Entre las nubes, había lo que solo podía describirse como un agujero. Una mirada más cercana reveló la sala de recuperación tal como la recordaba, si enfocaba su vista el tiempo suficiente, Miguel podía verse de nuevo allí, durmiendo, todavía conectado a la máquina intravenosa. Todo esto le recordó a un cómic de *Rangers of Earth*, donde el equipo de superhéroes viajaba por diferentes planos de existencia, ¿era ese agujero en las nubes una apertura a otra dimensión?

Le dolía un lado de la cabeza, pues su cerebro trataba de organizar todas las preguntas que tenía: fantasmas, otras dimensiones, playas. Tenía que estar soñando. La sesión de radiación lo había debilitado mucho y ahora estaba teniendo un sueño inducido por la infusión intravenosa.

Se dio la vuelta y vio que su compañera ya se dirigía al otro lado de la playa.

—¡Espera! ¿A dónde vas? —Las palabras salieron antes de que pudiera recordar que ella no sería capaz de responder.

Un trueno estalló detrás de él con tal intensidad que lo hizo saltar, ráfagas de aire empujaron las nubes oscuras contra sí, cubriendo el espacio abierto que conducía a la sala de recuperación, una tormenta tropical estaba a punto de azotar y *Shadow Braid* se alejaba de ella. Quizás ella sabía dónde encontrar refugio.

Para cuando alcanzó a *Shadow Braid*, Miguel tuvo que detenerse y cuidar su costado herido, el dolor en las costillas lo apuñalaba cada vez que exhalaba.

—¿A- adónde vas? —se las arregló a preguntar mientras recuperaba el aliento.

Shadow Braid se volvió y lo miró fijamente, el suelo tembló debajo de ellos. Detrás de ella, se abrió otro agujero en la arena, parecía como si la playa estuviera bostezando, ¿estaba intentando llevarlo a un lugar diferente? ¿Realmente podría llevarlo a otra dimensión?

La luz de las medusas en la arena hacía que *Shadow Braid* pareciera una estatua de piedra, sus ojos oscuros instándolo a seguirla.

—No puedo. —Miguel miró al vacío—. Esto es solo un sueño.

Rayos y truenos estallaron detrás de ellos, anunciando el comienzo de la tormenta. *Shadow Braid* ladeó la cabeza, sus mechones de cabello negro azabache fluyendo a su alrededor como serpientes fantasmales.

Esto no era un sueño.

Extendió su mano hacia Miguel, pero él no la tomó. Con el estómago hecho nudo, se dio la vuelta y caminó hacia la tormenta.

El frío del estacionamiento atravesaba su equipo táctico y su innecesario chaleco antibalas. La oscuridad se acumulaba sobre sí misma cuanto más James se adentraba en los niveles inferiores del garaje.

Un chapoteo con un eco húmedo llamó su atención, encendió la luz de su pistola sobre una esquina oscura como si se tratara de la luz de un escenario, pero solo sirvió para iluminar los escarceos de otra rata a la que había asustado.

James consultó el cronómetro de su muñeca y los músculos de su espalda se tensaron, había pasado los últimos quince minutos siguiendo esta pista y no había encontrado nada, nada más que ratas.

Tocó la radio en su hombro.

—*Adamant Tiger* a cuartel general.

—Adelante, Tiger. —La voz de Honey resonó en su oído—. Infórmanos.

—Estoy revisando un estacionamiento en Main y Quinta. Testigos de la Policía informaron haber visto a 0397 venir hacia aquí, ¿qué tienen para mí?

—Nada todavía. Estamos revisando las bases de datos de reconocimiento facial y no podemos encontrar al objetivo.

James pensó que la había escuchado mal al principio, aunque 0397 no tuviera antecedentes penales, al menos debería aparecer en la base de datos internacional de civiles. A menos que no tuviera un chip traductor.

—Puede que estemos tratando con una entidad fuera de la red —terminó Honey—, te mantendremos informado, Tiger.

James dio el cambio y fuera y su radio hizo un ruido de estática cuando la apagó, pero el sonido que siguió no era su eco, sonaba a lamentos de dolor.

Según el informe, 0397 estaba herido y huyendo, probablemente intentando mantener un perfil bajo. James escuchó con atención, tal vez 0397 estaba aquí después de todo.

La cautela y la expectativa se mezclaban en su pecho mientras subía al nivel quince. Una única bombilla iluminaba toda la planta de un color sepia, ayudada únicamente por el resplandor de una farola cercana que se filtraba por el balcón del estacionamiento. Un destello de cabello rubio cenizo en el extremo más alejado del piso le indicó a James que no estaba solo.

El sospechoso 0397 estaba sentado apoyado en una columna, se había arrancado un trozo de sus pantalones militares y lo presionaba contra su costado para detener la hemorragia. Un olor a carne quemada y sudor flotaba en el aire.

James pulsó el botón rojo de su radio, enviando una alarma silenciosa a su equipo: tenía al objetivo, ahora solo era cuestión de no dejarlo escapar.

«No irá a ninguna parte con esa herida».

James apuntó a 0397 con su automática, su voz proyectándose desde lo más profundo de su pecho.

—¡Quieto!

0397 se levantó cuando la luz del arma le iluminó, sus ojos grises y atentos miraron a James, la agresividad primitiva que había en ellos era una advertencia. James era el cazador que entraba en la guarida del lobo herido, y no era bienvenido.

—¡He dicho que te quedes quieto! —James amartilló el arma cuando 0397 dio un paso más hacia la luz.

En persona, 0397 parecía joven, más joven de lo que James esperaba, si tuviera que apostar no tendría más de dieciocho años. Sus mejillas hundidas y la forma en que la piel envolvía los huesos del chico casi hicieron que James soltara su arma, hasta que la vio, una aleación plateada y casi líquida brillaba sobre el brazo derecho de 0397. El metal se extendía hasta el hombro, terminando en una amplia placa justo encima de su pecho.

James sintió que su mente se dilataba mientras intentaba recordar cualquier saber de biotecnología, no podía tratarse de una prótesis o un exoesqueleto como había dicho Fox en su informe. El ajuste sobre el brazo era demasiado natural para ser una máquina.

0397 dio otro paso adelante, ¿realmente James iba a tener que dispararle? Tal vez necesitaba un enfoque diferente.

James bajó un poco el arma.

—He visto lo que puedes hacer. Súper fuerza y agilidad aumentada.

La mirada de 0397 se dirigió a él y rápidamente de vuelta al arma.

—Puede que seas capaz de enfrentarte a mí. —James se encogió de hombros—. Pero estás herido, y apuesto a que también estás cansado, ¿no te gustaría dejar esto por la paz?

0397 se estremecía como un resorte que hubiera estado bajo presión un instante de más. Seguía mirando a su alrededor, buscando una salida.

—Vamos a relajarnos un segundo, ¿eh? —continuó James. Cedió, bajando completamente su arma—, solo coopera conmigo y te llevaré al cuartel general. Te sacaremos del frío, te daremos algo de comida caliente y alguien podrá echarle un vistazo a esa herida que tienes ahí, ¿qué te parece?

La confusión en la cara de 0397 le recordó a James cómo era la vida antes de que existieran los chips traductores, ¿acaso 0397 no entendía sus palabras? James dio un paso más, pero un segundo más tarde se dio cuenta de que había sido el movimiento equivocado.

Como un animal rabioso, 0397 se lanzó hacia adelante, más rápido de lo que James hubiera esperado. James levantó su pistola y apretó el gatillo, pero justo cuando la bala salió del cañón, 0397 aplastó el arma, atrapando el disparo en su puño de plata.

James lanzó el arma detrás de él y puso algo de distancia entre los dos. Lo siguiente que supo fue que 0397 retiró su mano, como si fuera un lanzador de cuchillos, algo centelleó con una suave luz azul entre sus dedos y James apenas se cubrió la cara con su grueso antebrazo cuando vio las armas volar hacia él.

Clank.

Lo que sea que 0397 le lanzó rebotó, su piel invulnerable le protegía. James miró las armas provenientes de la mano de 0397, eran cuatro discos del tamaño de una daga, con una luz cian que brillaba a su alrededor. El brillo era similar al de esos cuchillos de plasma usados para cortar el acero y cauterizar las heridas en el campo de batalla. Eran discos de plasma.

Cuando volvió a mirar a su oponente, se encontró con una mirada de desconcierto que no esperaba, estaba claro que 0397 nunca había visto algo que sus discos no pudieran cortar. James le dedicó una pequeña sonrisa, orgulloso de sus propias habilidades.

0397 se abalanzó sobre él de nuevo, conectó golpes de talla

militar con la velocidad y la gracia de un artemarcialista. James esperaba una oportunidad para intentar agarrar a su oponente, pero sin suerte, no podía seguirle el ritmo. En las peleas contra velocistas como 0397, solo contaba con su defensa dura como roca.

Después de varios intentos de dominar al otro, 0397 saltó hacia atrás. Jadeaba, luciendo enrojecido y febril; se sujetó el costado, haciendo una mueca de dolor. Si James no supiera mejor, diría que había una hemorragia interna en esa herida.

—Claro que estás cansado. —La voz de James cargaba el mismo tono que había utilizado para entrenar a los nuevos reclutas años atrás—. Peleas como si se te acabara el tiempo. Sin estrategia, sin gracia. La fuerza bruta no te llevará a ninguna parte. Es hora de rendirse, chico.

0397 le dirigió otra mirada confusa y a la vez molesta. Movió el brazo hacia un lado; de su antebrazo salió una hoja larga y amenazante.

—No te rendirás, ¿verdad? —James negó con la cabeza y decidió dejar de lado la defensa.

James empezó el siguiente asalto como un boxeador en el ring, 0397 descargó sus golpes, haciendo que los brazos de James parecieran pesar una tonelada. James cambió su estrategia, con la esperanza de embestir a 0397 esta vez. El chico saltó fuera de su alcance, y en el aire, la hoja que salía de su antebrazo conectó con la nuca de James. James oyó el chasquido de un interruptor en alguna parte, y la hoja empezó a vibrar.

Un dolor intenso le invadió el cuello, chispas volaron en el aire mientras el sonido de metal chocando con metal chirriaba a través del estacionamiento. En medio del dolor, James consiguió lanzar un puñetazo a ciegas y conectó, al golpe le siguió el gruñido de su oponente y las chispas cesaron.

James se llevó una mano al cuello, todavía aturdido por el dolor, intentó recordar la última vez que había sentido un dolor así, solo encontró la memoria de una quemadura con una cuerda hace unos cinco años, en la Academia Clover después de su paso por el Ejército.

—Pequeño bastardo —dijo en voz baja, atendiendo su quemadura—, ¿tienes una maldita motosierra en el brazo? —No solo eso, ese pequeño bastardo había intentado cortarle la cabeza con una motosierra—. ¿Qué demonios te pasa, chico?

Levantó la vista solo para encontrar a 0397 corriendo hacia el otro extremo del estacionamiento. El sospechoso se volvió a mirar a James con una expresión de horror en su rostro, ¿nunca había visto a un transhumano?

—Deja de jugar. —James se detuvo en seco cuando 0397 subió al borde del balcón del garaje—. Baja de ahí. Estamos a quince pisos de altura.

0397 miró hacia abajo y luego hacia James, sopesando sus opciones.

—Para. —James se acercó un paso más y le tendió la mano a 0397—. Déjame ayudarte.

Con un solo movimiento, el chico dio un paso atrás y se arrojó del edificio.

—¡No! —James se precipitó hacia la cornisa, con el corazón en la garganta, su voz llenando el estacionamiento, fuerte e irreconocible.

Cuando miró por el borde, vio una mancha de cabello rubio abajo, 0397 aterrizó en el suelo ileso; de un salto volvió a sus pies y se echó a correr. El sospechoso desapareció entre callejones oscuros mientras James cogía su radio.

Su risa fue casi un ronroneo, suave como un whisky mezclado. Desde el otro lado de su frecuencia, la voz de James anunció que el objetivo se le escapaba y se dirigía al Distrito en desarrollo. Tuvo que reírse, ¿podría empeorar esta noche?

Su tiempo de respuesta se había visto perjudicado por su propia división, sus recursos no eran más que sobras, y ahora su jefe de unidad había perdido la pista de un objetivo de alta prioridad. Por supuesto, todo tenía que ocurrir en la misión más importante que los Delta habían visto nunca, ¿qué otra cosa podía hacer sino reírse? Escribir el informe de la misión y presentarlo a los directores del Departamento Militar sería aún mejor. Sintió pena por el pobre imbécil que tuviera que escribirlo, porque seguro que no sería ella.

Tumbada sobre la fría superficie de la azotea de un edificio, Robin abrió su estuche de armas de campo. Entre todos los accesorios de color negro azabache, pistolas y cuchillos, su mirada se centró en la Cola de Escorpión. El *sheng biao* fue un regalo, otorgado cuando se graduó de la Academia. La característica punta prismática estaba hecha de acero inoxidable para ser ligera y precisa, las anillas de plata y la cadena estaban reforzadas para nunca desprenderse, el mango de obsidiana y la bandera de seda púrpura eran decorativas, un gesto personal de su padre adoptivo.

Robin no recordaba la última vez que había usado la Cola de Escorpión. Era un complemento a sus habilidades que debía ser usado solo cuando su comandante lo aprobara o en situaciones de vida o muerte. Hizo una nota mental de tomar el *sheng biao* en caso de un enfrentamiento; por ahora, se limitaría a buscar su objetivo en la zona más baja de la ciudad, y se conformaría con las armas de fuego. Tomó una nueva mira para su rifle y la instaló.

Robin buscó entre las solitarias calles llenas de basura y grietas en el pavimento. Los callejones oscuros le mostraron la tristeza que era el Distrito en desarrollo. A lo lejos, sobre el puente y el lago contaminado, el Ayuntamiento brillaba como un faro, sus luces iluminando el cielo nocturno, haciendo que la piedra blanca resplandeciera sobre el verde intenso de los parques circundantes. Se sentía tan lejos, como si estuviera en una ciudad diferente pero olvidable. Robin buscó en sus entrañas algún sentimiento, una de esas sensaciones que había oído que los héroes sentían. Nada.

Su rostro se crispó de indiferencia, daba lo mismo, no estaban allí para salvar a nadie, y de todos modos ella nunca sentía mucho. Casi nada.

La frecuencia de radio crepitó en su oído.

—Tiger a Komodo, ¿me escuchas?

Una sonrisa se extendió por su cara, sus ojos se mantuvieron enfocados en las calles.

—Te escucho, Tiger, cambio.

—¿Cuál es tu situación?

—Todavía no hay señales de 0397.

Robin casi podía ver el rostro de James, preocupado y con la frente arrugada. Se lo imaginó tratando frenéticamente de idear una estrategia sobre la marcha, casi se sintió mal por él.

—Entendido, Komodo, volveré a hablar contigo en breve. Cambio y fuera.

El sonido en su oído se apagó, y volvió a estar sola.

Robin había esperado que el equipo tomara una nueva dirección después de que Fox incorporara a Alyssa a su unidad. Uno de los mayores y más recientes obstáculos de los Delta era que la compañía no enviaba un equipo de dos GENEs a misiones de campo, se habían producido demasiadas bajas de ese modo. Entonces Alyssa se unió a ellos, y recibieron la llamada para el caso del *Blue Flamingo* y estuvo segura de que el futuro de los Delta sería cada vez más brillante. Robin apuntó la mira del rifle hacia los rincones más alejados del Distrito en desarrollo. Algunas cosas nunca cambian. Robin podría haber levantado una copa y brindado por los viejos tiempos, porque las cosas siguieran igual, y por la muerte tan temprana de su carrera.

«Salud», pensó mientras cambiaba de mira, dispuesta a renunciar a las calles que se negaban a dar alguna pista útil.

Y entonces lo vio, un movimiento en la calle Oak llamó su atención. Activó el *zoom* y vio un mechón de pelo rubio que corría hacia una de las dependencias entabladas.

Una sonrisa de satisfacción torció las comisuras de su boca.

—Salud, 0397.

El sospechoso saltó y se agarró a una escalera de incendios, atascada gracias a años de óxido acumulado. Subió a la parte superior del edificio y miró detrás de él, examinó las calles, comprobando si James le había seguido. No había ninguna posibilidad, era demasiado rápido para que el pobre James lo alcanzara.

«Yo, por el contrario» Robin preparó el rifle. Un martilleo y un chasquido guiaron su dedo hacia el gatillo.

Su objetivo estaba en el tejado recuperando el aliento, completamente desprevenido. Tenía un tiro limpio a la cabeza, todo era tan perfecto que le dolía la mandíbula. Con tan solo una bala podría acabar con todo el asunto, estaría en casa para el desayuno. Pero no podía, necesitaban al sujeto vivo y el calibre que llevaba lo mataría, independientemente de dónde apuntara. Tendría que atraparlo de otra manera.

El sospechoso 0397 corrió a toda velocidad hasta el siguiente edificio y saltó en el aire, aterrizando en el tejado y rodando sobre el suelo antes de correr para saltar al siguiente. Pensaba escapar a través de la jungla de tejados que era el Distrito en desarrollo, sería difícil que las fuerzas de seguridad habituales le siguieran la pista. Era un buen plan, lástima que no funcionaría. Robin sonrió. Realmente 0397 no tenía ni idea de quién le perseguía.

Encendió su radio.

—*Silver Komodo* reportándose. Tengo al objetivo en la mira.

—Cuartel a Komodo. Triangulando tu posición ahora. —La voz de Honey en su oído se silenció por un segundo—. Todas las unidades Delta repórtense al Distrito en desarrollo. Komodo, tienes órdenes de interceptar al objetivo.

—Contacto en cinco minutos y contando.

—Buena suerte.

Robin sacó una pistola de rapel de su cinturón y disparó a un edificio vecino donde sospechaba que su objetivo aterrizaría a continuación; si había predicho correctamente su trayectoria, debería ser capaz de interceptarlo allí. Saltó y se deslizó por el cable de rapel, el aire nocturno mordiendo su rostro mientras aumentaba la velocidad.

Cuando estuvo cerca de su destino, Robin disparó una bola de trampa, el arma salió volando de su mano y se enredó en las piernas de 0397, interrumpiendo su salto y haciéndole caer de bruces. Robin se soltó del cable, bajando sobre el duro concreto con un aterrizaje delicado y silencioso.

Se volvió hacia 0397 con una mano sobre el arma en su cadera. Él seguía tumbado en el tejado, con la mirada llena de confusión.

—Pon las manos en la espalda —ordenó Robin, pero no se le acercó ni un paso.

Le apuntó con su pistola y sacó un par de esposas inhibidoras, su diseño suprimiría cualquier habilidad que pudiera tener un GENE; incluso si este tipo era una nueva variación, sus habilidades debían tener la misma fuente genética.

La comprensión se dibujó en el rostro de 0397, entendió la esencia de lo que quería, pero no sus palabras. James tenía razón: este chico no tenía un chip traductor. Qué primitivo.

La miró con ojos llenos de una agresividad digna de un depredador. Había algo familiar en esos ojos grises como el acero, algo se agitó en el fondo de su mente, su ritmo cardiaco aumentó; Robin sentía la misma curiosidad que una serpiente cuando encuentra a otra en la naturaleza, era el instinto de dominar al otro como la última amenaza.

Robin se rio.

En un instante, 0397 rodó de lado y se liberó de algún modo de la trampa, ella le disparó tres veces, pero ninguna de sus balas dio en el blanco. Su oponente cortó la distancia entre ellos antes de que Robin pudiera darse cuenta, y la desarmó en dos movimientos. Hizo crujir el arma con su puño de plata y le quitó las esposas inhibidoras de las manos, arrojándolas al aire de la madrugada.

Robin retrocedió de un salto, miró a su alrededor en busca de las esposas inhibidoras, pero no tuvo suerte, estaban perdidas en algún lugar de esa azotea, ocultas por la oscuridad de la noche. Tendría que encontrar otra forma de detenerlo.

—Ese era mi único par de esposas, mocoso. —Se burló y se

puso en guardia, protegiéndose la cara con el puño derecho—. Lo haremos a tu manera, entonces.

Robin saltó directamente contra el rubio, realizando todos sus movimientos de artes marciales con precisión mortal mientras lo analizaba; su oponente era algo más que su elegante brazo, también tenía una poderosa patada izquierda. Robin adivinó que escondía más piezas mecánicas, e imaginó una pierna brillante bajo sus sucios pantalones militares. El chico también tenía cierto nivel de entrenamiento militar, pero nada demasiado lujoso, luchaba a la defensiva, cuidando su lado izquierdo, era un peleador rápido, pero no operaba a su máxima velocidad, estaba cansado y herido, y su mente se centraba en escapar. Derribarlo no debería ser muy difícil.

Robin entró con toda su fuerza, deslizándose a través de las defensas de su oponente, conectó una vez en el labio, dos veces en el vientre. Cuando sus defensas estaban bajas, ella se movió con una patada giratoria dirigida a su lado herido. Un movimiento sucio, pero que hizo que 0397 gritara y cayera sobre una rodilla, agarrándose el costado.

—¿Has tenido suficiente? —Se acercó a él para terminar el trabajo. Un buen golpe en la nuca le dejaría inconsciente, y ella habría salvado el día, atrapado al villano y toda esa mierda.

0397 le conectó un puñetazo con su brazo metálico en la boca del estómago, la victoria estaba tan cerca que su represalia le trajo un sabor amargo a la boca. El puñetazo la dejó sin aire. Retrocedió, buscando a tientas su pistola mientras intentaba recuperar el aliento.

El sospechoso 0397 se puso de pie y, con un solo movimiento fluido, le lanzó algo empapado de luz azul. Ella se apartó rodando, ¿de dónde lo había sacado? No tuvo oportunidad de examinar el arma, debía ser un disco de plasma, uno de los que James les informó por radio.

¿Dónde diablos estaban sus refuerzos? Levantó la vista y vio a su oponente jadeando, recuperándose más rápido que ella; decidió entonces que esta era una situación de vida o muerte.

Robin se obligó a concentrarse en el brillo cian que se acercaba a ella, levantó su mano desprotegida en el aire y atrapó el arma entre sus dedos, la luz murió en su mano. Un líquido caliente corrió hasta su antebrazo, miró su sangre venenosa, color púrpura oscuro, su olor invadió sus fosas nasales: hierro, prímulas y algo parecido a la carne pútrida. Algo se despertó en su interior, adormeciéndola con una energía que no estaba allí antes, su Euforia Artificial se activó desde las profundidades de su código genético modificado. Robin apretó el arma, clavando los bordes afilados en su mano.

0397 la miró con una expresión de confusión y miedo invaluable.

—¿Querías jugar, güerito? —Un sonido chisporroteante salió de sus heridas—. Bienvenido a las grandes ligas.

Robin le devolvió el disco a 0397, empapado de veneno púrpura. Su oponente hizo gala de su instinto y se apartó del camino, desplegando de su antebrazo una hoja que se desplegó para crear una especie de escudo.

Levantó una ceja ante la nueva estrategia de defensa de 0397.

—No quería que esto se complicara tanto, chico. —Metió la mano en su bolsa trasera—. Pero no me dejas otra opción.

En un movimiento fluido, sacó la Cola de Escorpión de su bolsa, guió su aguijón prismático hacia arriba con un movimiento de su cadena, y lo llamó de vuelta a su mano.

—¿Nunca has visto uno de estos? —preguntó Robin al ver la cautelosa curiosidad en el rostro de su objetivo—. Son raras porque son armas flexibles. La gente cree que las espadas y los cuchillos son mucho más peligrosos que un *sheng biao* porque no entienden el peligro de un arma imprevisible. Especialmente cuando le agregas un ingrediente extra. —Empapó la punta del arma con su sangre y dejó que la bandera colgara sobre ella, ocultando el peligro de miradas indiscretas.

Con un movimiento de su muñeca, el dardo envenenado atravesó el aire dirigido hacia el enemigo, la bandera púrpura ondeó detrás de él como si fuera un par de alas, aunque el prisma envenenado chocó con el metal del escudo de 0397. Robin lo llamó de regreso hacia ella; tendría que esperar por la oportunidad adecuada. Controló la trayectoria del *sheng biao* haciendo círculos en el aire, como una cinta mortal de gimnasta. Captó los movimientos del enemigo por el rabillo del ojo: 0397 disparó cuatro nuevos discos de plasma hacia ella. Maniobró la cola y golpeó una de las armas que volaban hacia ella, rodando fuera de la trayectoria de las otras tres, sin perder el control de la Cola de Escorpión.

Con 0397 centrado en lanzarle otra tanda de discos, Robin pasó a la ofensiva una vez más. Enrolló la cadena alrededor de su cuello para reducir su alcance y con un movimiento fluido pero preciso, dirigió el prisma hacia el enemigo. La punta prismática pasó por encima del escudo de 0397 antes de que pudiera levantarlo, él giró con la trayectoria del dardo, intentando apartarse del arma, pero la punta de la cola le rozó en la mejilla. Un fino rasguño, pero fue suficiente.

Robin llamó al Escorpión de vuelta. La pelea había terminado.

Su visión se nubló, y Robin se dio cuenta de que la pelea no era lo único que había terminado, el golpe de adrenalina que le proporcionaba un mayor rendimiento y resistencia se estaba diluyendo, y ella se venía abajo. Ese era el mayor inconveniente de sus habilidades: tenía que terminar el trabajo antes de desmayarse.

Entre parpadeos, 0397 se dobló de dolor, se desplomó y gritó como un loco. Robin sabía que una sensación de ardor invadía su cara y se extendía por todo su cuerpo, y eso era solo el comienzo.

Se cernió sobre 0397.

—Me gustaría que no gritaras tan fuerte; me punza la cabeza.

0397 siguió gritando, arañando su cara en agonía.

Robin se tocó la cabeza y se estremeció.

—Bueno, güerito, si no hubieras tirado mis esposas, podríamos haber terminado mucho más rápido. —Se agachó junto a él y examinó sus síntomas—. Ahora tenemos que esperar a que te paralices. Si te doy el antídoto ahora, seguro que huyes.

El lugar donde la Cola de Escorpión le había golpeado dejó una fea marca púrpura, las venas se abultaron alrededor de la herida mientras sus anticuerpos trataban desesperadamente de combatir el agente desconocido en el torrente sanguíneo.

—Debe ser una sensación extraña —casi susurró, fascinada, mientras él se arañaba la cara—, me pregunto qué se siente ser envenenado. Tengo una alta tolerancia a la mayoría de las toxinas, así que nunca lo he sentido.

Una ola de agotamiento la inundó, renunció a agacharse y se sentó en la fría azotea.

—¿Puedes darte prisa, chico? No eres el único que necesita atención médica. —Utilizó la cornisa del edificio como respaldo.

Robin envió una alarma silenciosa al resto de su equipo, demasiado cansada para hacer un informe completo de su situación. Este chico estaba tardando mucho en llegar a la fase de parálisis, ¿o era ese el tiempo alargándose porque ella se deterioraba? El mundo que la rodeaba se volvía extraño y mareante, tal vez cerraría los ojos, solo por un segundo. Tal vez el mundo dejaría de girar tanto.

—Cambio, Komodo. Cambio.

La voz que llegaba desde lejos era irreconocible, no estaba segura de dónde estaba ni de lo que pasaba. El calor que le lamía la piel le hizo recordar las profundidades de una selva, entonces había habido calor en su piel, y el sudor en su frente goteaba sobre sus ojos. Ella había pensado que un calor como aquel no era normal; el silencio en la selva también era antinatural, ¿la selva había sido así antes de que la raza humana estuviera a punto de extinguirse? No, la Guerra la había hecho así, la mantuvo salvaje, pero la dejó vacía. Decían que la radiación de las naves había desaparecido cuando ella visitó el lugar, con un rifle de asalto en las manos y una unidad Omega completa de doce personas detrás de ella. James estaba allí, grande y fuerte, pero no tanto como ahora. Ella tampoco tenía el veneno en su interior en ese entonces. Salieron juntos de esa selva, los únicos de pie. Tanta muerte a su alrededor, tanto dolor y sangre.

—Komodo, cambio, ¿estás herida?

Esa voz de nuevo, tan cerca de su oído. Su boca estaba tan seca, como si hubiera comido virutas de madera. Sentía que había algo realmente importante que tenía que hacer. El pasar del tiempo se arremolinaba a su alrededor; su mente giraba en círculos persiguiendo recuerdos e ideas desiguales, aterrizó de nuevo en James, sentía que él debía estar allí, para que ella pudiera decirle algo importante. ¿Por qué tardaba tanto? Si pudiera sentir algo más que debilidad embriagante, estaría resentida con él por no haber llegado a ella antes.

—¿Robin? —La voz crepitó en su oído—. Respóndeme, Robin.

Volvió en sí con una bocanada de aire; el corazón se le subió a la garganta y todos los sucesos de los últimos diez minutos de su vida regresaron rápidamente. Robin abrió los ojos, ¿cuánto tiempo había estado inconsciente? Buscó a 0397 a su lado, donde lo había dejado, con la esperanza de que siguiera vivo.

No estaba.

Se le vino el mundo abajo, Robin miró alrededor de la azotea en busca de él, lo había envenenado, se suponía que se paralizaría y moriría si no se le administraba el antídoto. Buscó a tientas el frasco en su cadera, el que contenía el antídoto para su veneno, todavía estaba allí, sin usar. ¿Qué demonios estaba pasando?

—¡¿Robin?!

—Estoy aquí... —logró decir por la radio.

—¿Estás herida?

—Sí... —suspiró, todavía débil.

—¿Dónde estás? El equipo ha intentado localizarte, pero tu GPS no responde.

Robin se miró la hombrera donde uno de los discos de 0397 la había golpeado, dándole justo en el chip del GPS y dañándolo.

—James, se ha ido. No funcionó.

—¿Qué no funcionó?

—¡El veneno! Tienes que encontrarlo y darle el antídoto.

—¿Qué? No puede haberse ido si lo envenenaste. ¿Dónde estás?

—¡No, escúchame! —Odiaba su propia voz entonces, cansada, jadeante, arrastrada—. Lo envenené, y de alguna manera, se ha ido. No sé cómo, pero tienes que encontrarlo.

—No te preocupes. Lo encontraremos, pero primero tienes que decirme dónde estás.

La visión de Robin se desenfocó de nuevo. La radio emitió estática cuando no pudo hablar.

—Quédate conmigo, Robin.

—Calle Elm y Barnes. Azotea.

—Estoy en camino, quédate conmigo, Robin.

Antes de que el mundo volviera a oscurecerse y las palabras de James se desvanecieran, Robin esperaba que encontraran a 0397 a tiempo. Fuera lo que fuera lo que estaba pasando con ese chico, el veneno seguía dentro de él, lo mataría eventualmente, y entonces escribir ese informe sería realmente un desastre.

CRIMSON_

Alyssa y sus unidades Omega se apresuraron a volver al Jeep sin etiquetar mientras su misión cambiaba una vez más. Atravesaron el centro de la ciudad con las sirenas encendidas y recogieron a James de camino al Distrito en desarrollo. Un torbellino de emociones hizo que la cabeza de Alyssa diera vueltas mientras intentaba ponerse al día. Sabía que las misiones de las unidades de Respuesta Especial eran rápidas y cambiantes, pero esta misión le parecía extrema: habían pasado del rastreo a la crisis en cuestión de minutos, ¿era realmente así cómo debía ser?

El comandante Fox les informaba por los intercomunicadores del Jeep. Tras varios minutos de silencio radiofónico, Robin se unió a la llamada, confirmando que estaba herida y que el sospechoso estaba huyendo de nuevo. Las órdenes eran llegar a la ubicación de Robin y separarse.

—Tiger. —La voz de Fox les llegó desde el intercomunicador—. No tenemos tiempo para llamar a un escuadrón GENE de apoyo químico. Es el único del equipo entrenado para lidiar con el veneno de Komodo, sus rasgos transhumanos le protegen de los gases tóxicos de su sangre. Llévese a un

Omega y tráigala al cuartel general. Necesitamos evaluar su estado lo antes posible.

—Entendido, comandante —respondió James desde el asiento trasero.

—Crimson.

Alyssa se movió en el asiento del copiloto ante la mención de su nombre clave.

—Es usted nuestra última línea de defensa y nuestra arma más poderosa.

El estómago de Alyssa se anudó, ¿cómo había salido todo tan mal? Ella era la última línea entre el fracaso y el éxito en su primera misión de campo.

—Hay una posibilidad muy pequeña de que 0397 sea inmune al veneno, es mucho más probable que tenga una alta tolerancia. Corremos el riesgo de que se escape o muera si no lo encontramos pronto —continuó—, use el radar de toxicidad para encontrarlo. Cuando lo haga, no podemos arriesgarnos. Sus órdenes son atacar en el acto. Le concedo autorización GENE.

La sangre abandonó sus miembros, le estaba concediendo permiso para usar sus poderes. La última vez que usó sus habilidades, la gente la llamó poco fiable y volátil. La última vez que usó sus habilidades fue transferida a la rama estadounidense, descartada por todas las demás divisiones como un pedazo de basura brillante.

—¿Autorización GENE, señor? —Dejó escapar la pregunta con la esperanza de que tal vez hubiera escuchado mal.

Hubo una pausa del otro lado, y Alyssa odió lo mucho que debió sonar como una niña.

La voz de Fox volvió a través del intercomunicador, firme pero no poco amable.

—Tiene mejoras, ¿verdad, soldado?

—Sí, señor.

—Entonces úselas. Dispare al objetivo en cuanto lo vea.

El nudo en su estómago se apretó, y su cara se calentó mientras escuchaba el fin de la transmisión.

—Bueno, eso es todo —habló James desde el asiento trasero. Consultó su GPS—. Omega 2, vuelve a encender las sirenas y sigue conduciendo hacia el sur por esta calle. Podemos llegar a la ubicación de Robin más rápido si tomamos Jefferson.

—Entendido —dijo el soldado Omega, y el estruendo de las sirenas de emergencia retumbó en las calles.

Alyssa se desentendió de la sesión informativa que James le estaba dando a su soldado Omega y continuó el viaje en silencio, con la mente aún tratando de asimilar los detalles de la última fuga de 0397; esta vez, no solo estaba herido, sino también envenenado. De alguna manera, consiguió escapar de los dos veteranos de la Unidad, ¿por qué sería diferente un enfrentamiento con ella?

«Nuestra arma más poderosa», las palabras de Fox resonaron en su mente.

«Qué tal la menos fiable», pensó. Dentro de ella vivía un poder en bruto que nunca había logrado controlar, las consecuencias de perder el control de sus poderes podrían ser nefastas. Sacudió la cabeza, ¿por qué estaba ocurriendo esto? Robin debería haber sido la encargada de atrapar al sospechoso. ¿Cómo había sido capaz de escapar de ella también?

—Creía que el veneno de Robin paralizaba a la víctima —dijo, sin querer realmente decir las palabras en voz alta.

—Así es. —La voz de James le llegó desde el asiento trasero.

—Entonces, ¿cómo está sucediendo esto? ¿Realmente este tipo puede tener tolerancia a ello?

—No lo sé. No puedo pensar en una sola vez que el veneno no haya funcionado, pero eso no importa ahora.

Alyssa miró a James a través del espejo lateral. Lo que importaba ahora era encontrar a Robin y asegurarse de que estuviera bien. 0397 se había convertido en una misión secundaria en su mente; aunque no pudiera decirlo en voz alta, Alyssa lo veía en su rostro.

—Tienes razón. —Alyssa asintió, comprometiéndose a seguirle la corriente—. Solo tenemos que centrarnos en la misión por ahora. Los encontraremos. —La última parte de su declaración parecía más bien un deseo dicho en voz alta.

James le dedicó una sonrisa casi de disculpa.

—Eres nuestra última línea de defensa, *Crimson Thunder*.

Alyssa se rio.

—Nuestra arma más poderosa. —Las palabras tenían un sabor vil al fondo de su boca.

A través del espejo lateral, Alyssa vio a James bajar del Jeep de un salto antes de que se detuviera por completo; su imagen distorsionándose mientras corría hacia el edificio en la esquina de la calle Elm, con una bolsa de emergencia amarilla al hombro.

Mientras se alejaban a toda velocidad, ella esperaba que James llegara a Robin a tiempo. Decidió confiar en que Robin estaría bien, después de todo, Alyssa tenía su propia misión en la que pensar: tenía que preocuparse por las palabras "autorización GENE".

Otra oleada de ansiedad la invadió al imaginarse un encuentro con 0397 que la orillaría a utilizar sus habilidades. El momento de utilizar sus poderes en una misión de campo siempre había estado en el porvenir, solo que nunca esperó que llegara tan pronto, y mucho menos así de golpe.

Alyssa se dio cuenta de que podría empezar a hiperventilar. «Contrólate», pensó.

—Hemos llegado al Sector Industrial, señora. —El soldado Omega interrumpió sus ansiosos pensamientos.

—Apague las luces, por favor. —Alyssa trató de sonar autoritaria, pero dar órdenes le seguía resultando incómodo a su boca.

Sacó de la guantera el radar de toxicidad y lo encendió; la pantalla roja de la caja negra y polvorienta se encendió con una luz infrarroja. Configuró la lectura a niveles de toxicidad, el código de veneno de Robin estaba guardado como ajuste por defecto. Era un radar arcaico y apenas un paso más allá de los radares térmicos, pero aún era capaz de mostrar la espectrometría del paisaje. El veneno de Robin se mostraría en función de los efectos que tuviera en el cuerpo humano, el radar buscaría temperaturas febriles y gases tóxicos en la sangre del sujeto.

Mientras el vehículo sin etiqueta atravesaba las calles maltrechas, Alyssa se dio cuenta de por qué el Sector Industrial era conocido como el mayor fracaso de New Graysons. Se encontraba en el límite del Distrito en desarrollo y en su día prometió albergar fábricas y nuevas oportunidades de trabajo, pero ahora los edificios solo permanecían allí, vacíos y carcomidos por la humedad, un recordatorio de una promesa sin cumplir.

—No debería ser difícil de encontrar. Estas calles están vacías, y parece que tiene la costumbre de hacerse notar. —Ojalá Alyssa pudiera dejar de sonar como si estuviera deseando que las cosas sucedieran.

Condujeron en la oscuridad, con las escasas luces de las calles guiando su camino. El cielo sobre ellos se veía congestionado de nubes de color gris oliva; a lo lejos, los truenos anunciaban una de esas tormentas de finales de noviembre. Alyssa observaba las calles en decadencia, sus ojos oscilando entre la oscuridad frente a ella y el radar de toxicidad.

Bip.

El radar rompió el silencio y aumentó la tensión en el Jeep.

—Tengo algo. —La voz de Alyssa era casi un susurro mientras consultaba el radar.

Una marca roja apareció en la pantalla, la observó moverse a pasos agigantados. Cuando amplió la imagen, vio una marca púrpura, el veneno de Robin que corría por sus venas facilitaba su localización.

—Detenga el coche —ordenó mientras sus ojos se fijaban en la marca roja y morada de su radar—, lo tenemos.

El callejón era un laberinto de paredes de ladrillo y escaleras de incendios. Una farola callejera parpadeaba desde el otro extremo, bañando el callejón con ráfagas intermitentes de luz naranja. Alyssa se acercó al área con una bolsa de emergencia amarilla atada a la espalda, la precaución guiaba cada uno de sus pasos mientras sus ojos se centraban en la figura que se encontraba sobre una escalera de incendios.

El sospechoso 0397 estaba de pie, de espaldas a ella, sujetándose a las barandillas metálicas de la escalera como si quisiera mantener el equilibrio. Bajó un paso por la escalera y se detuvo, apoyándose en las barandillas para no caer, el veneno le estaba afectando, la tolerancia que pudiera tener se estaba reduciendo, ¿cuánto duraría sin el antídoto? Tal vez sus habilidades no serían necesarias. La luz naranja al final del callejón volvió a iluminar toda la esquina, brilló sobre el brazo de 0397 con un destello metálico propio de un arma.

«Tiene mejoras, ¿verdad, soldado?». Las palabras de Fox volvieron a ella, mordiéndola como el frío de la tormenta que se avecinaba, esperar podría darle a 0397 la oportunidad de usar sus habilidades, y ella tenía sus órdenes.

Alyssa se quitó los guantes. El latido de su corazón dio paso a un vacío en su estómago.

Después de la respiración más profunda que había hecho nunca, sintió la energía recorrer su cuerpo. Alyssa pudo oírse a sí misma respirar, y el tiempo a su alrededor se ralentizó, una segunda fuerza vital se despertó en su interior; le dolía el estómago, los dientes y todas las extremidades, de sus dedos salieron chispas de color carmesí y electricidad que crujía y chasqueaba. Hizo una garra con la mano como si sostuviera una pelota de tenis, la energía roja brillante se concentró en el espacio vacío de su palma.

Sus ojos se fijaron en los destellos de color naranja metálico del otro extremo del callejón, su presencia no había pasado desapercibida, no con el espectáculo de luces en su mano. 0397 se volvió hacia ella, hipnotizado, como si tratara de decidir si lo que estaba viendo era real o no. Alyssa se aferró a la electricidad y apuntó a la escalera de incendios mientras se preparaba para lanzar la masa concentrada de energía. Con suerte, el impacto derribaría a 0397 y lo aturdiría en lugar de matarlo.

La electricidad chirrió cuando la soltó, los rieles metálicos crepitaron con el fuerte impacto, resonando en las calles vacías. Humo gris y polvo de ladrillo estallaron desde las profundidades del callejón, las alarmas de los coches sonaron a su alrededor y la luz de la calle emitió un último parpadeo antes de apagarse.

—Oh, Dios —Alyssa jadeó. Fue demasiado, se había excedido. Se aferró a la electricidad durante demasiado tiempo y perdió el control, como la última vez. Las lágrimas se agolparon en sus ojos, ¿lo había matado?

Alyssa se quedó pegada a su sitio, esperando a que la nube de escombro se despejara. La lluvia caía del cielo en gruesas gotas, limpiando la escena de humo y la energía en su interior se apagó, como un pozo que se seca. El dolor en su cuerpo creció; podría haber caído de rodillas y llorado bajo la lluvia, se mordió el labio, tragándose las lágrimas, y esperó.

Las chispas rojas seguían brotando de la escalera metálica, ahora quemada y apenas colgando de la pared. La idea de proteger el secreto GENE flotaba en su cabeza, ¿quién encubriría la explosión eléctrica y su burda iluminación rojiza?

Con manos temblorosas, pulsó el botón de alarma silenciosa de su radio, indicando a su soldado Omega que diera la vuelta. Necesitaría ayuda para transportar a 0397 al edificio Clover, en cualquier estado en que lo encontrara. Alyssa encendió la linterna de su hombro y la de su automática antes de adentrarse en el callejón.

El callejón estaba lleno de trozos de ladrillo y las chispas de su electricidad crepitaban a su alrededor cuando pasaba por allí. El sospechoso 0397 estaba desplomado al final del callejón, había saltado por la escalera de incendios, pero aun así fue golpeado por la onda expansiva de la explosión. Consiguió incorporarse mientras se apoyaba en la pared cuando Alyssa lo iluminó con la linterna de su pistola, se cubrió los ojos con una mano ensangrentada e hizo una mueca de dolor, como si el movimiento fuera demasiado para soportar. Entre los moretones y las laceraciones, una marca morada destacaba sobre su rostro y se le extendía por la mejilla, abriéndose paso hasta la nuca. Cuando sus ojos se adaptaron a las linternas, 0397 examinó a Alyssa con una mirada de desconfianza. El corazón de ella tamborileó mientras sostenía la mirada del rubio.

0397 tosió sangre junto con una risa seca, soltó una maldición con su voz ronca.

—¿Ahora quiere usar la pistola? Por favor.

Alyssa reconoció sus palabras. Su alemán estaba oxidado, pero lo hablaba bastante bien. Después de todo, era la lingüista del equipo.

Le hizo una señal a sus piernas que estaban manchadas de sangre y suciedad.

—¿Puedes mover las piernas? —Su mejor alemán salió oxidado, con acento atroz.

0397 abrió los ojos con sorpresa. Su voz llevaba un inesperado tono de alivio.

—¿Eres alemana?

Alyssa trató de imaginar cómo se sentiría al ser perseguida, envenenada y atacada con electricidad, todo en una sola noche. Luego pensó en vivir todo eso sin entender una palabra de nada. El alivio que debía sentir al entender por fin las palabras de alguien la abrumó.

—Británica, pero hablo el idioma. Ahora, ¿puedes moverte?

0397 hizo un gesto de dolor después de intentarlo y negó con la cabeza. El veneno había paralizado finalmente sus brazos y piernas.

Guardando su arma, Alyssa se arrodilló junto a él.

—Estoy aquí para ayudarte. —Ignoró otra burla incrédula y puso la bolsa amarilla de emergencia a su lado.

Sacó el antídoto de su chaleco antibalas. Cuando se acercó a tomarle el pulso, un metal frío le rodeó la muñeca. 0397 aún podía mover su brazo metálico, pero Alyssa sospechaba que no era tan fuerte como de costumbre.

Unos fríos ojos grises se clavaron en los azules de ella con una fuerza feroz e indómita.

—¿Qué es eso?

—La cura, para el veneno.

Sus ojos eran aceradamente fríos, como la lluvia que caía sobre ellos. Alyssa percibió en él un temible desprecio por el contenido de su bolsa y por todo lo que ella representaba.

—Realmente estoy aquí para ayudarte. —Le sostuvo la mirada—. Ahora, puedes dejarme, o puedes morir.

Él aflojó el agarre de su mano para dejarla trabajar. Cuando Alyssa lo tocó, sintió el agua fría correr en riachuelos sobre su piel caliente. Tenía mucha fiebre, su cuerpo intentaba luchar contra las toxinas en su sangre.

Podía sentir los ojos de 0397 examinándola, tratando de leerla.

—¿Qué pasará ahora?

Alyssa lo miró, sopesando si debía responder. Casi había

freído al tipo hasta la muerte; responder a sus preguntas era una pequeña amabilidad.

—Te llevo al cuartel general.

—¿Son ustedes la Policía? ¿El Ejército?

—Algo así. —Arrancó una gasa de un paquete esterilizado con los dientes—. Imagino que querrán hablar contigo... sobre esta noche.

—Esta noche. —Asimiló sus palabras como si acabara de darse cuenta de lo que había hecho—. ¿Y luego qué?

Alyssa le limpió el costado del cuello.

—No me corresponde decirlo. —Sacó la jeringuilla de su caja.

Un pesado silencio cayó sobre ellos, la gravedad de la situación se hundió.

—No voy a volver —dijo él, con la voz empapada de fiebre y miedo—, no he terminado de luchar.

—Sí lo has hecho. —Alyssa le clavó la aguja en el costado del cuello—. Al menos por esta noche.

El sospechoso 0397 tenía tanta fiebre que ni siquiera hizo una mueca de dolor, Alyssa empezó a atender sus otras heridas; la que tenía en el costado era especialmente desagradable, parecía profunda y como si la hubiera quemado para intentar cauterizarla. Sacó de su bolsa amarilla un parche para sellar rápidamente la herida, serviría hasta que los médicos de Clover pudieran curarlo. Mientras trabajaba, oyó que el patrón de respiración de 0397 se regulaba en respiraciones largas y tranquilas, su ritmo cardiaco se estabilizó y el antídoto lo adormeció.

—Creo que... —dijo, con la voz cansada—, cometí un error esta noche. Perdí el control.

Alyssa dejó de trabajar y le miró, pensó en los videos que Fox les mostró durante la sesión informativa. Un arma fría y calculadora, ¿por qué ahora parecía tan diferente? En esos videos no parecía descontrolado, pero supuso que el control podía significar cosas diferentes para cada persona. El control, para ella, significaba nunca usar sus habilidades.

—Se cometieron muchos errores esta noche.

El sonido de las sirenas de emergencia de Clover llegó, ese era su apoyo.

0397 esbozó una pequeña sonrisa, con los ojos llorosos y llenos de confusión. Cuando habló, lo hizo sin ninguna dureza.

—Nunca había visto unos ojos tan azules como los tuyos.

Donde antes Alyssa había visto una máquina de matar salvaje, ahora veía a un tipo normal, solo un chico con poderes. Como ella.

MIGUEL_

U na bombilla fluorescente zumbaba, bañando los diminutos azulejos de las paredes del baño con una deprimente luz gris.

«Solo son sueños», pensó Miguel mientras miraba su reflejo en el espejo sobre el lavabo, desconcertado.

Un moretón en su costado marcaba el lugar donde *Shadow Braid* comprobaba si tenía las costillas rotas en sus sueños. Durante dos semanas, Miguel había tenido el mismo sueño: cada noche, se encontraba en esa misma playa extraña y seguía a *Shadow Braid* lejos de la tormenta tropical; cada noche, el agujero en la arena se abría y ella extendía su mano, invitándole a seguirla; cada noche, él la rechazaba. Se despertaba con un jadeo, sudando y enredado en sus sábanas, siempre corría al baño y se echaba agua fría en la cara, tratando de calmar su corazón acelerado.

«Fue solo un sueño», intentaba convencerse mientras examinaba el enorme moretón de su costado, con el corazón todavía acelerado en el pecho.

La marca roja y púrpura se extendía sobre sus costillas, los vasos sanguíneos rotos manchaban la zona. Su herida apareció por primera vez como una sombra, oscura pero suave, después del primer sueño. Parecía una sugerencia del lugar donde aparecería el verdadero moretón, pero con cada día que pasaba, la marca empeoraba.

Tal vez se había golpeado mientras hacía ejercicios, la Academia había comenzado a darle entrenamiento militar, y esos ejercicios eran brutales; aunque, no recordaba haberse golpeado tanto el costado. ¿Y si se lo había hecho después de una sesión de radiación? Podría ser un efecto secundario de la radiación que bombardeaba su cuerpo; sin embargo, esto no había sucedido antes. Ahora que lo pensaba, no le salían moratones a menudo. Deslizó los dedos sobre su piel y sintió una punzada de dolor.

Miguel intercambió una mirada de preocupación con su propio reflejo, los ojos marrones le devolvían la mirada, con motas rojas que salpicaban el círculo interior de su iris. Tal vez sus sueños no eran sueños después de todo.

Se cubrió el costado con la camisa y se apartó de su reflejo, tenía que haber una mejor explicación para lo que le estaba ocurriendo. Era estúpido pensar que *Shadow Braid* era real, era estúpido considerar que la playa con medusas moribundas existía. Eran cosas de niños.

Resuelto a volver a la cama, Miguel apagó la luz del baño y sus pies desnudos le guiaron por el frío suelo de madera. La luz de la ciudad brillaba a través de las grandes ventanas de su apartamento estudio, cortesía de Clover. Se detuvo frente a su cama para contemplar la tormenta que se cernía sobre la ciudad; un relámpago se resquebrajó en algún lugar a la distancia, como una vena abierta a través del cielo.

Las mejoras a veces afectaban la mente de los pacientes, ¿se estaba volviendo loco? Las pesadillas recurrentes eran uno de los síntomas que la doctora Sharp siempre revisaba. Considerar la idea de que *Shadow Braid* fuera real tenía que ser un signo de locura.

Un peso etéreo sobre sus hombros lo arrastró mientras se sentaba en la cama, las preguntas sin respuesta pasaban por su cabeza como coyotes salvajes persiguiendo a su presa. ¿Y si sus mejoras le estaban fundiendo el cerebro? ¿Qué pasaría entonces?

La frustración crecía en su pecho. Si tan solo hubiera una forma más fácil de responder a todas sus preguntas por sí mismo, se apretó los ojos con las palmas de las manos. ¿Qué le ocurriría si les contara sus sueños a los médicos? ¿Lo sacarían del programa GENE? Su corazón volvió a acelerarse, un sudor frío le recorrió la espalda. Si no conseguía superpoderes, nunca podría volver a San Gerónimo, nunca encontraría a su familia ni lucharía por su pueblo, nunca sería un héroe.

Mientras las náuseas se agolpaban en su estómago, Miguel buscó la tableta electrónica en su mesita de noche. La encendió y regresó al cómic que había estado leyendo antes de acostarse.

Las coloridas viñetas y las hazañas de sus héroes favoritos para derrotar al mal silenciaron las preguntas sin respuesta en su mente. Miguel sonrió para sí mismo mientras releía el último capítulo de *Rangers of Earth*, el número 134: durante una épica batalla contra el monstruo Zetslen, los amigos de Terra volvieron justo cuando todo parecía perdido, regresaron por Terra, y juntos salvaron el día. El alivio lo inundó como un trago de agua fresca en un día caluroso.

Con su ritmo cardiaco normalizado, dejó de leer. Una idea se agitó en el fondo de su mente, quizás había una manera de encontrar las respuestas a todas las preguntas que tenía. Pulsó un par de veces en su tableta y abrió un correo electrónico que había recibido hacía un mes.

Hola Miguel,

Me deleitó saber que te ha gustado Rangers of Earth. Tenía el presentimiento de que te gustaría. Te adjunto el resto de mis ediciones electrónicas para que las leas; por favor, no es molestia alguna. También quería pasarte el calendario virtual del departamento. Aquí podrás solicitar citas fuera de nuestro horario habitual. Por favor, no dudes en acudir a mí para cualquier urgencia o pregunta.

¡Bon appétit!

Doctor J

Johannes Kingstone

Jefe de Investigación y Laboratorio Genético, Clover Co. Departamento Médico

Miguel consideró el correo electrónico del doctor. Le caía bien el doctor J, no era como los demás adultos del personal médico, que solo se preocupaban por sus mejoras. Tal vez él sería lo suficientemente tranquilo como para responder a sus preguntas sin interrogarlo a su vez. Miguel hizo clic en el enlace y programó una cita. Apagó la tableta y se fue a la cama, esperando tener un sueño sin sobresaltos. Se quedó dormido más fácilmente que en las noches anteriores.

En el aire flotaba un dulce olor a naranja con tonos subyacentes de jabón antibacterial y alcohol. Mientras estaba sentado en la fría mesa metálica de exploración, sonaba de fondo música *soul* sin letra. A Miguel le hizo pensar en una fiesta en la playa bajo un cielo anaranjado, con los últimos rayos de sol brillando en la arena húmeda, se imaginó a gente con gafas de sol moradas contoneándose al ritmo de guitarras de metal mientras bebían *lattes* de té verde en cálices dorados, como una versión moderna de las fiestas de los mitos griegos.

La luz brillante de la linterna del médico volvió a pasar por sus ojos.

—¡Ah! Ahí está —dijo triunfante el doctor Johannes Kingstone, con un ligero acento caribeño en su voz—, tu iris está cambiando de color.

El doctor terminó de revisar los ojos de Miguel y se dirigió a su escritorio.

—Los efectos de la dilatación desaparecerán en unos veinte minutos. —El doctor Kingstone buscó su tableta electrónica para tomar notas—. Hasta entonces, tu visión podría ser un poco borrosa.

Bajó el volumen de la bocina que tenía detrás y Miguel deseó que no lo hubiera hecho, la música del doctor J siempre mejoraba sus visitas. El doctor terminó con sus notas, se volvió hacia Miguel y se sentó en el borde del escritorio, colocando su *stylus* detrás de la oreja.

—Dime, ¿qué te trajo hoy a consulta? No teníamos una cita hasta la semana que viene.

A Miguel se le secó la boca.

—Bueno, me di cuenta de que mis ojos se estaban poniendo rojos, y no estaba seguro de si eso debía ocurrir. —Se encogió de hombros—. Usted dijo que podía venir si tenía preguntas.

El médico le ofreció una cálida sonrisa.

—Me alegro de que hayas venido entonces. Es muy importante que sigamos de cerca tu evolución. Verás algunos cambios en tu cuerpo, y no quiero que tengas ninguna preocupación.

Miguel le devolvió la sonrisa, esperando que pareciera genuina.

—El cambio de color en los ojos es la primera señal de que el proceso de mejora está progresando como se esperaba. —El médico continuó—: Ver colores no naturales en el iris es un efecto secundario común de las mejoras. Depende del modificador genético que estemos cosechando.

—¿Es común el rojo?

—Hmm, en realidad no. Los colores comunes son el dorado,

el morado y el azul eléctrico. El rojo es parte de una nueva variación que estamos probando.

Miguel asintió, fingiendo absorber los detalles que el doctor le había dado hasta el momento. Si hubiera ido allí para hablar solo del cambio de color de sus ojos, esta nueva información sería emocionante, querría saber más sobre el tipo de poderes que podría obtener, pero estaba allí para averiguar algo más.

—Entonces, ¿todos los GENEs pasan por lo mismo?

—Así es. Como sabes, hay tres clases GENE conocidas: transhumanos, químicos y electroquímicos... —De los cajones de su escritorio, el doctor sacó un documento y se lo ofreció.

El documento era un colorido mapa mental titulado *Cronología de mejoras del programa GENE*. Miguel había visto el diagrama un par de veces antes, pero no en un formato tan detallado. El mapa dividía el proceso de mejora en cinco etapas: preselección, radiación, y las tres etapas diferentes de la mutación.

—La base de todas las clases GENE es la misma, así que el proceso de mutación es igual en todos los casos —dijo el doctor J, con voz segura—: En tu caso, estamos justo al final de la etapa de radiación. El cambio de color en tu iris solo significa que estás cerca de entrar en la primera etapa de mutación.

Miguel tragó saliva: no se había dado cuenta de que estaban tan cerca de su primera mutación. Debería sentirse emocionado, pero sintió una burbuja de preocupación en su estómago.

—¿Dolerá?

El doctor Johannes se tomó un momento para responder y le dedicó una sonrisa relajada.

—Voy a ser sincero contigo, no podemos saberlo con seguridad. A veces, las mutaciones pueden ser dolorosas, pero otras veces se manifiestan como lo haría un resfriado común. Tu clase de GENE es territorio poco explorado. Sabemos que será una variación de una mejora electroquímica, pero no sabemos cómo será el proceso ni qué tipo de habilidades cosechará.

El ceño de Miguel se arrugó al contemplar la respuesta.

—Te diré algo —continuó el doctor con el mismo tono tranquilizador—, vigilaremos tu trayectoria de mutaciones. Si tus mutaciones comienzan a darte síntomas dolorosos, elaboraremos un plan para tu recuperación. Dirigiré personalmente tu tratamiento de recuperación así que nos veremos todos los días.

—¿De verdad? —Una pequeña sonrisa apareció en el rostro de Miguel.

—¡Claro que sí! Llevaré toda mi colección de cómics; lo pasaremos en grande.

—De acuerdo. —Miguel se dio cuenta de que se habían desviado del tema. ¿Cómo podría averiguar lo que realmente quería saber sin revelar exactamente lo que estaba pasando?—: ¿Qué más puede pasar en la primera mutación?

—Bueno, hay diferentes escenarios. Podría darte la lista completa de efectos secundarios. —Levantó las dos cejas mirando a Miguel—. O podrías decirme qué efecto secundario en concreto te preocupa.

Miguel se mordió el labio inferior. ¿Estaba siendo demasiado obvio? Eligió sus palabras con cuidado.

—Problemas mentales.

—Ya veo. —El silencio bailó entre ellos durante un instante —. ¿Qué tipo de problemas mentales?

—La doctora Sharp siempre pregunta por pesadillas o alucinaciones. —Se encogió de hombros—. ¿Es eso parte de las mutaciones?

El doctor hizo una pausa como si buscara en sus archivos una respuesta correcta.

—Hemos tenido casos de transhumanos que informan de una sensación de manía durante sus mutaciones. Una sensación de estar por encima del mundo que afecta la toma de decisiones y su capacidad de distinguir la realidad. De lo que hablas no es realmente parte de las mejoras, sino un mal funcionamiento del cerebro debido a las mutaciones. Me temo que es uno de los desagradables.

—Entonces... —Miguel se estrechó las manos—. ¿Qué pasaría si alguien sufre ese efecto secundario?

—Varía de un caso a otro. —El doctor J ladeó la cabeza, entrecerrando los ojos.

Miguel mantuvo su mirada lo más neutral que pudo. Esperaba que el sudor de su frente y el latido de su corazón no se notaran.

—Por lo general, tenemos que detener el proceso de mejora y evaluar los daños a la mente de la persona. —El médico continuó, con la sospecha aún latente en su rostro—. Algunas personas no logran recuperarse, sobre todo cuando se tornan rebeldes y violentas, ¿sabes?

Miguel lo sabía, leyó entre líneas y vio lo que el doctor Johannes no decía. Supuso que debía haber evaluaciones psiquiátricas, medicamentos y estudios. Si eso no funcionaba, había una última cosa que Clover haría.

—La cláusula de salida —dijo Miguel en voz alta, sin dejar de mirar al doctor a los ojos.

Johannes Kingstone se mordió el labio inferior durante un instante, como si intentara no decir más y al final fracasara.

—Así es. La cláusula de salida es el último recurso de la empresa cuando el sujeto se convierte en un peligro para sí mismo, para el público y para el secreto GENE.

Miguel se estremeció. Antes de firmar su contrato con Clover, los abogados y otras personas trajeadas le mencionaron la cláusula de salida, pero no le dijeron mucho. No estaba seguro de lo que significaba. Se imaginaba a alguien empuján-dolo por la puerta principal y cerrándola tras de sí, dejándolo en la calle, o quizás deportándolo de vuelta a Chile.

—Yo no me preocuparía demasiado, Miguel. —El médico interrumpió sus descabellados pensamientos—. Las disfunciones mentales rara vez ocurren en el cénit de la primera etapa de mutación, pero hemos descartado cualquier riesgo elevado durante el proceso de preselección y la etapa de radiación. Además, las pruebas médicas de tu clase GENE han sido todas exitosas. El riesgo de efectos secundarios mentales es muy bajo.

—Pero aún podría ocurrir. —Miguel saboreó la bilis en el fondo de su boca.

—Podría, aunque la probabilidad es de una entre cientos. —El médico le buscó la cara—. Entiendo que todo el asunto de la cláusula de salida suena aterrador, así que entiendo por qué te preocupas. Por favor, quiero que sepas que hay muchas soluciones que probaríamos antes de la cláusula, cientos de ellas. —Suspiró—: En el caso de que tus mejoras se conviertan en un peligro, la doctora Sharp y yo te protegeríamos. Tienes mi palabra.

Miguel miró sus zapatillas rojas, quería creerle al doctor J. Podía contarle a su médico favorito todo sobre las pesadillas, el moretón sobre sus costillas y sus dudas sobre lo que era real y lo que no. Sabía que el doctor J podía hacerle sentir protegido, seguro, pero la duda seguía acechando en el fondo de su mente. ¿Y si *Shadow Braid* era real después de todo? ¿No sería mejor averiguarlo por su cuenta antes de pedir ayuda a los médicos?

Una decisión se instaló en la boca de su estómago, esa noche, cuando *Shadow Braid* lo visitara en sus sueños, haría lo que ella le pidiera. La seguiría para saber si era real o no, si no lo era, volvería con el doctor J y le contaría todo.

Miguel levantó la vista y le devolvió la sonrisa.

—Gracias, doctor. Llevaba tiempo pensando en esos efectos secundarios, es que me lo preguntan cada semana. Me siento mejor después de hablar con usted.

El doctor se rio, complacido.

—Me alegra ser de ayuda.

Miguel bajó de un salto de la mesa metálica.

—Sí. Bueno, supongo que nos veremos la semana que viene.

—De acuerdo, amigo. —El doctor Kingstone se levantó y volvió a su asiento detrás del escritorio mientras Miguel se dirigía a la puerta—. ¿Miguel? —llamó por última vez.

Miguel se dio la vuelta, intentando lucir su expresión más inocente.

—¿Sí?

—No hay nada más que quieras decirme, ¿verdad?

Miguel se quedó parado, reconsiderando de nuevo su elección.

Le dedicó al médico una tímida sonrisa.

—En realidad esperaba que me prestara más cómics. Anoche terminé el último número que me prestó.

CRIMSON_

L a sala de interrogación del centro de detención de Clover solo tenía una mesa, un par de sillas y cámaras de seguridad en cada esquina.

En el extremo izquierdo, se veían dos entradas. Una pesada puerta negra se abría para los interrogadores y una puerta blanca con barrotes daba paso a una corta hilera de celdas de detención. La luz caliza y el verde de las paredes hacían que la sala se sintiera sumergida en aguas turbias.

La sala le dio a Alyssa la sensación de estar dentro de un tanque de acuario. Ambos tenían una función similar; aunque un tanque mantenía criaturas marinas peligrosas con la pretensión de conservarlas, todo era para la diversión humana. Las celdas conectadas a la sala y el centro de detención en el sótano de Clover mantenían a los GENEs rebeldes lejos del público. A las divisiones militares les gustaba fingir que esto era por la seguridad de los civiles, pero todo era para proteger el secreto GENE.

Tras la detención del sospechoso, Alyssa y su refuerzo Omega se dirigieron al edificio Clover. Incluso con el antídoto corriendo por su torrente sanguíneo, 0397 necesitaba atención médica urgente; el personal sanitario ya les esperaba fuera del ala médica de Clover. El corazón de Alyssa martilleaba en sus costillas mientras llevaban a 0397 a la sala de urgencias del edificio. Antes de que pudiera dar por terminada la noche, Alyssa recibió otra serie de órdenes; por el intercomunicador del Jeep, el comandante Fox le encargó que procesara a 0397 para una entrevista. Él mismo la realizaría.

Alyssa trabajaba en una computadora portátil sobre la mesa metálica de la sala de interrogación. Si algo había aprendido durante su estancia en Archivos, era cómo procesar a un sospechoso mejorado para una entrevista oficial. En solo una hora, solicitó la sala de interrogación, preparó la evidencia para la entrevista y llenó los formularios para conseguir un viejo aparato traductor. Sería un anticuado y polvoriento auricular, pero al menos Fox podría utilizarlo para hablar con 0397.

—Oh, maldita sea... —Alyssa susurró para sí misma cuando su computadora le dio un mensaje de error. La sincronización de las cámaras con el servidor de la Unidad Delta había vuelto a fallar, las cámaras y los micrófonos del interrogatorio deberían estar listos para grabar la entrevista con 0397, pero a Alyssa no le funcionaban.

Con unos cuantos clics más, intentó sincronizar de nuevo el equipo de grabación. Mientras la sincronización se cargaba, Alyssa se masajeó la frente. Sentía el aura de una enorme migraña; según el menú lateral de la computadora, eran las 4:43 de la madrugada, había dormido por última vez hacía tres horas, pero el cansancio y el dolor no se debían únicamente a su horario de sueño interrumpido, su cuerpo resentía la fuerza vital eléctrica que había estallado desde las profundidades de su código genético.

Agotada, sus pensamientos se dirigieron a los acontecimientos de aquella noche, pensó en las palabras de 0397. «Cometí un error esta noche. Perdí el control», Alyssa no estaba segura de creerle, pero sabía lo que era perder el control. Diablos, perder el control de sus habilidades resultó en su transferencia al otro lado del Atlántico.

El arrepentimiento se apoderó de ella, flexionó los dedos de la mano que había sostenido la electricidad aquella noche, las líneas de su palma eran profundas, como tallados marrón sepia sobre madera a la deriva, ¿cómo pudo perder el control tan rápido? En un segundo, estaba sosteniendo una corriente eléctrica estable, y al siguiente, la energía abandonó su mano y provocó una explosión electroquímica.

Una explosión como aquella no era algo fácil de encubrir, pero Clover tenía los medios para hacerlo. En cuanto Alyssa confirmó que el sospechoso había sido detenido, escuchó por la radio que el Departamento Jurídico había desplegado un equipo de limpieza. A pesar de formar parte de un departamento distinto, estas cuadrillas trabajaban con el Departamento Militar para ocultar cualquier evidencia de una interacción GENE con el público en general. Alyssa estaba segura de que acabaría escuchando cómo el equipo de limpieza había tenido dificultades para limpiar su pequeño incidente.

Con un suspiro de resignación, Alyssa apartó esos pensamientos, prefería olvidar que había vuelto a utilizar sus habilidades, prefería olvidar que no había podido controlarlas de nuevo. Al menos por esta noche.

Alyssa revisó la evidencia que había preparado para Fox, tratando de mantener su mente ocupada. Había reunido imágenes de los videos de seguridad, impreso una línea de tiempo del incidente y ordenado otros papeles.

Incidente en el Blue Flamingo, leyó Alyssa en la transcripción inicial del informe de la misión. *Un supuesto ataque a clientes del club nocturno provocó un enfrentamiento con la Policía de New Graysons. No se confirmó la existencia de armas de fuego ni armamento de grado militar. Múltiples informes confirmaron lesiones similares a puñaladas y quemaduras.*

Mientras su rostro se torcía con su ceño fruncido, Alyssa trató de imaginar lo que había ocurrido dentro del *Blue Flamingo*. Hasta el momento, el ataque no había sido descriptivo, se había llamado a las ambulancias y a los paramédicos para que atendieran a más de una docena de clientes heridos, un agente de Policía había sido trasladado a cuidados intensivos de un hospital local, pero aún se desconocía el origen de sus heridas. Siguió leyendo la transcripción.

Sospechoso 0397. Sin Nombre. Hombre joven, 1.78 m, Entidad Genéticamente Mejorada (GENE) confirmada. Falta de dispositivo traductor. Identificación negativa.

¿Qué tan extraño era encontrar a alguien sin un dispositivo traductor? Especialmente a un mejorado. Su sentido de investigación despertó. Ella pensaría que quienquiera que estuviera detrás de las mejoras de 0397 habría querido mantenerlo vigilado. Un chip traductor sería la forma más fácil de rastrearlo.

Alyssa tocó distraídamente su propio traductor, la argolla ajustada al lóbulo de su oreja se sentía fría al tacto. Intentó recordar cuándo se lo habían puesto y llegó a la conclusión de que lo llevaba desde su nacimiento. ¿0397 había tenido uno alguna vez? ¿O se lo había arrancado? Conteniendo un bostezo, se dijo a sí misma que encontraría esas respuestas después de que el comandante Fox hablara con 0397.

Su computadora emitió un chirrido para informarle que la sincronización había sido un éxito, su trabajo estaba hecho. Alyssa sonrió, satisfecha de que la tecnología trabajara por fin a su favor, su cuerpo cansado no quería otra cosa más que volver a su apartamento y descansar un poco, pero su mente quería respuestas. Si esperaba a Fox, tal vez la dejaría ver la entrevista.

La puerta de barrotes blancos se abrió con estrépito haciendo que Alyssa saltara de su estupor y de su silla; dos soldados Omega entraron en la sala con sus uniformes negros, llevaban a un hombre entre ellos con la cabeza cubierta por una capucha negra. La atención de Alyssa se dividió entre el revoloteo de su estómago y el prisionero encapuchado, no podía ver su rostro, pero aún podía visualizar las marcas de su encuentro anterior: un labio roto, la nariz ensangrentada y polvo de ladrillo rojo en su cabello.

—Señora. —Una de los soldados le dirigió un saludo militar; el logotipo rojo de Clover bordado sobre su pecho rebotó la luz verde.

Alyssa le devolvió el saludo.

—El sospechoso sigue dormido. Los médicos nos aseguraron que no se despertaría hasta dentro de diez o veinte minutos. ¿Dónde lo quiere?

Tardó un segundo en procesar la pregunta, lo habían traído antes de lo que ella esperaba.

—Por aquí, por favor. —Señaló la silla opuesta a la suya.

Lo arrastraron, como peso muerto, con esposas inhibidoras en las muñecas y tobillos. Un inconsciente 0397 fue colocado en la silla frente a ella, Alyssa observó cómo lo ataban a la mesa. Después de verle sobrevivir al veneno de Robin, dudaba que los anestésicos fueran eficaces durante mucho tiempo. Con otro saludo, los Omega salieron de la sala de interrogación por la pesada puerta negra, un eco metálico declaró el vacío entre las paredes verdes.

El sospechoso 0397 permaneció recostado en su silla, casi inmóvil, como un modelo de cera; su pecho se movía con la constancia de su tranquila respiración. Le habían dado ropa nueva, el traje militar manchado de sangre y la camisa gris habían sido sustituidos por un overol azul acorazado estándar para prisioneros, letras blancas en la espalda leían "Centro de detención de Clover Co". Alyssa echó un vistazo al brazo derecho de 0397, la aleación que cubría su brazo se extendía más allá de la manga, y no estaba claro dónde terminaba la máquina y dónde empezaba el ser humano. Bajo la luz caliza, el brazo parecía casi líquido; su brillo antinatural despertó la mente de Alyssa. 0397 tenía mejoras en su genética, pero la mayoría de ellas implicaban el uso de la máquina.

«La capucha negra tiene que irse», pensó mientras se alejaba de los materiales para la entrevista. Fox querría entrar, instalar el auricular traductor y empezar a hablar con el sujeto de inmediato. Alyssa respiró, de forma lenta y constante, soltando el aire que retenía en el pecho. Dio un paso más hacia 0397 y alcanzó su capucha, la tela entre sus dedos era oscura como el terciopelo y áspera como una soga.

La luz brilló sobre los ojos de 0397 cuando le quitó la capucha, apretó sus párpados y movió una mano para intentar protegerse la cara de la luz, encontrándola atada. Alyssa dio un pequeño paso atrás y apretó la capucha contra su pecho; los ojos de 0397 se ajustaron a la luz y luego se fijaron en ella, sus ojos grises tenían esa agresividad feroz que ella había visto antes en los vídeos informativos.

—¿Dónde...? —0397 pronunció el principio de una pregunta en un alemán ronco, la miró de arriba a abajo, estudiándola, y graznó otra pregunta en su lugar—: ¿Quién eres?

Alyssa se quedó con la boca seca, buscó en el rostro del joven, ninguna chispa de reconocimiento llegó a sus ojos. Algo iba mal.

Las preguntas colgaban de la punta de sus labios, tenía que salir de allí. Fox era el único que podía hablar con el sospechoso ahora, si se quedaba un minuto más, no podría contenerse. Con la capucha negra aún en sus manos, Alyssa se apartó de 0397 y se dirigió a la puerta.

La puerta negra dio un fuerte golpe tras ella. Alyssa apenas se dio cuenta de que estaba entrando en el vestíbulo, caminó hacia el otro extremo del pasillo hasta encontrar el espejo de dos caras que servía de ventana a la sala de interrogación. El espejo bidireccional mostraba una pantalla negra a un lado y una pared falsa del otro. La sala seguiría siendo invisible hasta que Fox entrara y pulsara el interruptor del otro lado.

Vislumbró su reflejo en la superficie oscura del espejo doble, todo lo que pudo ver fueron los reflejos de su propia forma. Los rasgos se confundían con la luz naranja que brillaba sobre su cabeza. Incluso en la penumbra, su pelo rojo destacaba como un rayo en un cielo oscuro y brumoso: una marca de violencia repentina, abriendo los cielos, salvaje y obscena.

Su mente se llenó de preguntas. ¿Verdaderamente 0397 no la reconocía?

El sonido de unos pasos precisos contra el suelo de concreto llamó su atención, el comandante Fox se acercó a ella desde el otro extremo del pasillo.

—Señor. —Alyssa le saludó y volvió a sentir su estómago revolotear. No había visto al comandante cara a cara desde la pequeña metedura de pata con sus poderes, ¿qué iba a hacer? ¿Suspenderla? ¿Desterrarla a Archivos durante otros tres meses? Supuso que eso no sería tan malo, podría seguir viendo sus casos de Narcóticos Mejorados, como antes.

—¿Cuál es la situación con nuestro sospechoso? —Fox todavía parecía alerta, incluso a estas horas de la noche, llevaba un maletín negro y una carpeta con papeles bajo el brazo. El maletín probablemente contenía el viejo dispositivo traductor que ella había pedido para él.

—Las cámaras están sincronizadas y listas para grabar. La evidencia que quería está sobre la mesa. Está listo para usted, señor.

—Excelente. Regrese a casa y descanse un poco, soldado. Necesitaré que escriba el informe de la misión. —Le entregó los papeles que llevaba bajo el brazo—. Repórtese a la sala táctica Delta mañana por la mañana. Dejé dicho que la trasladen fuera de Archivos de forma permanente.

Alyssa tomó los papeles y no pudo ocultar su confusión, escribir el informe de la misión era una gran responsabilidad, significaba que tendría que recopilar las pruebas y las declaraciones del sospechoso, y luego presentar el caso a los directores del departamento. Fox la estaba ascendiendo a miembro hecho y derecho de la Unidad Delta.

—¿Yo, señor?

—Sí. Quiero que haga algo más que leer casos antiguos, además, es natural que sea usted quien escriba el informe ya que trajo al sospechoso. Nada mal para ser su primer caso.

Alyssa parpadeó dos veces. ¿Nada mal? ¿Estaba bromeando? La única razón por la que había traído a 0397 era porque James y Robin ya lo habían retrasado, por no hablar de su explosión electroquímica. Probablemente había freído los módulos de energía del Sector Industrial. Su comandante le había concedido la autorización GENE, y ella había fracasado en mantener sus poderes bajo control.

—No parezca tan sorprendida, Crimson.

—Mis disculpas, comandante. —Alyssa trató de enderezar su rostro, pero su conmoción era difícil de ocultar—: Solo pensé que tendría algo qué decir sobre el uso de mis poderes. Dados mis antecedentes...

En una milésima de segundo, volvió a verlo todo: su oficial al mando gritándole a escasos centímetros de su rostro en la zona de entrenamiento, sus fosas nasales abiertas, la saliva salpicando sus mejillas, la rabia que crecía en su interior y el dolor en sus extremidades; los rayos rojos saliendo de ella, el olor a cabello y piel quemados.

—¿Se refiere a ese accidente en la oficina del Reino Unido?

Accidente, nunca lo había oído describir con esa palabra. Catástrofe, calamidad, ese era el tipo de palabras que había escuchado antes.

El interior de su boca se espesó como si comiera melaza.

—Le disparé a mi oficial al mando, tuvo suerte de que no la matara.

El comandante le sostuvo la mirada en silencio; cuando volvió a hablar, su tono fue suave y tranquilizador.

—Sí, y fue un accidente. Eres muy poderosa, Alyssa, nadie debe esperar que sepas aprovechar ese poder de inmediato, ni siquiera tú.

Sus palabras hicieron añicos el bloque de culpa y vergüenza que llevaba consigo.

El comandante Fox se enderezó, el brillo dorado de sus ojos seguía siendo suave.

—Y en cuanto a los errores en el campo, ocurren todo el tiempo. Nunca mejoraremos tratando de evitarlos. —El comandante le ofreció una sonrisa amable—: La perfección no existe.

Alyssa le devolvió la sonrisa.

—Gracias, señor. —Miró la carpeta que tenía en sus manos. El revoloteo en su estómago volvió, ahora eufórico, a él no le había molestado el uso de sus poderes, y ahora ella podría utilizar su experiencia en investigación para hacer su trabajo, esta era la oportunidad que había deseado para comenzar su nueva carrera en sus propios términos—: Puedo ponerme a ello de inmediato. ¿Tal vez pueda empezar por ver la entrevista?

Fox se rio y negó con la cabeza.

—Agradezco el entusiasmo, pero ha sido una noche larga. Utiliza la grabación de la entrevista para escribir tu informe, pero hasta mañana. —Levantó las cejas para enfatizar esa última parte—: Vaya a casa, soldado. Es una orden.

—Sí, señor.

Alyssa le vio alejarse y entrar en la sala de interrogación por la puerta negra. Las preguntas aún se agitaban en algún lugar de su mente, pero tendrían que esperar. Tenía sus órdenes.

MIGUEL_

La habitación tenía el mismo aspecto que la suya: las luces de la ciudad brillaban a través de sus ventanales, bañando el estudio con destellos blancos y naranja, su tableta y el tazón sucio de cereal yacían intactos en su modesta mesita de noche. Todo tal y como lo había dejado antes de dormirse.

El lugar en el que se despertó era una copia exacta de su hogar, excepto por el frío artero y esporas verdes que llovían del techo como nieve escamosa. También estaba la muñeca a los pies de su cama.

El juguete tenía el tamaño perfecto para caber en la mano de un niño. Para Miguel, parecía una princesa china; su túnica roja con dragones dorados hacía juego con las rosas en su cabeza, su larga cabellera como la seda caía sobre su pequeño hombro en un intrincado diseño. En las sombras de su habitación, lo único que podía ver de su rostro eran los labios rojos y vivos de una sonrisa pintada con pincel.

Cuando Miguel decidió seguir a *Shadow Braid* hacia el portal, esperaba verla de inmediato, en lugar de eso, durmió sin sueños durante tres noches seguidas antes de que *Shadow Braid* volviera a hacer contacto. Y ahora, esta muñeca aparecía.

Curioso, Miguel alcanzó la muñeca, un sonido de asfixia procedente de un rincón oscuro le detuvo, levantó la vista y encontró a *Shadow Braid* mirándole fijamente. Llevaba el ceño fruncido y la misma bata de hospital que antes.

Miguel retiró la mano de la muñeca.

—Perdona.

Shadow Braid se acercó a la luz, con movimientos torpes y mecánicos, ladeó la cabeza y siguió mirándole con ojos fríos y muertos. Su cabello flotaba a su alrededor con vida propia.

Miguel saltó de la cama. ¿Por qué había pensado que esto sería una buena idea?

—Estoy listo para ir contigo. —Tragó saliva.

Algo parecido a una sonrisa se dibujó en el rostro de *Shadow Braid*. Ella asintió y dio un paso más hacia él. Miguel sintió una extraña debilidad en el pecho, volvió a mirar a su cama y encontró allí una versión dormida de sí mismo, igual que cuando conoció a *Shadow Braid* en aquella extraña playa.

Shadow Braid levantó la palma de la mano frente a ella y miró a Miguel fijamente a los ojos, una brisa sopló en el interior de su vivienda y el tiempo a su alrededor se ralentizó. Algo se agitó dentro de Miguel, una fuerza exterior hizo subir su propia mano y la apretó contra la de ella; su piel fría le trajo el recuerdo de las piedras al borde del río Bravo. Miguel cerró los ojos.

El sonido del agua corriendo río abajo inundó sus sentidos; Miguel se vio a sí mismo reviviendo aquel día como si los recuerdos pertenecieran a otra persona. El aire olía a tierra húmeda, a una fría tormenta de septiembre que se acercaba desde el borde de la frontera. Una larga caravana recorría el tramo del río, Miguel temblaba en la oscuridad de la noche; las aguas turbias le cubrían hasta la cintura. Se agarró a la mano de su padre.

Como un río que vuelve al mar, Miguel encontró el camino de vuelta a *Shadow Braid* y al presente. Se sintió ligado a ella, como si compartieran una parte de sus psiquis.

Gaviotas gritaban a la distancia y una brisa marina dejaba un aroma salado a su alrededor. Miguel abrió los ojos y se encontró en una isla, había tanta luz que su mirada se nubló de lágrimas mientras el aire húmedo se pegaba a su piel. Cuando sus ojos se ajustaron, pudo ver una delgada franja de agua de un azul intenso que se fundía con el cielo en el horizonte. Se encontraban en lo más profundo de una isla, lejos de la costa.

Miguel se miró los pies, el color marrón oliva de su piel contrastaba con la fina arena blanca; encontró dos pares de huellas frente a él que le marcaban un camino a seguir. El primer par sugería un cuerpo grande y pesado, quizás el de un hombre, el segundo eran las huellas más pequeñas que Miguel había visto; parecían pertenecer a un niño. Se imaginó a un padre y a su hijo caminando de la mano por la isla, y le dolió el corazón.

Shadow Braid se acercó a las huellas más pequeñas.

—¿Son tuyas? —preguntó él.

Ella solo se quedó mirando las marcas en la arena como si pudiera ver a su yo del pasado en ellas.

—¿Estás bien? —Miguel casi se agachó, tratando de encontrarse con sus ojos fantasmales.

Shadow Braid pareció despertar de su trance. Se alejó de él flotando, siguiendo el camino de las huellas.

—¡Ojalá pudieras decirme a dónde vamos! —Gritó tras ella, trotando para no quedarse atrás.

Las huellas llevaron a Miguel al otro lado de una colina empinada, jadeó mientras subía. Se limpió el sudor de la frente con el dorso de la mano, le ardía el costado por intentar alcanzarla. Miró a su alrededor en busca de *Shadow Braid*.

Sus ojos siguieron el rastro de huellas en la arena y encontraron primero la muñeca china de porcelana tirada en la arena caliente, abandonada como si fuera desechable. Ahora llevaba un vestido blanco estampado con grullas azules y doradas, de colores tan ricos como los del cielo. Miguel inspeccionó más el juguete, estaba intacto, salvo por la fina arena que salpicaba su abundante pelo oscuro. Miguel tuvo el instinto de recogerlo, pero algo le llamó la atención más allá de la muñeca y de la colina.

Era un conglomerado de estructuras de acero arqueadas de color gris y blanco, el complejo militar parecía algo sacado de los recuerdos de su vida en San Gerónimo. Miguel dejó de trotar, y entonces vio que *Shadow Braid* flotaba rumbo al complejo.

Los coches blindados, la valla eléctrica y las torres de vigilancia le recordaron todo aquello y su respiración agitada le infló el pecho. Ordenó a sus pies que se movieran sin suerte, oyó la voz de su padre diciéndole que se alejara de las carpas militares y que nunca debía mirar a los soldados de la milicia rusa a los ojos. Un sudor frío le recorrió la espalda, las imágenes de los disturbios y el sonido de los disparos inundaron su mente; también había fuego en su cabeza; la imagen de unas llamas rojas y anaranjadas que lo consumían todo se agitaba tras sus párpados cerrados.

Se dijo a sí mismo que estas no eran las mismas instalaciones de su pasado, este espacio estaba en una isla. ¿Era real, o solo parte de este mundo onírico?

La respuesta a su propia pregunta le llegó de repente, como si alguien hubiera descargado información en su cerebro: el complejo era real. Al igual que su apartamento, los lugares que visitaba con *Shadow Braid* eran reales, sin embargo, aquí eran meras sombras de sus versiones reales.

Este era un mundo de sombras.

El toque de una mano fría en su hombro le devolvió al

presente, dondequiera que eso fuera. Cuando levantó la vista, encontró a *Shadow Braid* mirándole fijamente. Sus ojos lo escudriñaron, lo penetraron como si trataran de averiguar qué le pasaba. Su impulso de huir se intensificó, se arrastró por cada centímetro de su piel, diciéndole que tenía que irse. Necesitaba alejarse de esta extraña realidad y de los recuerdos de las instalaciones rusas de San Gerónimo.

Pero, ¿a dónde iba a huir?

Observó la arena que los rodeaba. El polvo cocido por el sol se extendía por kilómetros, no había otro lugar al que ir aparte de las instalaciones militares, y él no conocía el camino para salir del mundo de las sombras. Miguel suspiró para alejar el miedo.

—Estoy bien —dijo mientras se enderezaba—. Vamos.

La niebla descontaminante los bañó al entrar en las instalaciones. Miguel esperaba ver a soldados corriendo por estaciones de aspecto barato, levantando arena blanca con cada uno de sus movimientos, pero el lugar estaba quieto y vacío.

Su interior le recordaba más a un hospital solitario, a los laboratorios de Clover; tenía las mismas baldosas blancas e impolutas, así como el aspecto de alta tecnología y el olor esterilizado que flotaba en el aire. La entrada a las instalaciones era igual que la zona de descontaminación fuera de la sala de radiación. Ambos lugares parecían haber sido sacados del mismo molde.

Shadow Braid pasó flotando junto a él. Miguel tuvo el impulso de detenerla como si alguien pudiera atraparlos, pero recordó que estaban en la versión de sombra del complejo. La siguió por los pasillos, sintiendo las baldosas blancas frías contra sus pies desnudos.

Se detuvieron frente a una puerta al final de un pasillo. Con un trozo de cinta adhesiva gris y unas toscas letras, alguien había rotulado la habitación: G.E.N.E.

El olor a alcohol le dio una bofetada al entrar en la sala GENE, Miguel se fijó a medias en los montones de juegos de rompecabezas y las pizarras llenas de palabras escritas en lo que él creía que era chino. Una puerta de metal bastante pesada descansaba en el extremo izquierdo, luciendo fuera de lugar, como si hubiera sido forzada en aquella sala. *Shadow Braid* se detuvo frente a esa puerta y se volvió hacia él.

—Centro de detención de Clover... —Miguel leyó en voz alta la placa de cobre montada en la puerta—, no lo entiendo. ¿Cómo hemos vuelto a Clover?

Shadow Braid le señaló su mano con un delicado dedo, y Miguel sintió de repente la sensación de estar sujetando algo, era su tarjeta de identificación de Clover.

Soltó una risita como si *Shadow Braid* acabara de enseñarle un truco de cartas que no podía descifrar.

—¿Cómo lo has hecho?

Shadow Braid se limitó a señalar el lector de tarjetas que había en la puerta.

Miguel sintió la misma sensación de información que se descargaba a su cerebro que antes. *Shadow Braid* no había dicho una palabra, pero entendió lo que estaba pensando.

—No puedes entrar ahí sin mí.

Shadow Braid asintió. Miguel dedujo algo más: ella no había esperado a llevarlo al mundo de las sombras porque necesitara su permiso, necesitaba que él le diera acceso a lo que fuera que estuviera detrás de esa puerta.

Shadow Braid había tenido acceso a todos los demás lugares. ¿Qué había de diferente en este? ¿Y cómo se suponía que le iba a ayudar? Miguel nunca había estado en el centro de detención de Clover. No sabía qué había allí.

Intentó encontrar la respuesta, llamando la información a su mente como las otras veces, pero no llegó. Si quería averiguar qué había detrás de esa puerta, tendría que volver a seguir a *Shadow Braid* sin pensar.

Miguel contuvo la respiración y pasó su identificación por el lector. La puerta se abrió con un suspiro.

—Repasémoslo una vez más.

El comandante Fox se levantó de su asiento en la mesa metálica, su gorra militar estaba en un extremo de la mesa, y la evidencia cubría la superficie metálica frente a él. James lo observó a través del espejo de dos vistas.

Fox sacó una foto de una carpeta de papel manila y la colocó delante de 0397.

—¿Eres tú el de la foto?

El sospechoso 0397 miró a Fox y no a la foto, el cansancio era evidente en su rostro hueco. Cuando habló, James escuchó el habla alemana a través de un oído, hubo un breve retraso mientras su traductor captaba la señal del micrófono de 0397 y las palabras se transformaron en inglés para que él las entendiera; era como ver una película de policías con mal doblaje.

—Eso ya lo has preguntado.

Fox ignoró el comentario.

—¿Eres tú el de la foto?

0397 se desplomó hasta que su frente tocó la mesa, con las

manos sujetadas con esposas inhibidoras. Dio un suspiro pesado que no necesitaba traducción.

—Se parece a mí así que supongo que soy yo.

—Estas fueron tomadas de los videos de seguridad que te sitúan en el *Blue Flamingo*. —Fox colocó un par de fotos más sobre la mesa—. Así que tuviste que estar en la escena, ¿correcto?

—Supongo.

—¿Qué hacías allí?

—No lo sé. —0397 se incorporó lentamente.

—¿Por qué estabas en el Distrito de Artes?

—No lo sé.

Fox se burló sonoramente.

—Parece que no sabes mucho. Se podría pensar que ocultas algo, 0397.

El rubio levantó los ojos de las fotos, con una expresión dura.

—No me llames así...

—Te llamaría por tu nombre si lo supieras.

0397 miró su regazo.

El comandante caminó alrededor de la mesa, con sus zapatos repiqueteando contra el suelo de cemento como un impaciente antiguo reloj de pulso.

—Ahora... —Fox se inclinó por detrás del sospechoso y señaló las fotos colocadas sobre la mesa—. Sales en todas estas fotos y vídeos de seguridad, con el aspecto de un hombre en una misión. Sabemos que alguien te ha metido en esto. —La voz de Fox se endureció—. ¿Para quién trabajas?

0397 apartó la cabeza de Fox y de las fotos. Sus hombros subían y bajaban con la respiración entrecortada.

—No lo sé.

—Alguien fuera de los Estados Unidos te dio esas mejoras y te mandó para ejecutar este ataque. —La voz de Fox se elevó, aumentando la presión—. ¿De qué se trataba? ¿Terrorismo dirigido contra la ciudad? ¿El país? ¿O es un mensaje para Clover?

—Yo...

Fox golpeó su puño sobre las imágenes, su voz retumbando desde su pecho.

—¿Para quién trabajas?

—¡No lo recuerdo! —0397 le gritó de vuelta, se levantó y tiró de sus ataduras. La silla de aluminio repiqueteó contra el suelo.

Fox se mantuvo firme y se enderezó sin una sola arruga en su traje militar.

James observó cómo un agitado 0397 se enfrentaba en un duelo de miradas con el comandante, sintió que los músculos de sus brazos cruzados se tensaban. El instinto animal de 0397 se activaba cuando se sentía amenazado, James lo había experimentado de primera mano durante su pelea con él. Se preguntó si Seguridad tendría que intervenir o si llegaría a ver las habilidades del comandante Fox en acción, un espectáculo poco común.

Las ataduras de 0397 no cedieron, y la rabia del rubio flaqueó; bajó la cabeza una vez más, el perro de ataque con el que James luchó en el estacionamiento no hizo acto de presencia. 0397 volvía a parecer un niño, y estaba asustado.

Fox se apartó, cogió su gorra militar del otro extremo de la mesa y se dirigió a la pesada puerta de metal, el comandante se sacudió el hombro mientras esperaba que la puerta se abriera con un zumbido.

James mantuvo los ojos en el sospechoso, 0397 levantó su cabeza con una inclinación curiosa, su atención centrada en una esquina de la habitación. James siguió su mirada. ¿Qué estaba viendo? La esquina estaba vacía.

—Tiger. —La voz del comandante Fox le hizo apartar la vista de la sala de interrogación.

—Comandante. —James saludó mientras Fox se acercaba, sus zapatos pulidos brillaban con las luces del techo.

—¿Primeras impresiones?

—No sabría decirle, señor. Se acuerda del Distrito de Artes, pero no recuerda el ataque. Viene de Alemania, pero dice que no recuerda haber llegado a Estados Unidos. Cree que podría tener dieciocho años, pero no recuerda su nombre. —James respiró profundamente—. Todo parece muy extraño.

—Y conveniente, por decir lo menos.

—¿Cree que está mintiendo?

—Es difícil determinarlo. Quizás crea que dice la verdad.

—¿Señor?

—No sería la primera vez que un GENE pierde el control y no recuerda sus acciones. Dijo que actuó de forma errática en su encuentro, ¿correcto?

—Sí, señor. Komodo y Crimson lo confirmaron.

—Las mejoras a veces no se mezclan bien con la mente del sujeto especialmente cuando se están probando nuevas variaciones.

James pensó en todas las posibilidades para 0397 si eso fuera cierto; en el mejor de los casos, acabaría en las instalaciones de Garden City, donde podría entrar en un programa de rehabilitación para GENEs rebeldes, en el peor de los casos, la empresa lo enviaría al Centro de investigación de Hart Island y le aplicaría la cláusula de salida. La idea le dejó una sensación de vacío en su estómago.

—¿Qué pasará con él ahora?

El comandante Fox echó un vistazo al chico que estaba al otro lado de la pared falsa.

—Haré que el Departamento de Psicología le haga un examen y a partir de ahí desarrollaremos nuestra investigación.

James se frotó la barbilla, la intervención del Departamento de Psicología les costaría al menos cuarenta y ocho horas para entregar un informe.

—Señor, ¿qué tan pronto quieren los directores nuestro informe?

—Ya han pedido que entreguemos toda la información que tengamos sobre el caso. —El comandante apretó los labios—. Les pedí más tiempo para poder entregarles un informe completo en un par de semanas, pero no cedieron. Honey está entregando la transcripción de la misión mientras hablamos.

James se tomó un segundo para imaginar la transcripción que recibirían los directores. Su misión no había sido especialmente tranquila. Marcó mentalmente todo lo que el Departamento Militar podría considerar un error, los resultados no parecían buenos. James se había enfrentado a un sospechoso mejorado y no pidió refuerzos hasta que su sospechoso se le escapó, el veneno de Robin no paralizó al sospechoso, y ella no administró el antídoto a tiempo. Alyssa creó una explosión electroquímica que requirió una amplia cobertura.

James no pudo evitar una mueca.

—¿No encontrarán los directores nuestra transcripción de la misión insatisfactoria?

—Oh, estoy seguro de que lo harán. Nuestra unidad podría hacer un trabajo perfecto, y aun así hurgarían en busca de algo que les disgustara.

A James se le secó la boca, no sabía qué pasaría si los directores encontraban el rendimiento de los Delta por debajo de la media, y mucho menos si estuvieran disgustados.

—¿Qué pasaría con nuestra unidad, señor?

—Eso es incierto. —El comandante negó con la cabeza—. Podrían dejarnos en la banca de los casos mejorados, nada de lo que no hayamos vuelto. Pero podrían volver a intentar disolvernos.

Con la mandíbula tensa, los pensamientos de James recorrieron todo lo que los directores habían hecho pasar a los Delta solo ese año.

—Señor, ¿permiso para hablar con franqueza?

Fox extendió la mano, concediéndole permiso para continuar.

—¿Por qué se empeñan en deshacerse de nosotros? Somos una unidad pequeña. Nuestra estación tampoco es prestigiosa y, sin embargo, los directores siguen inventando normas que nos afectan directamente, como cuando anunciaron que todas las unidades debían tener al menos tres miembros para el final del verano, o de lo contrario serían disueltas y amenazaron con disolvernos.

—Encontrar un tercer miembro con tan poco tiempo de antelación no fue fácil. —coincidió Fox—. Tuvimos suerte de encontrar la solicitud de Crimson entre los cadetes recién graduados.

—Exactamente. No nos permitieron llevar al nuevo cadete que reclutó el año pasado. Sé que es joven y que aún está en el programa GENE, pero otras unidades utilizaron reclutas en formación para cubrir sus plazas, ¿por qué no podíamos hacerlo nosotros? —James sacudió su cabeza—. No lo entiendo.

Fox exhaló, pareciendo sopesar su respuesta.

—Esta conversación nunca ocurrió, ¿entiende?

El estómago de James dio un brinco, ¿por qué ese repentino secretismo?

—Sí, señor.

—Muy bien. —El comandante asintió—. Estoy seguro de que ha oído hablar del Movimiento por los Derechos de las Personas Mejoradas.

—Sí, un poco.

—¿Sabe desde cuándo existe el Movimiento, Tiger?

James parpadeó dos veces.

—No, señor. —Había sospechado que Fox estaba posible-
mente involucrado con el Movimiento, pero nunca había visto
ninguna confirmación de ello.

—Trece años. Y en ese tiempo, nunca habíamos tenido una
oportunidad real de convertirnos en un movimiento legítimo. —
El brillo dorado de los ojos de Fox se afiló como el acero que se
forja bajo presión—. La batalla por la igualdad de derechos
nunca ha sido fácil. Es aún más difícil luchar cuando se supone
que no existimos.

Un incómodo nudo creció en el fondo de su garganta, James
tragó saliva.

—Esta vez tenemos una oportunidad de luchar debido a mi
posición como comandante. El departamento sospecha de mi
participación en el Movimiento, pero no ha tenido ninguna
prueba. Supongo que, si me derriban, también podrán derribar
nuestros esfuerzos.

James se sintió mareado con toda la información y las
preguntas que nadaban en su cabeza, al final, solo pudo
preguntar:

—¿Cómo puedo ayudar?

—Por ahora, céntrese en el caso. Lo mejor que podemos
hacer por el Movimiento es asegurarnos de que 0397 acabe en
el lugar correcto, es un sospechoso de alto perfil debido a sus
habilidades únicas. Si podemos hacer lo correcto por él,
podríamos sentar un nuevo precedente para los casos mejorados. —Fox se volvió hacia el espejo de doble vista, el contorno de
su silueta se reflejaba con líneas nítidas y precisas—. Crimson
redactará el informe; espero que la guíe en el proceso.

—Seguro, señor.

—Excelente, yo me preocuparé de los directores y de lo que
sea que nos lancen a continuación. —Fox miró a James de arriba
abajo—. Deberías irte a casa, James. Descansa un poco, apenas
estamos empezando.

—Sí, señor. —James le saludó de nuevo mientras el comandante se dirigía a la salida de las instalaciones de detención.

James se concentró en 0397 de nuevo, el chico estaba sentado en silencio, todavía con la mirada fija en aquel rincón, quizás perdido en sus pensamientos.

Dieciocho años.

A esa edad, James se había apresurado a obtener su diploma de bachillerato, había soñado con enlistarse en el Ejército como su padre, sus únicas preocupaciones eran sobre a quién llevar al baile de graduación.

Este chico podría acabar viendo el último de sus días en un laboratorio de investigación, con médicos y científicos como única compañía, lo único que le esperaba era la cláusula de salida: una inyección letal. Este tipo de escenario era lo que el Movimiento por los Derechos de las Personas Mejoradas buscaba cambiar, y llevaban trece años librando esa batalla perdida. Su estómago se revolvió, el ácido alcanzó su esófago.

James se quedó con 0397 hasta que el equipo de seguridad vino a sedarlo y recuperarlo.

La primera luz del día brillaba suave en el horizonte, tiñendo el cielo de rosa y azul pastel. El día era joven, pero James no sentía nada de eso mientras conducía por el centro de la ciudad, las calles estaban tranquilas y casi serenas; era como si nunca hubiera pasado nada. A pocas manzanas, el Distrito de Artes dormía. Esa misma mañana, un equipo de noticias seguramente informaría del ataque al *Blue Flamingo*. Omitirían cualquier detalle sobre la participación de personas mejoradas, y el secreto GENE estaría a salvo una vez más.

James se burló para sí mismo.

Un semáforo en rojo le marcó la parada justo delante del

Ayuntamiento, James aprovechó para frotarse los ojos. Era curioso que las mejoras de Clover le hicieran lo suficientemente fuerte como para levantar hasta cinco toneladas, pero no para resistir el peso de sus párpados. Le quedaban un par de kilómetros para llegar a casa, la promesa de una ducha y de su cama le parecía un lujo.

Cuando volvió a abrir los ojos, el semáforo seguía en rojo, las escandalosas revoluciones de un enorme motor en la esquina llamaron su atención. La barredora de la ciudad estaba haciendo su ronda habitual alrededor del Ayuntamiento.

Con las manos apretando el volante, James miró aquel vehículo con desprecio, era un coche de policía blindado tan negro como la vergüenza que se instaló en su pecho, su chasis era de puro acero galvanizado y tenía ventanas a prueba de balas. Las barredoras eran el legado de William Wade, el alcalde de New Graysons, estaban destinadas a limpiar la ciudad de la delincuencia, o al menos eso predicaban las campañas para su financiamiento.

Para mantener nuestras calles limpias, para mantener a nuestros hijos a salvo, decían los eslóganes de la campaña del alcalde Wade.

Al final, las barredoras se utilizaron a discreción del alcalde; después de que el Gobierno federal presentara una orden ejecutiva que restringía la libertad de expresión, Wade utilizó las barredoras para detener a los manifestantes. Cuando el Tribunal Supremo confirmó la orden, fueron utilizadas para detener los disturbios. Las barredoras habían llamado la atención de otras ciudades, y pronto, todas las demás urbes de Estados Unidos tenían una flota de coches blindados. Siete años después, Wade seguía en el cargo y los utilizaba para patrullar la ciudad, ahora libre de indigentes y de adolescentes que violaban el toque de queda.

James suspiró al ver que la barredora desaparecía detrás del

Ayuntamiento, esperaba que no encontrara a nadie a quien arrestar esa noche. La gente sabía lo peligroso que era ser sorprendido infringiendo el toque de queda, especialmente cerca de los edificios federales.

Parecía que había podredumbre por todas partes: en su ciudad, su carrera y ahora en su caso con 0397. James sabía que el caso sería difícil desde el principio, pero tenía la sensación de que las cosas se complicarían aún más, escribir el informe, para empezar, no sería una tarea fácil ni mucho menos. Temió entonces que Fox tuviera razón. La empresa haría todo lo posible por no dejarles avanzar, ¿tanto esfuerzo solo para que Fox y el Movimiento cerraran oficialmente?

El semáforo pasó a verde. James se alejó con un cansancio particular que le estrangulaba desde el pecho.

MIGUEL_

El frío suelo de cemento recibió a Miguel cuando entró en el centro de detención de Clover. El sonido de sus pies desnudos resonó en el vacío de las instalaciones. *Shadow Braid* pasó flotando junto a él, y la puerta se cerró tras ellos con un crujir metálico.

Ante ellos se extendía un largo pasillo de paredes de cemento gris y piso industrial, una única bombilla parpadeante iluminaba el pasillo de un tinte anaranjado intermitente. ¿De dónde venía ese sonido de lluvia? No solo podía oírla, sino también olerla como si estuviera justo debajo de ella.

Miguel vio de dónde venía la lluvia: en las profundidades cavernosas de la instalación, el pasillo se transformaba en un callejón de mala muerte y cuando miró hacia arriba, solo vio el techo, completamente seco, pero cuando miró hacia abajo, vio que la lluvia caía a su alrededor, con relámpagos rojos crepitando en su visión periférica. Miguel apartó la mirada, le dolía la cabeza mientras intentaba procesar más detalles sobre el callejón; mirarlo le forzaba la vista como si tratara de ver a través de una fina venda negra.

Mientras caminaba, Miguel se preguntó dónde existía la

otra versión del centro de detención. ¿Qué necesitaría Clover detener en el centro del mundo real?

Miguel se paró frente a una ventana montada en la pared y examinó la superficie negra reflectante, un espejo de dos caras, como en el Centro de Detención Fronterizo de Estados Unidos. Esta ventana debía conducir a una sala de interrogación.

—Estos lugares... —La voz de Miguel llenó el pasillo mientras miraba la forma de su reflejo—. Parece que estamos en los recuerdos de alguien. ¿Es eso cierto?

Shadow Braid se detuvo frente al espejo de doble cara. Sacudió la cabeza sin mirarlo.

—Bueno, no son recuerdos. Pero mi apartamento y el complejo militar de allá atrás son lugares que conocemos porque hemos estado allí antes. —Miguel frunció el ceño y se rascó el costado de la cabeza—. ¿Solo podemos visitar los lugares en los que uno de nosotros ha estado antes?

El cabello de *Shadow Braid* flotaba a su alrededor mientras asentía.

—¡Ja! —Miguel chasqueó los dedos como si estuviera ganando en algún juego. —Bueno, yo nunca he estado en este lugar. No pudiste entrar antes, así que tú tampoco. ¿Pertenece a alguien más?

Shadow Braid se volvió hacia él, sus movimientos eran lentos; algo estaba mal, sus labios lucían agrietados, su mirada apagada.

—¿Estás bien? —Preguntó Miguel, olvidando todas sus dudas.

Ella ignoró la pregunta y señaló el espejo de dos caras. Una luz se encendió, revelando una habitación de color verde al otro lado: una mesa, dos sillas y varias cámaras parecían pertenecer a ese lugar, pero la muñeca china sentada en una esquina lejana, no.

—¿Cómo es que esa muñeca está en todos los sitios a los que

vamos? —Miguel siguió analizando a la princesa china—. Espera... —Esforzó los ojos para ver mejor—. ¿Por qué tiene la frente agrietada?

Shadow Braid emitió uno de sus sonidos de asfixia mientras intentaba hablar, y luego se desplomó en el suelo.

—¡Oye! —Miguel se apresuró a acercarse a *Shadow Braid* y sostuvo a la chica en sus brazos mientras ella se retorcía.

Shadow Braid levantó la vista, los mechones de su cabello ya no flotaban a su alrededor como sombras, por primera vez desde que la conocía, parecía cansada. Parecía humana.

El cuello de Miguel se tensó, y su cabeza se volvió pesada por su nuevo descubrimiento: *Shadow Braid* era la única conexión entre realidades, mientras le guiaba por este mundo onírico, también mantenía unidas las piezas del mundo de las sombras. Cuando Miguel les concedió acceso a la instalación, añadió un nuevo lugar al mundo de las sombras y estaba convirtiéndose en una carga pesada para ella. Era como una vieja computadora que intentaba ejecutar demasiadas aplicaciones.

—Tal vez deberíamos volver —dijo Miguel, ayudando a *Shadow Braid* a ponerse de pie.

Shadow Braid lo consideró, con la respiración agitada por el cansancio, luego negó con la cabeza. Con una mirada, le dijo a Miguel que había algo que tenía que encontrar en las instalaciones, se aferró con fuerza a su brazo. Con la firmeza de su agarre, Miguel sintió que necesitaba su ayuda.

Miguel pensó que había seguido a *Shadow Braid* solo para saber si era real, y ahora estaba seguro de ello: ella era tan real como los lugares que habían visitado. En algún lugar fuera del mundo de las sombras, había una chica que necesitaba su ayuda. *Shadow Braid* era solo una versión retorcida de esa persona.

—Solo muéstrame a dónde ir. —Le pasó el brazo por los hombros y continuó por el pasillo.

TIGER_

Un agradable calor llenó a James después de estirarse y dar un largo bostezo. Había dormido un sueño profundo y sin interrupciones durante siete horas hasta que, alrededor de las cuatro, abandonó la comodidad aterciopelada de su dormitorio en busca de un vaso de agua.

La luz del mediodía se filtraba a través de las persianas de su sala de estar, el zumbido del filtro de la pecera era el único sonido que acompañaba sus pasos hacia la cocina. James bebió un vaso de agua completo y dejó escapar una exhalación satisfecha.

En sus veinticinco años de vida, el silencio siempre había sido poco común. Al crecer, los ruidos de sus hermanos menores en una casa pequeña nunca permitían que se establecieran momentos de tranquilidad, había cambiado ese bullicio por el del Ejército estadounidense y, poco después, había adoptado los ruidos de las instalaciones de Clover. El silencio en su condominio le pertenecía.

Encendiendo la cafetera, James pensó en pasar por Clover, aunque Fox le había dado el resto del día libre. No podía empezar a trabajar en el caso, ya que tenían que esperar a que el

Departamento de Psicología entregara la evaluación de 0397 pero, si solo iba al gimnasio de la empresa, podría casualmente pasar por el despacho del comandante y averiguar si los directores le habían hecho llegar algún comentario sobre el rendimiento de su unidad.

Un tintineo procedente de la mesa del desayuno llamó su atención, James encontró su teléfono justo donde lo había dejado al llegar a casa esa mañana. Con un movimiento del pulgar, miró las notificaciones: dos llamadas perdidas y tres mensajes de texto de Robin.

¿Qué hacía ella llamando y enviando mensajes de texto? Probablemente el Departamento Médico ya la había enviado a casa, pero debería estar descansando en lugar de intentar comunicarse con él durante horas. Leyó los mensajes.

¿Ya te levantaste? Acabo de oír que el Departamento Jurídico saldrá hoy en las noticias. ¿Sabes algo de eso?

¿Cómo es que sigues durmiendo? Llámame cuando veas esto.

Pon las noticias de las 4 p. m. cuando te despiertes. Seguro que Jurídico se encargará de la rueda de prensa.

Con la preocupación a flor de piel, James fue a la sala de estar y puso las noticias.

El Ayuntamiento apareció en la pantalla colocada sobre la chimenea, la estructura de piedra blanca se encontraba en el centro de la escena, rodeada de árboles verdes y una multitud de equipos de cámaras y periodistas que se agolparon en torno a un podio situado justo debajo de su escalinata. Una franja digital roja y azul con el logotipo del noticiero recorría la pantalla, leía: *Ataque al Blue Flamingo: El alcalde Wade y el portavoz de Clover Co. hablan a la comunidad*. Esta era la declaración oficial que tanto el Gobierno como Clover harían pública. Este era el encubrimiento del incidente del *Blue Flamingo*.

James tecleó una respuesta a Robin y se sentó en su futón: *Estoy viendo ahora.*

Tres hombres estaban de pie detrás del podio, manteniendo una conversación en voz baja mientras esperaban que el alcalde de New Graysons hiciera su aparición. El primer hombre era el virrey del Departamento Jurídico; James reconocería su resplandeciente cabeza calva en cualquier lugar. Máximo Reyes de la O servía de enlace entre los departamentos Militar y Jurídico, ocupaba poderosos cargos en ambos, como director de Relaciones Públicas y comandante de la Unidad Beta. De la O era un hombre que anunciaba su riqueza y su estatus desde su forma de caminar hasta sus caros zapatos y sus chalecos de diseñador. Si James tuviera que poner una cara a la oposición del Movimiento por los Derechos de las Personas Mejoradas, este hombre sería el primero que le vendría a la mente.

Los aplausos estallaron y las cámaras hicieron un paneo para captar la entrada de un hombre alto y lánguido que llevaba un traje negro como un cuervo. El alcalde Wade saludó a las cámaras mientras se dirigía al podio, estrechó la mano de los hombres que ya estaban en el lugar y cuando apretó la del señor De la O, también le dio una palmadita en el hombro. Tras ocupar su lugar detrás del podio, el alcalde Wade esperó un instante antes de iniciar su discurso, adoptando una pose de líder para las cámaras.

—Anoche, la tragedia golpeó a nuestra hermosa New Graysons. Un grupo terrorista aún desconocido atacó nuestra ciudad con armamento militar mejorado, docenas de nuestros hijos e hijas fueron heridos en este atroz ataque. Muchos están todavía en nuestro Distrito Médico, luchando por sus vidas.

El alcalde hizo una pausa para observar a la multitud. Su rostro era inexpresivo, dejaba que sus palabras fueran las únicas que transmitieran su mensaje, una maniobra política muy bien estudiada.

—A pesar de lo mucho que me entristece ver a mis ciudadanos como blanco de semejante violencia, estoy orgulloso de cómo respondió nuestra ciudad al ataque en el *Blue Flamingo*. Quiero dar las gracias a nuestro departamento de Policía y a nuestros equipos de primera respuesta por su valentía. También quiero agradecer a nuestros aliados de Clover por su inestimable ayuda para hacer frente a esta amenaza.

El teléfono de James chirrió en sus manos con un mensaje de Robin. *Solo otro ataque terrorista por otra agencia terrorista no identificada, nada que ver aquí.*

James se burló, siempre era lo mismo: las relaciones públicas de Clover elaboraban una historia para culpar de los crímenes relacionados con GENEs rebeldes a agencias terroristas no específicas o a cualquier grupo que se opusiera al Gobierno, en un intento de aplastar cualquier protesta contra el alcalde y la ciudad. Contestó a Robin con un emoji rodando los ojos.

El alcalde Wade había concluido su discurso y había dado la palabra al señor De la O para que se dirigiera a la prensa. No era raro que los políticos conocedores de la iniciativa del secreto GENE dejaran que el personal de Clover se encargara de la prensa, ¿quién mejor para mantener una mentira que sus creadores?

El señor De la O subió al podio y las cámaras lo enfocaron.

—Gracias, señor alcalde. —Un ceceo español y una dicción entrecortada acompañaron sus palabras—: Buenas tardes. Responderé preguntas sobre la participación de nuestra empresa en la respuesta al ataque del *Blue Flamingo*. Antes de empezar, Clover desea mandar su más sentido pésame por los sucesos de anoche, pedimos a la comunidad que preste su espíritu a todas las víctimas, para que superen las heridas sufridas y vuelvan sanos y salvos a casa.

El rostro de James se torció con amargura mientras el señor De la O daba su mensaje. Todas las palabras eran las correctas, pero ninguna emoción llegó a sus profundos ojos color avellana, en cambio, esos ojos mostraban la confianza de alguien que sabía que llevaba la delantera en una carrera.

El señor De la O abrió la oportunidad para hacer preguntas. La multitud de reporteros zumbó desenfrenadamente, levantando sus dispositivos de grabación y sus tabletas electrónicas al aire; De la O eligió a los reporteros aparentemente al azar, pero sabía qué representantes de las noticias harían las preguntas más seguras. James había oído al señor De la O dar las mismas respuestas en incidentes anteriores. El atentado había sido realizado por un grupo anodino de sospechosos que pertenecían a un nuevo grupo terrorista, no tenían más detalles sobre los sospechosos o su organización, ya que aún estaban siendo investigados, Clover reclamaba la jurisdicción del caso porque se confirmaba el uso de armamento mejorado, los medios de comunicación pedían más aclaraciones, y De la O aprovechaba la oportunidad para recordarle a todo el mundo que Clover era el líder mundial en la investigación de defensa.

El señor De la O anunció que tenían tiempo para un par de preguntas más y una voz se alzó sobre todas las demás.

—¡Disculpe!

James entrecerró los ojos para enfocar a una morena con gafas que se abría paso a codazos hacia el frente de la multitud.

—Disculpe, señor De la O. Parker Laney, para *La Bitácora del Conspirador*. —La mujer levantó su bolígrafo en el aire para llamar la atención del hombre en el podio.

Durante una fracción de segundo, De la O escudriñó las vallas de seguridad colocadas alrededor del Ayuntamiento, quizá preguntándose quién había dejado entrar a esta mujer. El nombre del medio de comunicación que la mujer gritó no prometía preguntas inofensivas como las del *Times* o el *Heraldo Gris*. Al final, De la O la señaló como había hecho con los demás periodistas.

—Señor De la O, ¿tiene alguna declaración sobre las acusa-

ciones de que el responsable del atentado era un humano reconstruido y no una organización terrorista?

El rebaño de reporteros se quedó en silencio, James se
acomodó en su asiento; una repentina ola de frío le recorrió la
columna vertebral, ya había oído ese término: de vez en cuando,
los conspiranoicos se las arreglaban para mantenerse a flote a
través de los medios de comunicación más pequeños. Entre las
teorías sobre la gente lagarto y Pie Grande, flotaban rumores
sobre soldados sobrehumanos, la teoría afirmaba que el
Gobierno enlistaba híbridos alienígenas para tenerlos a su servicio. El público en general no conocía a los GENEs, pero los
teóricos de la conspiración los habían bautizado como "humanos
reconstruidos".

Risas discretas se extendieron por el rebaño de reporteros y
locutores. Acusaciones como esta seguían considerándose una
gran broma, aunque Parker Laney, sin saberlo, se estaba acer-
cando demasiado a la distribución de información ilegal. Los
grandes medios de comunicación desacreditaban las revistas
como para la que Parker Laney trabajaba. Las restricciones a la
prensa libre garantizaban que su alcance pudiera ser sofocado;
James estaba seguro de que esta sería la primera y última vez
que oiría hablar de *La Bitácora del Conspirador*.

—Señorita Laney, ¿verdad? —De la O tosió en su puño
como si tratara de reprimir una carcajada—. No, Clover no tiene
ningún comentario sobre ningún humano reconstruido. Nuestra
empresa se ocupa de ser su principal proveedor de avances
tecnológicos, médicos y energéticos. Nuestra misión sigue
siendo fomentar investigaciones que reconstruyan y mejoren
cada nación a través de nuestro estudio de la tecnología de
posguerra. No más preguntas.

Y así, el secreto GENE volvió a estar a salvo. Desde el fondo
de su cabeza, las palabras de Fox volvieron a él: *la batalla por la
igualdad de derechos nunca ha sido fácil. Es aún más difícil*

luchar cuando se supone que no existimos. James apagó el televisor, frunciendo el ceño.

Durante los dos últimos años, había trabajado duro para mantener a su unidad unida, obedecía las órdenes, no hacía preguntas, y todo había sido para proteger el secreto GENE. ¿Era esto realmente lo correcto?

La empresa declaró que mantener el secreto GENE era lo mejor, el público no estaba preparado para conocerlos, pero esto solo significaba que los GENEs no tenían a nadie que los respaldara. Si la empresa decidía que descartar a 0397 como un caso perdido y dejar que los investigadores de la isla Hart lo mataran era lo mejor para el secreto GENE, ¿le correspondería a él dejar que eso sucediera?

Como si alguien hubiera pulsado un interruptor en su interior, James se negó a permitirlo.

Ya no le parecía correcto proteger el secreto por encima de todo lo demás, la gente a la que protegía también debía incluir a los GENEs rebeldes. Incluso con todas sus mejoras y todas sus disfunciones, seguían siendo humanos.

Podía hacer más, podía involucrarse en el Movimiento por los Derechos de las Personas Mejoradas.

James se detuvo al pensar en su unidad. Si los directores sabían que tanto el comandante como el jefe de la unidad estaban involucrados con los derechos para los mejorados, se convertirían en un objetivo mayor. ¿Era justo poner en juego las carreras de Robin y Alyssa? Necesitaría el consejo de alguien con mayor sensibilidad política, y necesitaba el apoyo de su unidad.

Su teléfono sonó con una llamada de Robin. James se decidió antes de contestar, después de todo, no pasaría por Clover ese día.

Cuando llegó a la finca Bluevue, el sol ya se escondía tras el horizonte. El camino hacia la montaña Bluevue le llevó a pasar por casas hechas a medida para adaptarse al caprichoso terreno. Las propiedades mostraban diseños más grandes e intrincados cuanto más alto se encontraban en la montaña.

La casa de Robin se encontraba en el anillo más alto de casas. Por lo que James sabía, la lujosa casa le llegó como herencia que ahora mantenía con su propia carrera en Clover. La casa tenía un estilo arquitectónico moderno, con exuberantes jardines y una entrada de piedra pulida que encajaba con Robin a la perfección. Una mente aguda con un gusto excelente.

James estacionó su coche en su lugar habitual y cruzó los jardines nevados, una mujer con uniforme de ama de llaves le recibió en la puerta; la siguió al interior de la casa, donde ella le pidió que esperara en el vestíbulo.

—¡James! —Un joven que llevaba una bandeja con diversos cuencos y jeringuillas vacías bajó las escaleras. El uniforme azul marino con el logotipo de Clover impreso lo identificaba como un enfermero de la empresa.

—Louis Adrieux —dijo James con una sonrisa, y estrechó la mano del enfermero. Conocía a Louis como el enfermero preferido de Robin para cuando tenía que quedarse en casa y recuperarse del uso de sus habilidades.

—¿Cómo has estado? Ha pasado mucho tiempo.

—Demasiado tiempo. Veo que Robin te ha puesto a cuidar de ella de nuevo. Mis condolencias. —James sabía por ser su compañero que Robin no era una paciente fácil.

Louis se rio, y James sabía que la mitad de su risa era en acuerdo.

—¿Está dispuesta a recibir visitas? Pregunté antes si podía venir, pero sé que se hace tarde.

Louis levantó la mano.

—Oh, no te preocupes por la hora, no está durmiendo, si eso es lo que te preocupa. Que reciba visitas puede ser otra cosa.

—¿No se siente bien?

Louis le dedicó una sonrisa lastimosa.

—No está de buen humor.

James siguió a Louis por las escaleras y por el salón principal, que tenía vistas a la piscina y al invernadero del patio trasero. Normalmente, James ni siquiera habría llamado al timbre; habría ido directamente al invernadero, donde Robin pasaba la mayor parte del tiempo. A menudo decía que prefería la compañía de las campanillas de invierno, el veratrum y los lirios de belladona a la de otras personas.

Con un golpe en la puerta abierta del dormitorio, Louis hizo notar su presencia.

—¿Qué pasa? —Robin habló sin levantar la vista de la tableta electrónica de la que estaba leyendo, su voz teñida con una nota extra de irritación.

—James Kings ha venido a verla, señorita Night.

Una sonrisa agridulce se dibujó en el rostro de Robin.

—Vaya, vaya. Has tardado bastante. —Señaló una silla cerca de su cama—. Entra, toma asiento.

James tomó su lugar al lado de Robin, no la había visto desde que la llevó al ala médica de Clover y los médicos lo alejaron. Al ver a su compañera de cerca, se dio cuenta de lo mucho que la había mermado el uso de sus habilidades: su piel parecía tan quebradiza como el papel de piel de cebolla, y podía ver las numerosas y finas venas moradas que salían de la esquina de sus manos.

—Louis, ¿serías tan amable de traerme una taza de té?

—¿De qué tipo, señorita Night?

—Que sea de manzanilla y lavanda con tres cucharadas de miel, pero no la que guardamos en el armario de los invitados. Pregúntale a Jessica dónde guardamos la miel buena.

Louis sonrió.

—Sí, señorita Night. ¿Algo más?

—¿James? —Robin se dirigió a él.

—Solo un vaso de agua, gracias. —James le dio al enfermero una sonrisa de agradecimiento.

Robin esperó a que Louis se fuera para volver a hablar.

—¿No es justo lo que recetó el médico? —dijo Robin con un ronroneo—. No me da lata como el resto de ellos. Es rápido, sonriente, es tan... complaciente...

James ignoró sus comentarios y examinó las ojeras alrededor de sus ojos y los numerosos vendajes no corrosivos alrededor de su mano. Ella se apartó el pelo plateado de la cara y le sonrió.

—Oh, por favor, no me mires así. Ya sabes cómo es. A veces me vuelvo un poco loca, pero no es nada que una simple transfusión no pueda arreglar.

—Alguien podría haber muerto la otra noche, Robin.

Agitó una mano delante de su cara.

—Ahórrate el sermón, ¿quieres? Tu jefe ya me ha dado uno.

—¿Qué? ¿Cuándo?

Robin señaló una hoja rosa que había en la mesita de noche.

—Esa preciosa carta me estaba esperando cuando llegué a casa. Al parecer, Fox hizo que Honey la dejara mientras yo estaba en el hospital. No es la tarjeta de recuperación que esperaba.

James cogió el papel y siguió leyendo.

—Una suspensión. ¿Por cuánto tiempo?

—Tres semanas. ¿Puedes creerlo? ¿Qué se supone que yo haga durante tres semanas? —Ella soltó una carcajada—: Y como si la suspensión no fuera suficiente, esto irá a mi registro permanente.

James dejó escapar un silbido bajo. Esto tenía que venir de los directores.

—Fox dijo que los directores le pidieron que entregara todo

lo que teníamos sobre el caso anoche, incluida la transcripción de nuestra misión.

Robin se tomó un momento para procesar sus palabras.

—Eso lo explica, entonces. Supongo que alguien tenía que asumir la culpa de los errores que cometimos. No podías ser tú porque eres el jefe de la unidad. No podía ser Alyssa porque ya tenía anotaciones en su expediente. Solo quedaba yo.

James hizo una mueca. No esperaba este tipo de consecuencias. Su posición de líder le protegía esta vez, pero su demora en llamar a los refuerzos podría llevarle a una suspensión laboral también. El hecho de que la autorización GENE de Alyssa saliera mal podría haberla condenado, como mínimo, a una larga estancia en Archivos. A su mejor conocimiento, Robin había hecho todo de acuerdo con el manual militar.

—Eso no es justo.

—La política es una perra sucia. —Ella se encogió de hombros—. Estaré bien. Fox sabe que Jim Rogers tiene una debilidad por mí. Tal vez le mencione casualmente la anotación en mi expediente y él haga algo al respecto.

James se rio. Era cierto, el codirector del Departamento Militar era un viejo amigo del padre adoptivo de Robin. Había ayudado a los Delta antes por su aprecio hacia ella.

—No sé cómo te las arreglaste para permanecer en el lado bueno de Rogers.

—Estaba un poco molesto cuando firmé para trabajar con Fox. Él y mi padre lo llamaron suicidio profesional, pero soy demasiado encantadora para que sigan enfadados conmigo. —La boca de Robin se curvó en una sonrisa como si de repente hubiera recordado algo divertido—. Así que había algo de lo que querías hablarme. ¿De qué se trata?

James respiró profundamente. Miró por encima de su hombro para comprobar que seguían solos.

—Es sobre el Movimiento por los Derechos de las Personas

Mejoradas. Fox está muy metido y quiero unirme a él, pero no me parece bien hacerlo antes de hablar contigo y con Alyssa. Si me uno, eso podría afectar sus carreras. Te ayudaría a cambiar de unidad, si quieres.

Robin parpadeó. Lo estudió, absorbiendo sus palabras, cuando habló, sus palabras salieron lentas y medidas.

—De acuerdo. También me uniré.

—¿De verdad? —Él se quedó boquiabierto—. ¿Lo harás?

—Sabes, si Fox está tan metido como dices, ya nos hemos asociado a él. Ya es hora de hacer algo bueno para variar. —Se encogió de hombros como si acabara de decidir comer el postre antes de la cena.

—Esto es genial, Robin. —James sonrió, aliviado—. Me alegro mucho de que me acompañes en esto.

—Sí, sí, relájate. —Robin agitó una mano delante de ella y miró hacia otro lado—. No es gran cosa.

—Quiero decir, —Se rio—. Llevamos mucho tiempo trabajando juntos. Habría sido raro hacer esto sin ti.

—Ay, eres tan cursi. —Se volvió hacia él después de mostrarse exasperada—. ¿Estás seguro de que podemos confiar en Alyssa? Quiero decir, la chica es genial y todo, pero ha estado con nosotros durante solo tres meses.

El comentario de Robin le hizo reflexionar. Tres meses era poco tiempo para hablar de algo así en confianza, pero Alyssa era el tipo de soldado que no siempre seguía las reglas. Al fin y al cabo, había seguido resolviendo esos casos de Narcóticos Mejorados mientras trabajaba en Archivos.

—Creo que sí podemos.

—¿Crees? —Ella levantó una ceja—. Bueno, hay que estar seguros antes de traerla. No deberíamos arriesgarnos con esto.

James sabía que no podía culpar a Robin por ser tan desconfiada. Sus ojos amatistas tenían un brillo que hablaba de un ingenio agudo y una perspicacia superior a sus veinticuatro años. Haber nacido dentro del programa GENE de Clover te hacía eso.

—Tienes razón —dijo James—, me aseguraré de que podamos confiar en ella antes de mencionárselo.

Robin asintió. Le miró fijamente a los ojos, perdida en sus pensamientos.

—James, hemos visto este tipo de casos antes. ¿Por qué la repentina necesidad de apoyar al movimiento?

Inclinándose, James apoyó los antebrazos sobre su regazo, le contó todo sobre el lugar de Fox dentro del movimiento y cómo proteger el secreto GENE ya no le parecía bien. James habló de cómo ayudar a 0397 a conseguir el veredicto correcto de los directores podría ayudar al movimiento, aunque sería un reto.

—Todo es bastante extraño —dijo James tras concluir su relato de la entrevista—, el chico no tiene nombre ni recuerda el ataque. Solo fue capaz de decirnos que es de Alemania y, bueno... eso era obvio.

—Podría estar fingiendo —reflexionó Robin—, aunque el chico ya parecía bastante loco.

—Fox también lo pensó. Dijo que involucraría al Departamento de Psicología.

—La participación de los psiquiatras siempre retrasa una investigación. Me pregunto por qué los directores se empeñaron en obtener toda la información lo más pronto posible. —Los ojos púrpuras de Robin brillaron con una lucidez que antes no tenían—. A no ser que los directores estén siendo presionados por alguien para que emitan un veredicto preliminar.

James la miró sin saber muy bien a qué se refería. Robin tenía un sexto sentido para la política y era bastante buena adivinando qué juegos estaban jugando los altos mandos.

Ella pareció percibir su confusión.

—Estás preocupado por los directores.

—Lo estoy. No sería la primera vez que los directores envían a un GENE rebelde a la isla Hart sin ver siquiera un informe completo. —James se pellizcó el puente de la nariz—. No deberían poder hacer eso.

—No deberían —coincidió Robin—, pero no creo que lo hagan esta vez. La empresa nunca echaría a alguien como él. Ni siquiera si la evaluación es negativa.

—¿Qué quieres decir? —James se perdió de nuevo.

Robin soltó una risa como si tuviera una broma con alguien más y le pareciera entrañable que él no supiera de ella.

—¿Cuándo fue la última vez que viste algo como lo que tiene el chico en lugar de un brazo?

James negó con la cabeza como respuesta.

—Exacto. Fox no había visto nada parecido, y la gente del departamento probablemente tampoco. Eso significa que podría tratarse de un nuevo tipo de variación, y que la empresa querría sacar provecho de ello.

—Pero, ¿y el incidente? —En cuanto la pregunta salió de sus labios, James se dio cuenta de lo crédulo que había sonado.

Robin se volvió hacia él con una sonrisa condescendiente.

—A la empresa le importa un bledo el incidente. Ese chico es un arma, y las armas son moneda de cambio.

CRIMSON_

Alyssa se encogió ante el desorden en su escritorio: las tazas manchadas de café se escondían en montones detrás de sus monitores, pequeñas montañas de bolas de papel merodeaban alrededor del teclado. Perdió la cuenta de cuántas horas había pasado en la sala táctica tratando de reunir alguna pista para el caso.

Al principio, pensó que escribir sin matices de los sucesos relacionados con el caso de 0397 sería fácil, hasta que el sospechoso afirmó que no recordaba el ataque al *Blue Flamingo* ni mucho menos quién era. Tanto si era cierto como si no, ahora ella tenía que construir el relato de los hechos, Fox le dio los videos de seguridad de las fuerzas policiacas para trabajar y nada más. Tendría que presentarlos a los directores del Departamento Militar junto con su informe escrito. Entonces ellos decidirían qué hacer con el sospechoso 0397.

En cuanto a lo que harían, no estaba segura. Podrían enviarlo a las instalaciones de Garden City en Colorado. Los GENEs rebeldes como él podían dar un giro a sus vidas después de un tiempo en la división correccional de Clover. No es que debiera preocuparse por ello, su trabajo seguía siendo presentar los hechos, ni más ni menos.

Alyssa volvió a sentarse en su escritorio y apartó las bolas de papel del teclado. El calendario digital marcaba la fecha del 24 de noviembre, todavía tenía diez días para entregar su informe, tiempo de sobra. Excepto que los Delta no tenían nada que mostrar por el trabajo realizado en los últimos tres días, ni siquiera con la ayuda de James.

Con el corazón latiendo más rápido que antes, encendió los monitores y sacó un nuevo formulario para el informe. Abrió la lista de los videos que había ordenado cronológicamente. Alyssa se detuvo y se fijó en un campo que no había visto antes, debajo de la leyenda *Recomendación de la Unidad* había una pequeña casilla para los comentarios del reportero.

Alyssa resopló, como si a alguien le importara lo que los Zorros Castrados tuvieran que decir.

Le dio reproducir a los videos.

La secuencia comenzó con el video de un cajero automático frente al *Blue Flamingo*. Un destello de pelo rubio oscuro apareció en la pantalla; en la pésima resolución de la cámara del cajero, 0397 interpretaba el papel de alguien que no debería haber estado en el Distrito de Artes. Destacaba como una grieta en la vajilla más fina con sus andares oscilantes y su ropa sucia. Parecía aturdido, perdido.

El examen médico de 0397 informó de desnutrición y deshidratación. ¿Su hambre le impedía pensar con claridad y acabó en el Distrito de Artes por accidente? Después de verlo en los videos, estaba claro que no se trataba de un ataque terrorista.

Por enésima vez, Alyssa reprodujo el video que creía que mostraba el catalizador del incidente del *Blue Flamingo*: un convertible rojo frenó junto a 0397 y lo siguió durante unos cuantos pasos, uno de los pasajeros le lanzó lo que parecía un vaso de poliestireno, un líquido anaranjado y gélido salpicó del vaso y manchó la ropa de 0397, el convertible se alejó y desapareció tras el estacionamiento del *Blue Flamingo*, abandonando a su sospechoso; 0397 miró su chaqueta, se la quitó y evaluó los daños. Cuando levantó la vista, miró en la dirección en la que se habían ido sus atacantes, sostuvo la chaqueta en sus manos, y miró las concurridas calles que conducían al *Blue Flamingo* durante un largo rato sin mover un músculo.

Alyssa se mordió la uña del pulgar mientras veía cómo 0397 se desprendía de su letargo y se encaminaba al *Blue Flamingo*. Puso en pausa el video como si pudiera detener ese momento y evitar que 0397 siguiera su camino, quería hacerles pagar el insulto, la burla y su chaqueta arruinada. Si Alyssa no supiera lo que había hecho aquella noche, le habría animado.

«Mantén la calma, Dietrich», se dijo a sí misma. «Se supone que tienes que ser neutral».

Volvió a darle reproducir al video. 0397 se dirigió al *Blue Flamingo* a las 12:15 de la mañana del 18 de noviembre.

Alyssa salió de la sala táctica con el estómago rugiendo, tanto tiempo pasado con los videos de 0397 no era nada saludable. Una comida tranquila, lejos de sus monitores, podría ayudarla con sus pensamientos sobre ponerse a favor de presuntos terroristas.

Se sentó frente a un platillo de huevos, salchichas y té. Clover tenía una supuesta amplia selección de tés, pero Alyssa sospechaba que todos eran del mismo tipo, una débil mezcla de hojas secas, con diferentes etiquetas. Igual ella lo tomaría, antes que nada.

Nada podía compararse con el té de la oficina británica de Clover, los recursos y el respeto que los GENEs tenían allí eran inigualables.

Alyssa sintió la nostalgia acumularse en su pecho.

Cuando se fue de Inglaterra, nunca imaginó que echaría tanto de menos su hogar. Alyssa nunca había sido de las que lloran, pero a veces le apetecía hacerlo cuando llovía. El olor de la tierra empapada por la fría lluvia y las vistas de los paraguas de colores la hacían pensar en Londres. Pensó en aquellas tardes de su infancia que pasó en una silla de ruedas, aparcada junto a los ventanales de la sala de banquetes. Mientras los nervios de su columna y sus piernas se recuperaban del proceso de mejoras de Clover, el resto de los niños del vecindario jugaban bajo la lluvia. El sonido de su cuidador, Dudley, tocando el piano se filtró entre sus agridulces recuerdos. Suaves notas danzaban desde las yemas de sus dedos cuando las piernas de Alyssa no podían. No era Londres lo que echaba de menos, se dio cuenta entonces, sino al hombre que la cuidaba en sus momentos más débiles.

Se permitió una sonrisa melancólica y cogió su taza, hecha de poliestireno, de té americano.

—No es una taza de *Builder's*, pero tendrá que bastar —susurró para sí misma antes de dar el primer sorbo. Se las arregló para no hacer una mueca cuando la bebida hirviente y amarga se arremolinó en su boca.

Alyssa levantó la vista y vio una silueta esbelta y familiar en la caja registradora de la cafetería, se le enfrió el estómago.

Podría ser un error, trató de convencerse, pero no tuvo suerte. El movimiento de la cabeza para quitarse el flequillo de los ojos y la risa cristalina eran inconfundibles: Esteban Tomassetti, el jefe de la Unidad Beta, trataba de decidir si tomaba leche o jugo de naranja.

Conoció a Esteban antes de mudarse a Estados Unidos. Había sido un invitado en su oficina, y sus superiores le encomendaron la tarea de guiarlo por la ciudad durante más de una semana.

Desde que se trasladó a Estados Unidos, a Alyssa le preocupaba toparse con el encantador chico italiano. Alyssa no sabía qué era lo que había en él, tal vez era su encantadora sonrisa o la atractiva chispa de sus profundos ojos dorados, tal vez era la discreta suavidad de su acento florentino cuando hablaba. Alyssa no sabía qué había en él, pero simplemente odiaba a ese tipo.

Alyssa se sorprendió a sí misma rodando los ojos cuando una broma de Esteban hizo que la cajera se riera como una maldita idiota; exasperada, decidió llevar su desayuno a la sala táctica. Se levantó con su bandeja y, por pura casualidad, Esteban miró en su dirección. Su cabello tan rojo como la electricidad que corría por sus venas no la ayudó a pasar desapercibida.

Hasta ahí había llegado su desayuno tranquilo.

Cuando vio la chispa de reconocimiento en el rostro de Esteban, dejó la bandeja y se obligó a dirigirle una pequeña sonrisa.

—Bueno, que me parta un rayo. ¿*Crimson Thunder*, en los Estados Unidos? —Esteban se acercó a ella con una caja de jugo de naranja en la mano.

Alyssa quiso desaparecer en ese momento, deseaba haberse quedado en la sala táctica. Se preparó para un saludo militar, ya que él la superaba en rango.

—No seas tan formal, Alyssa. —Esteban levantó una mano—. Relájate.

Alyssa trató de sonreírle de nuevo.

—Hola, Esteban.

—Me enteré de que te habían trasladado. Me preguntaba si te vería por aquí.

—Sí. Llevo aquí un par de meses.

Esteban se sentó e invitó a Alyssa a hacer lo mismo como si fuera ella la que había interrumpido su desayuno.

—¿Cuánto tiempo te tendremos con nosotros?

—Dieciocho meses. —Su tono desesperanzado era mucho más palpable de lo que le hubiera gustado.

—Vaya, ¿así de mal estuvo la cosa?

—¿Perdón?

—Se rumora que te trasladaron por motivos disciplinarios. —Acentuó las últimas palabras haciendo comillas con sus dedos—. Dieciocho meses fuera de tu unidad significa que fuiste bastante... traviesa.

Alyssa apretó su mandíbula y su cara se calentó. Esbozó una fina sonrisa.

—Bueno, los rumores son solo eso. Yo misma pedí el traslado para ampliar mi carrera.

—¿En dieciocho meses?

—Es solo un periodo de prueba. Espero quedarme. —Era impresionante con qué facilidad las mentiras salían de ella, y aún más sorprendente era cómo se las había arreglado para no darle un puñetazo todavía.

—¿De verdad? ¡Qué interesante cambio de carrera! Nunca habría cambiado el prestigio que tenías con las Fuerzas Especiales Mejoradas. ¿Cómo se iba a llamar tu unidad? ¿Los Portadores de la Luz?

La cara de Alyssa estaba en llamas, y se preguntó por cuánto tiempo más podría ser educada. El nombre de su antigua unidad en sus labios le dolió en el pecho, tragó con fuerza.

—Sí, habría sido una unidad bajo Narcóticos Mejorados, pero decidí explorar otras opciones profesionales.

Esteban le dedicó una pequeña sonrisa y un guiño.

—En ese caso, bienvenida a la oficina americana.

—Gracias. —Alyssa tomó un sorbo de su té, ahora tibio.

—Bueno, ya que estás buscando hacer crecer tu carrera, déjame darte un consejo.

Alyssa se las arregló para mantener la compostura mientras

Esteban hablaba. No quería que el tipo estuviera cerca de ella, y mucho menos que le diera consejos. Empezó explicando que tenía más o menos su edad cuando empezó a trabajar en la empresa, había tardado dos años en convertirse en jefe de unidad de los Beta, la élite del ejército privado de Clover.

—Como ves, apenas tengo veinte años y ya tengo una carrera que muchos envidian. Pero todo es cuestión de conocer a la gente adecuada. ¿Con quién trabajas ahora?

—Estoy con la Unidad Delta.

Esteban hizo una mueca como si lo que ella había dicho le hubiera dolido.

—¿Con Fox? Qué pena. Querrás dejar a los Delta lo antes posible.

—¿Ah, sí?

—Oye, no tengo nada en contra de Tiger y Komodo. —Se rio—. Son geniales, trabajé con ellos un par de veces en misiones más grandes. Fox es el verdadero problema aquí.

—¿Por qué dices eso?

—El tipo no parece ser un mal comandante, si te soy sincero. —Esteban se encogió de hombros—. Pero es pésimo para jugar con los superiores, ¿sabes?

Alyssa sintió que su boca se torcía. Fox era un mal jugador político, no lamía suficientes suelas, no pedía favores, así que no le debía nada a nadie. Nada de eso la preocupaba, ella prefería la honestidad y la integridad antes que un sórdido al frente de su unidad.

—Si yo estuviera en tu lugar, utilizaría cualquier caso para llamar la atención de otros comandantes. ¿En qué estás trabajando ahora mismo?

—Estamos procesando este GENE que recogimos hace unos días.

Esteban tomó un sorbo de su jugo por primera vez desde que se sentó con ella.

—¿Cuál es tu papel en el caso?

La molestia de Alyssa se transformaba en sospecha con cada minuto que pasaba. Esteban se había quedado con ella más tiempo del que debía.

—Estoy escribiendo el informe.

Esteban asintió como si se esforzara en que su respuesta le importara una mierda.

—Espera, ¿ese no sería el caso que Relaciones Públicas tuvo que cubrir el fin de semana pasado? ¿El del Distrito de Artes?

Alyssa entornó los ojos ante sus preguntas. La estaba interrogando, disfrazando todo el asunto como una amistosa conversación. Ella no contestó. Esteban continuó su actuación sin ella.

—He oído cosas muy interesantes al respecto. Ese caso puede marcar la diferencia para ti.

—¿De verdad?

—¡Oh, sí! Ahora está en boca de todos. Las unidades más grandes están mostrando mucho interés. He oído que es una especie de cíborg mejorado. También oí que está completamente loco. —Se rio—. Será un día triste cuando esas habilidades se desperdicien en la isla Hart.

Las palabras de Esteban se sintieron como un golpe al estómago. ¿Cómo sabía él todo esto? Todavía no se había dado información al resto del Departamento Militar, los únicos que conocían los detalles de los casos eran los Delta y los directores del departamento.

—¿Sabes qué más es triste? —Esteban se inclinó más cerca, tanto que Alyssa percibió un olor a cloro en él y notó que su cabello aún estaba húmedo por la piscina. Tenía una mirada asesina en sus ojos dorados, como la de un guepardo esperando a correr tras su presa—. Saber que un soldado con tanto talento como tú se está desperdiciando en la Unidad Delta. Si realmente quisieras avanzar en tu carrera, deberías venir a trabajar para mí.

El olor a cloro le quemaba en el fondo de la garganta. Su mandíbula se tensó.

—Si firmas con mi unidad ahora, después de dieciocho meses, podrás elegir la carrera que quieras. Con la recomendación de mi jefe, Narcóticos Mejorados te aceptaría en un santiamén. —Su astuta sonrisa anunció que tenía el poder de hacer realidad cualquier promesa—. Solo muéstrame tu informe.

Desde el momento en que Narcóticos Mejorados la había rechazado, Alyssa había fantaseado con la posibilidad de volver. El revoloteo en su estómago le dijo, en ese momento, por qué había pasado todo ese tiempo tratando de resolver los casos de Piedras Brillantes, ella no solo quería fortalecer su músculo investigador, quería que su antigua división se fijara en ella y la aceptara de nuevo.

—Veo que podrías necesitar algo de tiempo para pensarlo. —Esteban se apartó el cabello negro como la medianoche de los ojos—. No tardes mucho.

Esteban se levantó de su asiento, y Alyssa siguió sus fluidos movimientos con la mirada.

—Si de verdad quieres avanzar en tu carrera, reúnete conmigo en Archivos dentro de una hora. —Tras guiñarle un ojo dorado, Esteban se alejó, dejándola mirando su caja de jugo sin terminar.

De vuelta en la sala táctica, Alyssa se sentó en su escritorio, intentando trabajar. El video del interrogatorio de Fox a 0397 se reproducía en su monitor flotante, pero no podía concentrarse en él.

En su lugar, miró el reloj en la esquina de su pantalla, viendo pasar los minutos. Esteban le había dado una hora para reunirse con él, pero parecía que llevaba más tiempo tratando de decidirse. Todavía le quedaban veinte minutos. La sala táctica Delta estaba vacía; podía tomar sus papeles y salir, tardaría dos minutos en bajar a Archivos. Había un corto viaje en ascensor entre ella y la promesa de recuperar su antigua vida, ¿pero era eso lo que realmente quería?

Las náuseas brotaron en su interior, Alyssa repitió la conversación en su cabeza. En todo el tiempo que había soñado con un regreso triunfal a Inglaterra, nunca imaginó que se presentaría una oportunidad como esta. ¿Qué significaría para los Delta si aceptara la oferta de Esteban? ¿Cuánto les costaría su traición?

Esteban tenía demasiada información sobre el caso y sobre ella, que no podía provenir de rumores o similares, alguien le había dado lo que necesitaba para convencerla. Su lealtad al comandante Fox y a la Unidad Delta era valiosa para alguien más, pero ella no podía averiguar por qué.

Alyssa se sentó en su silla, un pensamiento rastrero le picaba en el fondo de su mente. Era algo que Esteban había dicho, había hablado de que 0397 iría a la isla Hart como si estuviera seguro de ese resultado, aunque los directores no hubieran anunciado su veredicto. Tal vez estaba tan seguro de esto porque sabía que sería capaz de tentarla, su traición a su unidad cambiaría el resultado del incidente del *Blue Flamingo*. Condenaría a 0397 a morir en el centro de investigación de Clover.

El sonido grabado de Fox golpeando su puño sobre la mesa de metal en la entrevista llenó la sala táctica Delta. Alyssa dio un salto en su silla cuando Fox gritó por los altavoces de su computadora.

—¿Para quién trabajas?

—¡No lo recuerdo! —La voz de 0397 también retumbó por los altavoces.

Alyssa escuchó su voz en alemán y puso en pausa el video

mientras ese sonido se filtraba a través de su traductor en inglés. Entendió la declaración de 0397 dos veces. Le creyó dos veces.

Alyssa miró la hora en la esquina de su monitor mientras pasaba otro minuto. Exhaló.

Si alguna vez volvía a la oficina británica, sería por su mérito y por su propio esfuerzo, tenía una unidad en Estados Unidos que contaba con ella, y no iba a defraudarla. Esteban se sentiría decepcionado.

Alyssa volvió a sacar su formulario de informe. No sabía cuáles serían las consecuencias de saltarse la oferta clandestina de Esteban, su atención volvió a centrarse en las palabras *Recomendación de la Unidad*. No sabía si escribir en esa casilla significaría algo para los directores, pero significaba algo para ella. Significaba que, por primera vez desde que llegó a Estados Unidos, no quería pasar desapercibida.

Hizo clic en la casilla y empezó a escribir.

MIGUEL_

Miguel medio cargó, medio arrastró a *Shadow Braid* a través de las instalaciones de detención de Clover hasta que llegaron a una pesada puerta de metal que reconocieron, llevaba a la sala de interrogatorios, la habían visto antes a través del espejo bidireccional.

Miró una vez más a *Shadow Braid* para comprobar su estado. Su piel estaba fría, su cabello opaco y las volutas de sombras no flotaban a su alrededor como antes; el pecho le picaba, presionándole para que se diera prisa. Maniobró su peso para pasar su tarjeta de identificación de Clover por el lector de la puerta.

La puerta les concedió el acceso con un pitido.

Una luz blanca y cegadora inundó el vestíbulo, Miguel apartó la mirada, sorprendido por la repentina luminosidad. Lo que les esperaba al otro lado de la puerta no era la sala de interrogación de antes, estaban saliendo del Centro de Detención y entrando en un lugar nuevo, y era mucho más grande que la sala que habían visto antes.

Los paneles hexagonales blancos montados en las paredes iluminaban la sala con una luz fría y cegadora, las baldosas blancas pulidas del suelo parecían casi líquidas cuando la luz se reflejaba en ellas; la propia forma de Miguel también se extendía por el suelo reflectante. Los paneles hicieron que Miguel se imaginara una colmena hecha de pura luz.

Una excepcional capa de silencio cubría las paredes de la habitación, Miguel nunca había experimentado tal ausencia de ruido. Toda la habitación le producía una sensación de separación. Él no pertenecía a ese lugar, nada humano debía estar en esta habitación blanca.

Miguel ayudó a *Shadow Braid* a entrar en el nuevo espacio luminiscente, intentando no arrastrarla. Dio un salto cuando la puerta se cerró de golpe tras ellos.

—Oye —le susurró a *Shadow Braid*—, ya llegamos.

Miguel esperó un movimiento de la cabeza o un dedo blanco como la piedra que le dijera qué hacer a continuación, nada. *Shadow Braid* se aferró a sus hombros, inerte, como una muñeca de tamaño natural. Miguel miró alrededor de la habitación en busca de respuestas, solo encontró los paneles brillantes montados en las paredes y aquel silencio profundo e inquietante. Se agachó cerca de una esquina y ayudó a *Shadow Braid* a sentarse contra la pared. Ella dormía, su respiración era lenta y su piel estaba húmeda.

—¿Qué le pasa? —Una voz ronca lo sobresaltó desde atrás.

Miguel se volvió, desorientado, un tipo larguirucho y rubio con un overol azul marino estaba frente a él, ¿había estado allí todo este tiempo? La habitación había estado vacía antes. Miguel le buscó la cara, tratando de entender su presencia. Parecía demasiado normal para estar ahí.

Miguel se enderezó, con la guardia en alto.

—¿De dónde viniste?

El rubio hizo una mueca como si intentar responder a la pregunta le causara un gran dolor.

—No lo sé, llevo un rato atorado en esta habitación y necesito salir de aquí; tú deberías hacer lo mismo.

—¿Atorado? Si quieres salir, ¿por qué no usas la puerta?

—¿Cuál puerta?

Miguel miró a su alrededor, la puerta que usaron para entrar no estaba, las cuatro paredes de la habitación no tenían más que paneles brillantes montados en ellas. Ahora estaban todos atrapados allí.

Miguel rodó los ojos y exhaló.

—Esto de doblar la realidad se está volviendo aburrido.

—¿Eh? —El rubio le echó una larga mirada a él y luego a *Shadow Braid*. Había una chispa de reconocimiento en sus ojos —. Espera, la conozco.

—¿La conoces?

—Sí, la he visto antes, creí que estaba imaginando cosas, con la anestesia y todo eso. —El rubio hizo una pausa como si tratara de traer los recuerdos desde lo más profundo de su mente—. La volví a ver hace un par de noches. Pensé que era un sueño.

Miguel sintió alivio ante las palabras del rubio, no era el único que veía a *Shadow Braid* en sueños. No le pasaba nada ni a él ni a sus mejoras.

—¿Esto también es un sueño?

Miguel dejó escapar un pequeño suspiro, aún lleno de alivio.

—No.

—¿Entonces qué es?

—No estoy seguro. —Se encogió de hombros—. Tal vez otro mundo.

El rubio frunció el ceño, sin creerle.

—¿Y de dónde vienes, entonces?

—Estábamos buscando algo. —Miguel buscó la respuesta adecuada en su mente—. Creo que te estábamos buscando a ti.

—¿Cómo sabía estas cosas de repente? ¿Acaso *Shadow Braid* seguía metiendo información en su cabeza?

—¿A mí?

El cuello de Miguel se tensó. Se frotó la tensión mientras pensaba en cómo formular su explicación.

—Ha estado enferma desde que llegamos. Creo que necesitaba que otra persona la ayudara. Es difícil de decir. No habla mucho.

El tipo cruzó los brazos sobre el pecho. Se había remangado las mangas del overol, mostrando lo que parecía un brazo cibernético. La máquina adherida a su cuerpo brillaba tanto como las baldosas pulidas del suelo, ¿era un mejorado?

El rubio reacomodó su postura, cubriendo su brazo cibernético con su brazo humano. Miguel levantó la mirada para observar su rostro, dándose cuenta entonces de que debió de quedarse embobado.

—Por si no te has dado cuenta, yo también estoy en una situación un poco complicada. —El tipo señaló su atuendo, con los labios apretados en una mueca—. ¿De verdad crees que puedo ayudar?

Por primera vez, Miguel se dio cuenta de que su overol era como los que daban en las cárceles. ¿Tenía Clover una prisión para gente mejorada? Se obligó a centrarse en la pregunta del rubio.

—Bueno, sí. —A Miguel le dolía la cabeza, la pesada sensación del conocimiento prestado le presionaba las sienes—. ¿Por qué más estaríamos en un lugar que solo tú recuerdas?

—¿Son mis recuerdos?

—Algo así. Solo podemos visitar lugares en los que hemos estado antes. Este lugar es tuyo.

El tipo dio un paso atrás y se burló.

—Hombre, esto no puede ser real —dijo el rubio mientras

miraba a su alrededor—, los guardias me pusieron sedantes; esto tiene que ser un sueño loco.

—Nosotros tampoco estamos soñando. —La afirmación de Miguel salió de su boca con más convicción de la que esperaba. Era como si alguien le estuviera sacando información.

—¿Cómo podemos estar en mis memorias? No recuerdo este lugar, pero es que últimamente recuerdo tan poco... —El tipo se detuvo como si lo estuviera considerando—. Si esto no es un sueño, entonces no deberíamos estar aquí.

—¿Por qué? ¿Qué pasa aquí?

El rubio volvió a poner la misma cara llena de dolor, y la aprensión cabalgaba en su voz.

—Tengo un mal presentimiento sobre este lugar, pero no puedo recordar por qué. —Al final, levantó las manos, renunciando a sus ideas y a las palabras de Miguel—. No. No, esto es demasiado loco. Tiene que ser un sueño.

Miguel luchó contra el impulso de exasperarse.

—Sí, da igual. A veces hay que ir con la idea loca para descubrir lo que está pasando.

—¿Y cuál idea sería esa?

Miguel se mordió el pulgar.

—Creo que ella está haciendo que todo esto ocurra. Este mundo o lo que sea, ella está conectada a él.

—¿Y cómo sabes todo esto?

—Lo sé porque ella lo pone en mi cabeza. Desde que la seguí a este mundo, a veces simplemente sé cosas.

El tipo lo miró fijamente y levantó una sola ceja incrédula.

—¡Ah! No sé cómo decirlo. —Miguel gimió, echando la cabeza hacia atrás en frustración. ¿Por qué tenía que explicar las cosas cuando él mismo no las entendía?—. Todo esto es real, y ella necesita nuestra ayuda, ¿de acuerdo?

Un gruñido ahogado los interrumpió. Miguel se giró, con la preocupación punzando su pecho de nuevo. Se encontró con

Shadow Braid que le hacía señas, se agachó y le cogió la mano, su piel como papel de cera.

—¿Está bien? —dijo el rubio detrás de él.

—No lo sé. No puede decirnos qué le pasa. —Miguel se volvió hacia el rubio—. Por eso hemos venido deprisa. Ella empezó a sentirse mal antes e insistió en que siguiéramos adelante. Todo este tiempo, es como si hubiera estado buscando algo. Y entonces te encontramos a ti.

—Esto es imposible —murmuró el rubio—, solo quiero salir de aquí. —Se pasó la mano metálica por el cabello, apartando mechones de su cara—. Incluso si todo esto es real, ¿cómo puedo ayudarla? ¿O a ti? Ni siquiera puedo recordar mi nombre para ayudarme a mí mismo.

Shadow Braid agarró a Miguel con fuerza y respiró con dificultad, le miró, sus ojos oscuros le instaron a decir algo.

La mente de Miguel se inundó de aguas turbias mientras intentaba descifrar el mensaje.

—Está diciendo que por eso te necesitamos.

Shadow Braid asintió.

—Aunque esto fuera un sueño, ¿qué pierdes con ayudarnos? —Miguel continuó cuando notó que el rubio aún parecía indeciso—. No es que puedas salir de aquí por tu cuenta. Ella controla estas realidades, así que puede sacarnos.

—¿En verdad puedes hacer eso? —preguntó el rubio a *Shadow Braid*.

Un fuerte zumbido los interrumpió antes de que ella pudiera reunir las fuerzas suficientes para responder. La habitación tembló a su alrededor y el zumbido se intensificó, a Miguel le recordó la cámara de radiación y sus horribles zumbidos. Era como si algún mecanismo se agitara en algún lugar detrás de aquellos paneles hexagonales. El corazón se le subió a la garganta.

—¿Qué está pasando? —gritó Miguel por encima del fuerte zumbido.

El rubio se volvió hacia él, con un miedo primigenio dibujado en su rostro.

—¡Nada bueno! Por eso te dije que teníamos que salir de aquí.

—¿Podemos detenerlo?

—¡¿Cómo voy a saberlo?!

Shadow Braid extendió su mano libre hacia el rubio y agarró la de Miguel con más fuerza.

El rubio miró su mano como si pudiera entender, al igual que Miguel, lo que ella quería decir.

—Si te ayudo, ¿puedes detener esto? —Gritó por encima del zumbido mientras las luces circundantes se hacían más brillantes—. ¿Puedes sacarnos de aquí?

Shadow Braid abrió más la mano con urgencia y asintió.

El rubio se agachó junto a ellos y tomó de la mano a *Shadow Braid* y a Miguel. Ella cerró los ojos. Su cabeza colgaba sin fuerzas.

—¿Eso es todo? —dijo el rubio—. ¿Solo tenemos que tomarnos de las manos?

—No creo que sea tan fácil.

Cuando *Shadow Braid* volvió a levantar la cabeza, sus ojos brillaron con luz azul. El tono le recordó a Miguel a las medusas que morían a la orilla del mar cuando la conoció, una energía viva salió de *Shadow Braid* y entró en él. Miguel la sintió palpitar en su interior, llenándolo de adrenalina y cargándolo de poder.

El dolor no llegó de golpe. Comenzó lentamente y aumentó con cada segundo que pasaba como durante las sesiones de radiación. El pulso de Miguel se disparó, un zumbido en los oídos le indicó que tenía que soltar la energía, salió de él como un rayo naranja brillante, su cuerpo se estremeció y escuchó el grito del rubio a su lado.

Las imágenes se precipitaron a su alrededor. Los recuerdos atravesaron su mente mientras se oía a sí mismo gritar.

En los caminos de tierra de San Gerónimo, la plaza del pueblo ardía en llamas. Vio cómo se desataba una última manifestación y tomó la mano de su hermana mientras lloraba.

En algún lugar de las callejuelas de Beijing, un hombre contaba un gordo fajo de billetes. Se subió a la parte trasera de una furgoneta del Gobierno, renunciando a su antigua vida.

Los fríos callejones de Bavaria le sirvieron como refugio. Temblaba mientras se escondía de los camiones blindados del Ejército, haciendo lo posible por ocultar su brazo derecho.

Eran una pizarra en blanco, los recuerdos de los bosques nevados de Alemania se arremolinaban en alguna parte de sus mentes mientras corrían tras ellos, incapaces de alcanzarlos. Su nombre era desconocido.

Eran una joven en China. La misión de servir a su país les servía de mantra mientras soportaban los procedimientos de mejora y la radiación. Su nombre era Daiyu.

Eran un refugiado chileno. El desierto mexicano se extendía por kilómetros, marcando el largo viaje que les esperaba, se acurrucaron contra el pecho de su padre. Su nombre era Miguel.

Recomendación de la Unidad: El sospechoso 0397 presenta síntomas de pérdida de memoria en relación con su identidad personal, su historia personal y los sucesos del incidente del Blue Flamingo. Según una evaluación psicológica, el sospechoso sufre una fuga disociativa. Está pendiente la investigación para evaluar si el estado es reversible. Debido a estos resultados y a otras pruebas del comportamiento del Sospechoso, esta Unidad recomienda que el Sospechoso 0397 sea enviado al programa de rehabilitación en las instalaciones de Garden City.

James leyó la impresión del informe de la misión que Alyssa había escrito anoche. Había impreso su trabajo en papel grueso y nítido y lo había colocado dentro de una elegante carpeta de manila. El formulario del informe iba acompañado de notas del interrogatorio al sospechoso, citas de las evaluaciones médicas y psicológicas y una compleja línea de tiempo que detallaba los acontecimientos del 18 de noviembre. Decir que Alyssa había ido más allá para elaborar un informe excelente era quedarse corto.

Una sonrisa fácil se dibujó en su rostro cuando volvió a leer la recomendación de la unidad, Fox le había encargado que ayudara a Alyssa, pero ella apenas lo había necesitado, incluso había ido más allá de lo que él hubiera sugerido. Las recomendaciones de unidad no eran tan comunes, se veían como una forma de intentar influir en la decisión de los directores sobre un caso.

Cuando Robin le preguntó si podían confiar en Alyssa con el Movimiento por los Derechos de las Personas Mejoradas, James no estaba seguro. Después de leer su informe, con recomendación de la unidad y todo, no le cabían dudas.

La puerta de su sala táctica se abrió con un suave empujón, Alyssa entró en la sala táctica con dos cafés y una bolsa de papel marrón. Después de que ella se asomara ansiosamente por encima de su hombro mientras él leía, James le había dicho que se tomara un descanso y les trajera un café. Alyssa colocó la bolsa manchada de grasa sobre su escritorio, con el olor a salchichas y bollos escapándose de su interior. James no había pedido comida, pero el repentino olor hizo que le rugiera el estómago.

—¿Y? ¿Cómo está? —preguntó Alyssa mientras se dejaba caer en el escritorio junto al suyo.

James dejó los papeles y tomó un sorbo del café que ella había traído. Con el sabor amargo de los granos colombianos arremolinándose en su boca, sonrió mientras se volvía hacia ella.

—No está mal.

Alyssa cogió su propio café.

—¿Pero?

—No hay peros. —Tomó el desayuno que no sabía que necesitaba—. Has investigado y se nota. Me gustó especialmente tu recomendación.

Alyssa escondió su boca tras su taza de café.

—No estaba segura de si debía escribirla.

—Funciona. Si te soy sincero, probablemente habría escrito algo parecido.

Alyssa sostuvo su taza de café entre ambas manos y frotó los bordes con los pulgares, pensando.

—¿Acaso importa?

James consideró la pregunta, se limpió las manos en una servilleta de papel marrón.

—Sí importa. Has hecho un buen trabajo escribiendo esto. Ahora solo es cuestión de presentarlo a los directores de nuestro departamento.

—Son solo los hechos. —Tomó un sorbo de su café—. El ataque no fue malicioso ni planeado.

—Lo sé.

—¿Crees que Fox nos dejará presentar el informe así?

James se tomó un segundo para responder y recordó como Fox fue el primero en sugerir que el chico podría estar diciendo la verdad.

—Estoy bastante seguro de que lo hará.

Hizo una bola con la bolsa de papel y la tiró a la basura antes de levantarse.

—¿A dónde vas?

James cogió los papeles y los metió dentro de una nueva y crujiente carpeta de papel manila.

—Vamos a presentar esto a Fox.

—¿Ahora mismo? —Alyssa salió disparada de su asiento y se pasó los dedos por sus cortos y rojos bucles, quizá tratando de regresarlos a su sitio.

—Cuanto antes tengamos su aceptación, mejor.

La oficina de Fox estaba situada en la parte antigua del complejo de Clover Co., se suponía que la moderna renovación de las otras plantas llegaría pronto a la oficina de Fox, o así lo prometía la dirección del edificio año tras año. James había trabajado bajo las órdenes de Fox durante toda su carrera en Clover y no había visto ni una sola vez alguna mejora en ese lado del edificio. No añadieron las ventanas que prometieron y la alfombra siguió siendo del mismo triste color arena durante cinco años.

James puso su mejor cara y abrió la puerta del despacho.

—Buenos días, Honey.

—¡James! —La secretaria de Fox sonrió al saludarlos—. Veo que casi toda la Unidad Delta está aquí. ¿A qué se debe esta visita?

—¿Está el comandante? Hemos venido a dejar esto. —Señaló los papeles que llevaba en la mano.

La sonrisa de Honey vaciló al ver la carpeta.

—¡Terminaron el informe! ¡Qué bien!

James bajó la carpeta e intercambió una mirada con Alyssa.

—¿Qué pasa?

Honey le dirigió un ligero movimiento de cabeza.

—Hemos recibido algunas noticias sobre el caso.

—¿Malas noticias?

—No me corresponde decirlo. El comandante puede verlos ahora.

Fox dio un repaso a los papeles y los dejó sobre su escritorio.

—Tengo buenas y malas noticias —dijo finalmente, rompiendo el silencio—, la buena noticia es que hubiéramos podido utilizar este informe y presentar un caso sólido ante los directores del Departamento Militar. Muy bien hecho, Alyssa.

—¿Hubiéramos? —preguntó Alyssa, y James la sintió moverse a su lado.

—Ahí es donde vienen las malas noticias. Recibimos esto anoche. —Puso delante de ellos un papel de un azul suave como tiza.

El corazón de James se desplomó mientras leía. Este caso

acababa de hacerse mucho más grande y mucho más complicado.

—¿Una resolución de escalada?

—¿Una qué? —Preguntó Alyssa junto a James mientras él cogía el papel y empezaba a leer.

—Es una orden de los directores. Tenemos que presentar el caso ante el Consejo Administrativo de la empresa.

James volvió a dejar el papel azul sobre el escritorio del comandante.

—¿Pero por qué?

—Alguien cree que estamos ocultando información sobre el caso y nos ha denunciado ante el Consejo.

James sintió que la ira se le tensaba en su nuca.

—¿Qué intentan decir?

—Que nuestra unidad está tratando de influir en la decisión de los directores sin presentar todos los hechos.

—¿Quién haría eso? —dijo Alyssa, indignada.

—La denuncia fue anónima.

—¿Tenían alguna prueba? ¿Por qué el Consejo se toma en serio esta queja?

—El Consejo se toma en serio todas las quejas, incluso si no hay pruebas. Será una audiencia abierta, lo que significa que el resto de la empresa podrá asistir. —Fox negó con la cabeza—. Parece que los directores pensaron que el Consejo sería más adecuado para dar una decisión imparcial sobre el caso.

«Sí, seguro que lo harán», pensó James, con la voz de Robin resonando en el fondo de su mente. El día que fue a verla, ella lo había predicho, la compañía no dejaría ir al chico tan fácilmente. No les importaba que funcionara mal, alguien iba a intentar meterlo en su unidad. Y su primer paso era sacar a los Delta del camino, aunque no trataran de conseguir a 0397 para ellos.

—¿Cuáles son nuestros próximos pasos, señor? —preguntó, sintiéndose ya derrotado.

—Intentaré presionarles para que reconsideren poner este caso a la vista de todos. Mientras tanto, necesito que ustedes dos se preparen por si tenemos que presentar un informe en una audiencia. —El comandante se volvió hacia Alyssa—. Crimson, su nombre en clave está en todo este informe y en los registros de investigación. No puedo tener a nadie más que usted para presentar este caso. Si hacemos otra cosa, parecerá que tenemos algo que ocultar. ¿Entendido?

Alyssa se movió en su asiento junto a él.

—Sí, señor.

—Bien. Tiger le ayudará a preparar la presentación. Puede que no sea capaz de hacer que lo reconsideren, y no tengo ni idea de cómo va a ser una audiencia tan grande, tendremos que tomar decisiones sobre la marcha. —Fox recogió el informe que le habían entregado—. Espero que esté listo para presentarlo en veinticuatro horas.

Volvió a poner en sus manos catorce días de trabajo e investigación.

Al salir del despacho de Fox, James sintió cómo se le revolvía el estómago lleno de bollos y salchichas grasientas, había un peso extra sobre sus hombros, y cuando miró hacia Alyssa, se dio cuenta de que ella también lo sentía.

Alyssa se detuvo en su camino hacia el grupo que les esperaba en los ascensores.

—¿Qué pasa?

—¿Por qué está pasando esto? Se suponía que solo íbamos a presentar el caso a los directores para que decidieran a dónde enviar a 0397.

James suspiró.

—Yo pensaba lo mismo. Hablé con Robin al respecto y no quise creer lo que me dijo. No lo enviarán a ninguna instalación. No a la isla Hart y definitivamente tampoco a Garden City.

—¿Qué quieres decir con que no lo enviarán a ninguna?

—Baja la voz —le advirtió James. La gente que esperaba el ascensor se volvía discretamente hacia ellos—, hay que tener cuidado cuando hablemos del caso ahora.

Alyssa miró al final del pasillo y se fijó también en su público. Bajó la voz antes de continuar.

—James, tú viste el aspecto de 0397 durante la entrevista. Necesita ayuda. ¿Cómo es posible que no lo envíen a las instalaciones de Garden City?

—Esa no es la prioridad de la empresa. Esto es solo para ver quién se queda con él.

«Quedarse con él. Como si fuera un mueble». James se sintió sucio y se arrepintió de las palabras tan pronto como salieron de su boca.

—¿Por qué llevar a cabo una audiencia, entonces? ¿Por qué no lanzar una moneda al aire?

James negó con la cabeza.

—Hay que guardar algún tipo de apariencia.

Alyssa levantó la vista de repente, su expresión delataba que algo se estaba rompiendo en su interior.

—Tienes que presentar el caso, James.

—¿Qué? No puedo. Ya has oído al comandante. Si cambiamos de rumbo ahora, parecerá sospechoso.

—¿Y si Fox también está jugando este juego?

—Fox no está tratando de quedarse con 0397.

—¿Cómo puedes saber eso? Tú mismo lo has dicho: enviar a 0397 a las instalaciones de Garden City no es la prioridad de Clover. Fox también es parte de la empresa. Si también está tratando de quedarse con 0397... No puedo ser parte de eso.

James miró los ojos azul eléctrico de Alyssa. Había un destello de desconfianza que ya había visto antes, en algún momento de sus carreras en Clover, todos los GENEs se daban cuenta de que Clover no se preocupaba por ellos. Aquel programa que les había prometido una vida mejor, un cuerpo más fuerte o la oportunidad de convertirse en héroes les había mentido, los GENEs no estaban a salvo, y no podían marcharse.

Los músculos de sus hombros se tensaron, y un fuego inquieto ardió en su interior.

—¿Y si te dijera que hay un movimiento que busca proteger a los rebeldes como 0397?

La curiosidad brilló en los ojos de Alyssa.

—¿Y si te dijera que ese movimiento tiene un infiltrado dentro del Departamento Militar?

Alyssa volvió a mirar hacia el despacho de Fox. Comprendió lo que él no estaba diciendo, y la curiosidad se transmutó en algo más fuerte. Era una chispa pequeña pero poderosa, como la que intenta mantener vivo un fuego durante una dura tormenta de invierno.

—Me gustaría unirme a ellos.

MIGUEL_

Un líquido caliente y anaranjado salió de él durante otro episodio de vómito, que salpicó las baldosas blancas. Él se agitó, no podía situar las baldosas blancas frente a él, lucían opacas y desinfectadas; no captaban el enfermizo resplandor verde de las luces del techo.

Con los oídos zumbando, cerró los ojos y se esforzó por ubicarse, esta no era la habitación blanca de antes. Un olor a lejía flotaba en el aire, había alguien más en la habitación con él, pero tampoco podía ubicarlo. El sonido de los vómitos de la segunda persona en la habitación le hizo la boca agua de nuevo, con asco. Se obligó a ignorar las náuseas y se concentró en los recuerdos que le pesaban.

Aquella noche había tomado de la mano a dos personas. Había habido una energía viva corriendo entre ellos y vibrando en su interior, esa energía palpitaba a lo largo de su columna vertebral y aumentaba su intensidad con cada segundo que pasaba. Crepitó cual electricidad y explotó fuera de él.

Todo se volvió oscuro después de eso, los gritos inundaron la habitación, quizás sus gritos se unieron a los de las otras dos personas.

Un torbellino de recuerdos y pensamientos que no le pertenecían atrapó su mente; esa noche se había establecido una conexión, tres mentes unidas para compartir un espacio común de conciencia. Se imaginó tres estanques de conocimiento en cascada entre sí.

Miguel tomó aire y recordó quién era. Mirando sus manos temblorosas, las reconoció. Recorrió su cuerpo con las manos, volviéndolo a poseer mientras separaba sus recuerdos de los de las otras dos personas. La realización se arrastró desde algún rincón oscuro de su mente.

«Daiyu». Su verdadero nombre era Daiyu. Una sonrisa se dibujó en su rostro.

Miguel se levantó con un ligero temblor en sus extremidades, incluso con toda la nueva información en su mente, todavía tenía muchas preguntas. Miró a su alrededor en busca de Daiyu.

Tres paredes definían la longitud de la estrecha habitación. La puerta metálica con barrotes definía su propósito: esta era una celda, y estaba vacía excepto por él y el tipo rubio del overol azul marino.

Miguel lo halló todavía agachado sobre un charco de su propio vómito, igual que hacía un momento. Intentó ubicar el nombre del rubio, pero no se le ocurrió nada. Ahora había una conexión entre ellos, pero era difícil rastrearla, los detalles sobre él eran un lío enmarañado con grandes lagunas de nada en medio.

El rubio trató de levantarse, y casi se tropezó cuando una de sus piernas le falló, Miguel se movió para ayudarle. Cuando lo tocó, una chispa eléctrica naranja saltó entre ellos.

El rubio se volvió y gruñó como un perro herido. Dio un paso atrás, con el miedo escrito en su cara.

Miguel retiró su mano. Todavía quedaban restos de la energía viva de antes vibrando en su interior.

—Te da miedo la electricidad. —El hecho surgió en su piscina de conocimientos—. Lo siento, puede que todavía esté cargado.

El rubio resopló.

—No le tengo miedo. Simplemente no me gusta. —Miró a Miguel de reojo—. ¿Qué demonios fue eso? ¿Qué le pasó a la otra habitación? —Miró a su alrededor—. ¿Cómo llegamos aquí?

Miguel se mordió el pulgar, las respuestas estaban en algún lugar dentro de él, pero no podía alcanzarlas. Era como si hubieran entrado en la celda con un parpadeo.

—No estoy seguro. Quería preguntarle a...

—Daiyu. —El rubio completó la frase por él—. Ese es el nombre de la chica.

—Sí.

—¿Cómo lo sabemos? —El rubio hizo una pausa y estudió el rostro de Miguel—. Y tú... Yo sé tu nombre. Conozco tu vida. —Se sujetó el costado de la cabeza y dio un respingo—. ¿Cómo es posible?

—Tenemos que salir de aquí y encontrar a Daiyu. Quizá ella pueda explicarlo todo. —Miguel volvió a mirar la pesada puerta de metal—. ¿Podemos salir?

El rubio miró a su alrededor y negó con la cabeza.

—Ya lo he intentado antes. —Una sonrisa amarga se dibujó en su rostro—. Esta es mi celda.

Buscaron la forma de salir de la celda durante un par de minutos, pero los únicos objetos que había en la habitación eran una cama individual en un rincón, una mesa de metal y la pesada cerradura de la puerta. Al final, Miguel y el rubio se sentaron en silencio alrededor de la celda mientras contemplaban soluciones.

Miguel no tenía ninguna idea.

—Puede que tengamos que esperar a que ella vuelva a hacer contacto.

—¿Cómo lo sabes?

—Siempre he tenido que esperar a que ella venga. Creo que es como una batería. Puede que se esté recargando. Lo que sea que haya hecho allá debe haber tomado mucha energía...

El rubio le dirigió un gruñido como respuesta.

Miguel se frotó la barbilla mientras veía al rubio.

—Entonces, ¿cómo vamos a llamarte?

—¿De qué hablas? —preguntó el rubio con voz monótona desde el lugar que había reclamado en la cama.

—Bueno, ahora que estamos conectados sabemos mucho el uno del otro. Pero sigo sin saber tu nombre. ¿Cómo es que no lo recuerdas?

—No estoy seguro —respondió con un suspiro mientras se sentaba—, ¿por qué es tan importante un nombre? Parece que todo el mundo quiere saberlo hoy en día.

—¿Te refieres a la gente de la entrevista?

El rubio levantó la mirada hacia él, sorprendido por su conocimiento de la entrevista.

—¿También viste eso?

—Solo lo que recuerdas, pero la mayoría de tus recuerdos al respecto son confusos. —Miguel se encogió de hombros—. No pude ver las caras de la gente ni entender lo que decían la mayor parte del tiempo. Es como si hablaran en otro idioma.

—Eso es porque lo hacían. Tuve que usar estos extraños auriculares para entenderlos... —El rubio frunció el ceño—. ¿Cómo es que nos estamos entendiendo ahora mismo?

Miguel tuvo que pensarlo. Estaba claro que no hablaban el mismo idioma, pero podían entenderse perfectamente en el mundo de las sombras. Hurgó en su mente en busca de información, con la esperanza de que fuera una de esas cosas que de repente sabía.

—No lo sé. —Miguel negó con la cabeza—. Puede que Daiyu sea la única capaz de explicarlo.

El rubio reconoció su respuesta con otro gruñido.

La atención de Miguel volvió a la sala que le rodeaba.

—¿En qué problema te has metido?

—No quiero hablar de eso.

—Está bien. —Miguel tamborileó los dedos sobre la mesa. Chasqueó la lengua. El sonido resonó en la habitación—. Pero todavía necesitas un nombre.

—Agh. Si es tan importante, supongo que puedes llamarme así. —Señaló la etiqueta con los números 0397 impresos en su traje—. Todo el mundo lo hace —dijo, exasperado.

—Qué tontería. —Miguel torció la cara, desaprobando—. No te voy a llamar así. Necesitas un nombre de verdad.

—Sí, pero no lo recuerdo.

Miguel sacudió la cabeza.

—¡Eso puede ser bueno! Puedes elegir tu propio nombre, al menos hasta que lo recuerdes.

—¿De verdad?

—¡Uh, sí! Si fuera yo, me llamaría algo genial. Como Brix o Titus. Puedes tener uno de esos, si quieres.

El rubio negó con la cabeza y se rió.

—Creo que paso. Esos nombres no se parecen a mí.

—¿No recuerdas nada acerca de tu nombre?

El rubio cerró los ojos, con el ceño fruncido por la concentración.

—Creo que... alguien dijo que era el nombre de un ángel o algo así. No recuerdo qué era ni quién lo dijo.

—¿El nombre de un ángel? Eso me gusta. —Miguel lo pensó por un segundo—. Sabes, Ángel es un buen nombre de donde vengo.

El rubio miró a Miguel y le dedicó una sonrisa que, por primera vez desde que lo había visto, no tenía una pizca de sarcasmo ni matices agresivos.

—Eso me gusta un poco.

—¿Sí?

—Creo que me quedaré con ese, por ahora.

Miguel asintió, y una gran sonrisa se dibujó en su rostro. Se levantó de la silla y extendió la mano frente a él.

—Hola, soy Miguel.

—Ángel.

Se dieron la mano. La mano metálica de Ángel le recordó a Miguel la habitación blanca y los paneles montados en las paredes.

J ames se burló y se llevó la taza a los labios.

—Pura mierda —susurró para sí mismo. Estaba leyendo la primera página del Heraldo Gris del 5 de diciembre.

A finales de noviembre, una explosión en el Distrito en desarrollo provocó una escasez de electricidad en todo el distrito. Casi tres semanas después, el distrito sigue a oscuras. Las autoridades siguen investigando la causa de la explosión, pero todo apunta a tres generadores defectuosos y a un posible error administrativo. El Departamento de Energía realizará un diagnóstico de todos los generadores de la ciudad con la esperanza de evitar otro incidente...

El sabor amargo del café permaneció en el fondo de su garganta, el Departamento de Relaciones Públicas de Clover había finalizado su cobertura de los acontecimientos del caso del *Blue Flamingo*. Cualquier cosa que afectara a los civiles se cubría para proteger el secreto GENE. Sucedía todo el tiempo: se inventaba una historia y se pagaba a los testigos por su silencio siempre que fuera necesario. Alguien en el Departamento de Energía debía de haber recibido un bono de Navidad anticipado, cortesía del alcalde Wade y del propio señor De la O.

La explosión de un generador tuvo que ser la tapadera menos ingeniosa para explicar los daños dejados por un GENE electroquímico, por otra parte, los GENEs existían mucho antes de que él se incorporara a la empresa, y nunca había oído hablar de ellos ni sospechaba de su existencia. Tal vez no le importaba lo suficiente, o tal vez las señales no eran tan obvias en aquel entonces; las variaciones de GENEs se habían vuelto mucho más ambiciosas en la última década. Por ahora, parecía que todo lo que se necesitaba para protegerlos era una muy poco ingeniosa cortina de humo en las noticias.

¿Mantenerlos en secreto era realmente para su protección? ¿Viviría para ver cómo se descubría el secreto GENE?

James dio otro sorbo a su café y alejó sus pensamientos conflictivos, había asuntos mucho más urgentes que requerían su atención. Miró el reloj situado en el extremo izquierdo de la cafetería. Tenía que estar en la Sala Oval en treinta minutos.

Una llamada tardía de Fox le informó anoche de que su caso había sido aprobado por el Consejo, el comandante no logró convencer a los directores de mantener el caso del *Blue Flamingo* en el Departamento Militar. Ahora los Delta tenían que presentar su caso en una audiencia ante el Consejo Administrativo.

Corrección: Alyssa tenía que presentarlo. Suspiró, si tan solo hubiera sido él quien escribiera ese informe hace tres semanas.

«Supongo que todo mundo debe empezar por algún lado».

Los pensamientos de James volvieron a la primera y única vez que uno de sus casos derivó en una audiencia ante el Consejo: el caso de Dave Maverick.

Nunca había conocido a Dave, ya que el Departamento Militar de Clover era demasiado grande para conocer a la mayoría de la gente, incluso si trabajaban en la misma oficina. En ese entonces, James y Robin llevaban un año como el dúo Delta y se ocupaban de varios casos. Nada demasiado grande como para hacer olas en la empresa, pero menos de un puñado de sus casos habían tratado con GENEs rebeldes.

Dave Maverick había estado en el programa electroquímico, probablemente uno de los primeros que se hicieron en Estados Unidos; a medida que sus poderes maduraban y pasaba por sus mutaciones, algo no encajó bien en su código genético. Mientras estaba en un caso en Boston, Dave había recibido la autorización GENE para usar sus habilidades, pero algo salió terriblemente mal. Su electricidad cubrió cada centímetro de su cuerpo, Dave se convirtió en una carga eléctrica de alto voltaje andante y perdió el control de su mente, cuando el resto de su unidad trató de ayudarlo, los atacó, creyéndolos enemigos.

Robin y James habían llegado con una cámara de contención para Dave. Él encontró a Dave encogido en un almacén, intentando desesperadamente desactivar su electricidad. James le convenció para que entrara en la cámara y le prometió que encontraría la forma de ayudarle a volver a la normalidad.

Al final, el caso creció tanto que fue necesaria una audiencia ante el Consejo. Cuando el resto de los departamentos se enteraron de los detalles del caso, dividió a la empresa. La mayoría creía que había que someter a Dave a un sueño criogénico hasta que la empresa pudiera ayudarle, pero otros estaban seguros de que esto sería un despilfarro de recursos, y que sería extremadamente difícil de financiar. Decían que Dave Maverick era un caso perdido y que debía someterse a la cláusula de salida. En el caos de la audiencia, James no pudo exponer su punto de vista, por lo que el Consejo decidió suspender la audiencia y deliberar por su cuenta.

Durante dos años, James hizo todo lo posible por averiguar

qué había pasado con Dave Maverick; solo pudo enterarse de que se había dictaminado que era salvable y que se encontraba en Garden City. ¿Habían encontrado los médicos la forma de desactivarlo? ¿O seguía durmiendo en la misma cámara a la que James le había convencido para que subiera? Quizá nunca lo sabría.

Con el corazón encogido, James se levantó de la mesa y tomó su desayuno casi sin tocar. Esperaba que no le ocurriera lo mismo a 0397, pero temía que le esperara algo peor.

Para cuando todo un mar de gente terminó de entrar en la Sala Oval, ya habían pasado veinte minutos de la hora originalmente prevista para la audiencia. Las esperanzas de James de que esta audiencia no fuera tan grande como la de Dave Maverick se desvanecieron en el instante en que entró, apenas había espacio para sentarse y la gente seguía entrando. La mayoría de los recién llegados tendrían que estar de pie en los extremos de la sala.

«¿Cómo ha llegado este caso a ser tan grande?» pensó James mientras examinaba la multitud, los casos que daban a unidades como la suya grandes oportunidades en la empresa solían ser duros, pero nunca esperó este circo de toda la empresa.

La Sala Oval parecía un moderno Coliseo romano. Los asientos se extendían por toda la sala en filas que se ensanchaban exponencialmente. El centro de la sala servía de escenario y toda la atención del público se centraba en el gran proyector holográfico, el podio donde el presentador se situaba y la larga mesa donde se sentaban los miembros del Consejo Administrativo.

James miró hacia el escenario y encontró a Alyssa y a Fox cerca del podio, recordó cómo era estar allí abajo, con Fox a su lado diciéndole que el público iba a explotar en cuanto mostrara la aprensión de Maverick.

—Las cámaras criogénicas son caras —le había dicho Fox—, pero también son la única manera de mantener a un electroquímico bajo control. La gente que financia esta tecnología tendrá algo que decir al respecto. Ignore a las multitudes; siga hablando a menos que el Consejo interfiera.

Al mejor conocimiento de James, Fox le estaba diciendo a Alyssa algo parecido. Había visto suficientes casos para saber que la multitud siempre tenía algo que decir y era difícil mantener la cabeza fría cuando se estaba en ese podio con cientos de personas gritando sobre ti.

James esperaba que al menos el Consejo interviniera y mantuviera a la multitud bajo control. Echó una larga mirada a la mesa del Consejo: no había cambiado ningún miembro desde el caso de Dave Maverick. Se preguntó cuánta ayuda prestarían a los Delta esta vez.

James vio que Fox conducía a Alyssa a la mesa del Consejo, probablemente para presentarle a los seis miembros. Empezó por la presidenta del Consejo, Genevieve Page. Siendo una mujer con poco tiempo para la flexibilidad, Page llevaba su cabeza afeitada, estampados intensos en sus trajes y la mirada más fría que James había visto nunca. Si el público se descontrolaba, ella sería la encargada de poner orden en la sala. Tal vez se decidiera a ayudar a los Delta; por otra parte, cuando James se reunió con ella en la audiencia de Maverick, lo único que le dijo fue:

—Confío en que sea prudente y no se meta en líos, *Adamant Tiger*.

Su rostro se tensó.

La mayoría de los miembros del Consejo recibieron a Alyssa con educada indiferencia, y luego estaba De la O. El ambiente en la mesa del Consejo cambió cuando él y Fox se dieron la mano, ese apretón de manos duró un instante, pero la frigidez hablaba mucho de la historia entre ellos. La tensión llegó a James hasta su asiento en la octava fila.

—Oye, fortachón, vas a tener que apretarte un poco si me voy a sentar aquí.

Se giró para encontrar a Robin tratando de reclamar el lugar a su lado. Llevaba unas gafas de medio aro, su largo pelo plateado suelto y sobre un hombro, y todo su habitual exceso de confianza. No se parecía en nada a la mujer enferma que había visto hace un par de semanas, sin embargo, seguía siendo una mujer en suspensión laboral.

—¡Robin!

—Sí, soy yo. Hola. Ahora muévete para que me pueda sentar. —James hizo lo que ella le pidió y vio con asombro cómo Robin tomaba asiento a su lado—. Gracias. Estos tacones son fabulosos, pero no son nada cómodos. —Llevaba un trébol de cobre de cuatro hojas atado a la solapa de su chaqueta verde azulado. Atrapaba la luz con su brillo apagado.

—¿Qué haces aquí? Se supone que estarías fuera al menos una semana más.

—Ocho días laborables más, según esa tonta hoja de suspensión.

—¿Sabe Fox que estás aquí?

—Por supuesto que no, y no necesita saberlo. Tiene las manos llenas con este caso. —Miró a James y rodó los ojos ante su inexpresividad, el color púrpura de sus ojos apagado por el tinte de sus gafas—. Relájate. No estaría aquí si supiera que al gran comandante le importaría.

James suspiró y se llevó una gran mano para masajearse las sienes, donde una migraña prometía instalarse. Lo último que necesitaba era que alguien se quejara de la presencia de Robin cuando se suponía que no debía acercarse a menos de 30 metros de la sala táctica.

—¿Entonces? ¿Cómo va el marcador, aún dos a cero? —Estiró el cuello para observar mejor la sala.

Ahora era el turno de James de poner los ojos en blanco. El infierno se congelaría antes de que Robin pudiera tomarse algo en serio.

—Estamos en problemas. El Consejo quiere esta audiencia, y Fox está convencido de que esto es solo una fachada para que alguien pueda quedarse con el chico en su unidad. Cree que debemos ceñirnos a los hechos y darle fuerza a la recomendación de la unidad.

—Mierda. ¿Entonces por qué no estás ahí abajo? ¿No escribiste la recomendación?

—No. Alyssa lo hizo.

Robin se volvió hacia él con una sonrisa en la cara.

—Esa es mi chica, ¿quién iba a decir que tenía agallas?

James se pasó una mano por la boca antes de contestar:

—Sí, supongo que es algo bueno.

Robin arqueó las cejas.

—Ay no. Esperaba un James triste, pero este es un James muy triste. Suelta lo que piensas, grandulón.

—Lo siento, es que realmente me gustaría ser yo el que está ahí abajo. James se hundió en su silla—. Todo esto es demasiado... familiar.

—Lo sabía. Estás pensando en el caso Maverick. —Robin suspiró—. Tienes que dejar de culparte. No es saludable.

—Le dije que estaría bien, Robin. Se lo prometí.

—Lo sé. —Robin le dio una palmadita en el hombro—. Y ahora tienes que salvar personalmente a todos los GENEs rebeldes que hay por ahí.

James resopló.

—Nada de eso. Solo sé que este caso iba bien hasta que alguien se quejó de nosotros.

Robin se quedó callada durante un segundo, quizás meditando lo que acababa de decir.

—¿Qué sabemos de esa queja?

—Nada. Solo que era anónima.

—El momento de esa denuncia es muy interesante —dijo Robin mientras sus ojos se centraban en algo en la distancia. James se preguntó si esa mirada estaba puesta en alguien o si ella estaba desconectada.

—¿Qué quieres decir?

—¿No es interesante que se acerque el fin de año? Todos los años se pide a cada departamento que devuelva los fondos que no haya utilizado en el año. A menos que...

—¿A menos que?

—A menos que tengan un descubrimiento innovador. Entonces ese departamento recibe más dinero e incluso una palmadita en la espalda. ¿No considerarías innovador el estudio de una nueva variación GENE?

James se sintió mal y, por una vez, se alegró de no haber tenido apetito para su desayuno. Las luces parpadearon por encima de ellos, como en un teatro, anunciando que la audiencia comenzaría pronto.

—Oh, misterio resuelto —susurró Robin con una sonrisa forzada en el rostro. Levantó la mano como si quisiera saludar a alguien de lejos.

James miró y encontró a Esteban Tomassetti en la distancia. Esteban los vio y los saludó como si fueran amigos de toda la vida.

—No creo que tengamos que buscar mucho para saber quién presentó la denuncia. Supongo que, después de todo, tendré que perderme el gran momento de Alyssa.

—¿Qué vas a hacer?

—Voy a investigar un poco, a ver qué puedo descubrir sobre

todo este asunto. Tal vez podamos tomar la delantera para variar.

Robin se levantó y salió de la habitación.

James volvió a concentrarse en el centro de la sala cuando vio a Alyssa subir al podio. Una sensación de *déjà-vu* le asaltó, se recordó a sí mismo en ese podio, pensando en lo injusto que parecía todo. Un caso tan sencillo no debería haberse convertido en este circo, no había habido justicia para Dave Maverick, y tenía la sensación de que no la habría para 0397.

L as luces parpadearon por tercera y última vez, y la sala quedó en silencio. Era la hora del espectáculo.

El camino de Alyssa hacia el podio se le hizo eterno, pudo ver en su visión periférica que las luces se atenuaban para el público. La presidenta del Consejo se levantó para pronunciar un discurso y dar comienzo a la audiencia, pero Alyssa no percibió ninguna de sus palabras.

Cuando subió al podio, encontró sus notas junto con un control remoto negro para el proyector holográfico. Como una cantante aficionada en su noche de estreno, Alyssa levantó la vista, buscando entre el público y dejando que el silencio de la sala la invadiera. Se le secó la boca.

Con un chasquido de su control remoto, un logotipo rojo de Clover se disparó frente a ella y quedó suspendido en el aire.

—Gracias, señora presidenta. —La voz de Alyssa retumbó en los altavoces de la sala—. Buenos días, estimados miembros del Consejo. Llamando al caso número SN-0397 bajo la Unidad Delta, código 77-84.

Con otro clic, el logotipo de Clover fue sustituido por una copia digital del informe.

—El 18 de noviembre del presente año, una llamada entró en la línea de emergencia de Clover a la 1:57 de la madrugada. La llamada procedía del Departamento de Policía de New Graysons, que solicitaba refuerzos por lo que parecía un incidente relacionado con una entidad mejorada. La Unidad Delta fue asignada al caso bajo el mando del comandante M. Fox. El equipo estableció contacto con el sospechoso a las 2:24 am; la aprehensión del sospechoso 0397 se confirmó a las 3:01 am.

La siguiente diapositiva revelaba una foto de 0397.

—Este es el sospechoso 0397. Sigue siendo un desconocido ya que su identidad aún no es determinada. El sospechoso no tenía un chip traductor, y la referencia cruzada con la base de datos global utilizando el reconocimiento facial resultó negativa.

Oyó algunos murmullos en el fondo de la Sala Oval e imaginó que se referían a la juventud del sospechoso. La mayoría de los soldados mejorados tenían menos de veintiún años; el personal de Clover que no pertenecía al Departamento Militar a veces se sorprendía cuando se enteraba de que la mayoría de los reclutas empezaban su proceso de mejoras a los once años, podría haberse burlado de la sorpresa del público. Después de la Guerra, los niños soldados eran un hecho de la vida cotidiana que la gente decidía ignorar.

Alyssa se centró en su presentación y se preparó para lo que vendría a continuación.

—Tras una evaluación médica, el personal de salud de Clover informó que, sin duda, es un mejorado. —La siguiente diapositiva mostró a la audiencia la comparación entre las cadenas de ADN—. Las muestras tomadas del cabello, la sangre y la saliva muestran que el ADN del sospechoso comparte cierto parecido con los GENEs transhumanos, pero las similitudes con otras clases GENE terminan ahí.

Hizo clic para cambiar la diapositiva y el público estalló en una serie de susurros emocionados; los modelos 3D del brazo y la pierna plateados de 0397 brillaron ante el público.

—Estas son las partes mecánicas de 0397. El Departamento Médico de Clover determinó que son piezas de biotecnología. Han teorizado que todas las mejoras de 0397 están destinadas a apoyar la integración de dicha tecnología con su sistema nervioso. —El entusiasmo de la multitud creció, y ella se sintió como si estuviera dirigiendo la subasta de un objeto de colección. Alyssa ignoró la ira que crecía en sus entrañas—. Quién fabricó sus habilidades mejoradas, su origen y su naturaleza aún se desconocen.

Respiró profundamente, tratando de ser discreta, si el público ya se estaba alborotando con las escasas pruebas que les había mostrado, seguro que se iba a volver loco con los videos.

—La Unidad Delta ha trabajado con los videos de seguridad del club y de los semáforos cercanos para reconstruir los hechos del 18 de noviembre.

Con un último clic, los videos recopilados se reprodujeron en el holograma. Mostraban una calle muy concurrida en un típico viernes por la noche en el Distrito de Artes. Pronto, 0397 hizo su aparición; a pesar de haber visto la misma sucesión de acontecimientos casi cien veces, el corazón de Alyssa se detuvo; observó cómo el convertible rojo se detenía junto a 0397, cómo la taza de poliestireno se rompía contra su cuerpo, su inmovilidad mientras observaba cómo los pasajeros del convertible se dirigían al *Blue Flamingo*. 0397 cruzó la calle sin mirar el tráfico y entró directamente por la puerta del club. ¿Para qué había sido todo esto? ¿Para exigir una chaqueta nueva, dinero, una disculpa? ¿O realmente había entrado para matarlos a todos?

El video pasó al interior del *Blue Flamingo*. Imágenes de niebla falsa y luces de neón inundaron el proyector, y una música estruendosa llenó la Sala Oval. La gente reunida alrededor de la puerta y los gritos seguidos de risas y alaridos le hicieron pensar que había habido una pelea, los destellos de las cámaras de los teléfonos inundaron la escena, e incluso con la escasa iluminación y calidad de los videos de seguridad, Alyssa vio cómo intervenía el personal de seguridad del club. Alguien disparó una pistola eléctrica y los gritos de 0397 inundaron sus sentidos, era un sonido estridente y escalofriante de algo que se rompía en su interior. Alyssa fue testigo de la última parte de la secuencia de video que tenía sentido para ella, después de eso, todo lo que pudo reconstruir fue el caos.

La gente gritaba, el miedo se extendió dentro del club, y la multitud se atropelló tratando de llegar a las salidas de emergencia. Se produjeron disparos, un guardia de seguridad pidió a la gente que mantuviera la calma y le siguiera a un lugar seguro, otro llamó a la Policía por su radio. El público de la audiencia contuvo la respiración en un frío silencio mientras los sonidos de violencia llenaban la Sala Oval.

El video pasó por última vez al exterior del *Blue Flamingo*. En medio de la locura del momento, 0397 había salido del club, siguiendo a tres personas que Alyssa reconoció como los pasajeros del convertible rojo, se paró en la acera y los miró fijamente como si no fueran más que sus blancos. Con la precisión y la sincronización de una máquina, 0397 levantó su brazo metálico y una luz cian brilló en su mano, tres pequeños objetos salieron volando de entre sus dedos con un movimiento que imitaba al de un lanzador de cuchillos, los discos de plasma de 0397 golpearon a sus objetivos en la parte posterior de las piernas, un tiro para inmovilizarlos sin matarlos.

A lo lejos, un único coche de Policía se abrió paso, con las sirenas sonando; el plan de los oficiales era evidente, tenían la intención de acelerar y atropellarlo. El público de la Sala Oval murmuraba.

El sospechoso 0397 permaneció inmóvil como si calculara la distancia y la velocidad del coche de Policía, cuando el vehículo estaba a punto de atropellarle, saltó en el aire, dio una voltereta hacia atrás y aterrizó detrás del coche. 0397 lanzó dos discos contra los neumáticos traseros del vehículo, la patrulla viró a la izquierda y derecha, mientras el conductor intentaba recuperar el control. Al final, la autoridad de New Graysons se estrelló contra un hidrante cercano, y su capó se incendió.

Uno de los policías consiguió salir del coche y apuntó con su arma al sospechoso, hizo un disparo de advertencia que 0397 no atendió. El oficial disparó tres veces más, 0397 esquivó los dos primeros disparos y el último le rozó el costado, pero no hizo nada por frenarlo. 0397 alcanzó a su oponente, le arrebató el arma y la aplastó en su puño plateado, golpeó la cara del policía contra su rodilla y lo dejó inconsciente justo cuando aparecieron refuerzos policiales a la distancia.

Cuatro agentes bajaron del coche blindado con todo el equipo táctico y apuntaron con rifles de asalto a 0397, quien consiguió ponerse a cubierto detrás de la patrulla destruida, esperando una oportunidad. Una vez que la consiguió, saltó un metro y medio en el aire y disparó un nuevo cuarteto de discos de plasma que inmovilizó a dos de los agentes. 0397 aterrizó en el suelo y de su antebrazo metálico surgió algo parecido a un escudo, lo utilizó para acercarse lo suficiente como para desarmar a los dos últimos policías en pie con maniobras de tipo militar.

El público de la Sala Oval enloqueció.

—¡Nada lo detiene! —Alguien jadeó con fuerza desde las últimas filas.

Alyssa giró la cabeza, buscando al responsable del comentario, pero pronto se dio cuenta de que toda la sala participaba en la conmoción de susurros sorprendidos y conversaciones desconcertadas. El corazón le latía contra el pecho y se obligó a seguir viendo el video a pesar del público.

Se oyeron más sirenas a lo lejos cuando 0397 terminó de

desarmar al último policía. Levantó la vista y huyó de la escena, corriendo hacia un estacionamiento, lejos de las cámaras de los cajeros automáticos y de las farolas callejeras. Y así, sin más, se había hecho cargo de todo el personal de seguridad del club, seis policías armados y dos vehículos policiales.

Alyssa esperaba más vítores o incluso que el público aplaudiera, pero la sala volvió a quedarse en silencio; al menos, la gente del público tuvo la decencia de reconocer lo inapropiado que sería vitorear. El espectáculo que habían venido a ver había terminado, dudaba que alguno de ellos fuera a escuchar algo más que tuviera que decir.

Los videos desaparecieron con otro chasquido de su control remoto, dejando en su lugar el logotipo de Clover flotando en el centro de la sala.

—Nuestra unidad ha llegado a la conclusión de que el ataque al *Blue Flamingo* no fue planeado, sino que fue el resultado del mal funcionamiento de las habilidades de 0397 con su química cerebral. La investigación llevada a cabo por el Departamento de Psicología mostró daños en los lóbulos temporales y en el tronco cerebral del sospechoso, su hipótesis estipula que este daño podría haber estado presente como resultado de sus mejoras, y que fue exacerbado por la carga eléctrica que el club de seguridad utilizó mientras trataba de someter al sospechoso. Nuestra unidad recomienda que sea ingresado en un programa de rehabilitación en las instalaciones de Garden City. Nuestros compañeros del Departamento de Psicología también lo han identificado como candidato a una terapia de recuperación de la memoria y de integración de la cognición genética.

Alyssa volvió a tener la boca seca al concluir el informe del caso. El momento de presentar los hechos había terminado, el verdadero reto estaba a punto de comenzar. Los miembros del Consejo Administrativo le harían preguntas, y más le valía estar preparada para responderlas, por el bien de su unidad y de 0397.

—Gracias, Crimson —dijo la presidenta—, se abre espacio para preguntas. Miembros del Consejo, tienen la palabra.

—Gracias, señora presidenta. —Jim Rogers, el enlace del Departamento Militar americano, fue el primero en hablar—. Si no hay objeciones, me gustaría iniciar con el turno del Consejo. Para mí, está muy claro lo que estamos viendo aquí, hubo claros descuidos al elaborar las habilidades de este joven que lo hacen vulnerable a perder el control. Nada que un programa de rehabilitación no pueda arreglar. ¿Hay alguna información de los departamentos auxiliares que vaya en contra de que el sospechoso vaya a las instalaciones de Garden City, *Crimson Thunder*?

Antes de que Alyssa pudiera responder a esto, el hombre con el ceceo español en la voz habló.

—Disculpe, jefe de Departamento Rogers, permítame discrepar. Para mí, este joven es un peligro para el público en general. Mire toda la destrucción que ha causado en tan poco tiempo. No pertenece a las instalaciones de Garden City; pertenece en Casos Terminales.

Se le fue el aire, esperaba que el Consejo Administrativo mencionara la isla Hart, pero el señor De la O lo había dicho directamente, los casos terminales eran personas mejoradas que no tenían posibilidad de redención. Ser declarado terminal te valía un billete exprés para la Cláusula de Salida. Si el Consejo decidía ponerse del lado del señor De la O, 0397 podría ser asesinado mañana.

La gente de la sala jadeó mientras otros susurraban en señal de acuerdo, el jefe del Departamento Rogers se aclaró la garganta y se levantó, reclamando la palabra para sí mismo, levantando su micrófono al hacerlo desde su asiento.

—Gracias, señor De la O, sus comentarios son siempre apreciados. Pero no nos precipitemos, ¿de acuerdo? Todavía hay varias cosas que considerar, por no mencionar que este es el momento de las preguntas, no de las deliberaciones.

De la O se rio.

—Es propio de usted defender a un individuo que está claramente en fase terminal.

—Asignar una entidad mejorada a los casos terminales es una solución demasiado extrema —respondió Rogers, con tono severo—, deberíamos observar todas las pruebas antes de tomar medidas drásticas.

La presidenta se volvió hacia sus compañeros, con una mirada calculadora.

—Entiendo su punto de vista, señor De la O. Desperdiciar un programa de rehabilitación en un GENE peligroso afectaría a nuestros recursos, especialmente porque este GENE no fue producido internamente. Pero también entiendo que debemos proceder con cautela, como ha señalado el jefe de departamento Rogers. Señor Bigagli... —Se dirigió al jefe del Departamento de Psicología—. Este es más bien su territorio. ¿Es demasiado pronto para hacer este movimiento?

—No es raro que los GENEs pierdan el control de sus funciones ejecutivas. En estos casos, creen que están en peligro y ven la necesidad de atacar a los demás, pero la mayoría de los casos de GENE rebeldes son reversibles —dijo Bigagli—, la necesidad de aplicar la Cláusula de Salida debería ser nuestro último recurso.

—¿Votamos a favor de esto? —preguntó Rogers—. Aunque parece que nos inclinamos por revisar las pruebas.

De la O le dirigió una breve mirada, pero sonrió de igual manera.

—Sí, quizás valga la pena revisar todas las pruebas. —Dirigió a Alyssa una breve mirada despectiva—. Me gustaría entender la experiencia de su equipo al detener al sospechoso, *Crimson*

Thunder. Al fin y al cabo, mi departamento tuvo que idear dos cortinas de humo para una sola misión.

Alyssa sintió débiles las rodillas. Si el señor De la O no podía enviar a 0397 directamente a Casos Terminales, intentaría desacreditarla para descartar su recomendación. Entre más se adentraban en este caso, cada uno de los peores escenarios se hacían realidad.

MIGUEL_

El temblor se extendió por debajo de ellos, lentamente y con un zumbido, antes de que Miguel pudiera distinguir lo que estaba ocurriendo, la habitación a su alrededor se estremeció, la mesa de metal y el marco de la cama traquetearon como los vagones de un tren en marcha. El temblor terminó casi tan pronto como había comenzado.

Miguel y Ángel compartieron una mirada inquisitiva.

—¿Qué fue eso?

—¿Un terremoto? —contestó Miguel. Nunca había sentido uno en el mundo de las sombras—. Qué raro.

La pesada puerta de metal se abrió con una manivela, como si alguien al otro lado hubiera abierto una cámara acorazada. Miguel se levantó de su silla, con la expectativa revoloteando en su estómago. Ahí estaba, la señal que había estado esperando de Daiyu.

—¿Qué crees que hay del otro lado? —preguntó Ángel, con la duda en su voz.

A Miguel le pareció que Ángel prefería quedarse en su celda antes de averiguar qué les esperaba al otro lado.

—Nunca lo sé. El mundo de las sombras es así. —Se encogió de hombros—. Solo hay una forma de averiguarlo.

Ángel se peinó hacia atrás con su mano plateada, con el rostro lleno de reservas.

Parecía que había pasado una eternidad, pero Miguel recordaba las dudas que tenía cuando empezó a interactuar con el mundo de las sombras, quería saber si las cosas eran reales antes de relacionarse con ellas, todo era mucho más seguro de esa manera. Tal vez hubiera sido más fácil para él tener a alguien que le empujara a dar el primer paso, tal vez él podría ser eso para otra persona.

Se dirigió a la puerta y la abrió de un empujón. Miró por encima del hombro.

—¿Vienes?

Ángel suspiró y asintió antes de levantarse de la cama. Siguió a Miguel fuera de la celda.

Salir del centro de detención de Clover le hizo sentir como si hubiera sido transportado de vuelta al mundo real. Miguel no esperaba volver a entrar al vestíbulo del edificio principal de Clover, la frescura del nuevo lugar al que habían llegado lo hacía casi real, pero la quietud en la que entraron no era natural, y confirmaba que este seguía siendo el mundo de las sombras.

El vestíbulo era un lugar que Miguel frecuentaba todos los días, pasaba por ahí cuando iba de su dormitorio al edificio de la Academia o a sus citas de mejoras, siempre estaba demasiado ocupado esquivando a la gente de camino a los ascensores para darse cuenta de lo grande que era. El vestíbulo tenía forma de cúpula con paneles de cristal como techo, la luz natural bañaba todo el vestíbulo, haciéndolo parecer más grande de lo que ya era.

Ángel pasó por delante de él, ralentizando su paso al asimilar el nuevo lugar. Levantó la vista y Miguel lo siguió, sobre ellos se extendía un raro día soleado a pesar del duro invierno.

El azul intenso del cielo tenía un color frío subyacente, como una pintura de acuarela que pasa de tonos azules a una paleta de grises, la luz gris les hacía daño a los ojos.

Miguel miró a Ángel con su overol de un azul sólido y las palabras *Centro de Detención de Clover* impresas en la espalda. La misma pregunta de antes volvió a flotar en su cabeza, ¿en qué clase de problema se había metido Ángel? Por su conexión, Miguel sabía que había algo bueno en él; podía sentirlo en sus huesos, su voluntad de ayudarles hablaba de ello, pero entonces, ¿cómo es que una buena persona termina como él?

—¿Estás bien? —Miguel rompió el silencio.

Ángel pareció despertar de un trance.

—Sí... —respondió sin mirarle, como si quisiera disfrutar de la vista por un segundo más—. Es que ha pasado un tiempo.

La tranquilidad de su respuesta se quedó con Miguel al recordar su propio tiempo en un centro de detención fronterizo. Eso fue en el duro desierto mexicano y no en esta fría ciudad, la única vista que tuvo durante un tiempo fueron las tristes paredes blancas que lo rodeaban. Incluso era difícil saber la hora del día.

Ángel se volvió hacia él y le miró a los ojos, quizás recordando las memorias de Miguel gracias a su conexión.

Permanecieron así durante un instante, sintiéndose mutuamente con una cercanía que Miguel nunca había sentido. Era como compartir su mente, su yo y su alma con otro ser humano.

Con el desaliento inundándolos a ambos, Ángel se apartó, rompiendo el vínculo.

—¿Qué es este lugar?

Miguel agradeció la distracción. Ambos sabían dónde estaban por su conexión, pero un cambio de tema podría deshacerse de los tristes recuerdos.

—Este es el vestíbulo del edificio Clover.

—Dijiste que Daiyu podía controlar los lugares a los que llegamos. ¿Por qué nos enviaría aquí?

El cerebro de Miguel se esforzó por encontrar una respuesta. Cuando no descubrió nada, deseó que Daiyu estuviera allí para guiarlos. Ella había sido su guía a través del mundo de las sombras hasta ahora. Estaban perdidos sin ella.

—Tenemos que encontrarla.

—¿Cómo la encontraste antes?

—No lo hice. Siempre estaba cerca. La muñeca también estaba siempre allí.

—¿Te refieres a la extraña muñeca del vestido rojo? Yo también la veía en mis sueños, justo antes de que ella apareciera.

—Entonces, si encontramos la muñeca, encontramos a Daiyu. —Miguel hizo una pausa, abrumado por el tamaño del edificio Clover. ¿Por dónde iban a empezar? Suspiró—: Ni siquiera sé dónde...

—Espera. —Ángel lo interrumpió, con su voz baja y cortante—. No estamos solos.

Ángel tenía los ojos puestos en algo en el otro extremo del vestíbulo, la parte del edificio que llevaba a los dormitorios de Clover. Su conducta indecisa había desaparecido, una nube negra se posó sobre sus ojos y su expresión se volvió dura y centrada.

A pesar de sus instintos más básicos, Miguel se volvió en la dirección de la mirada de Ángel. Una sombra amorfa se precipitó en la distancia, más rápido de lo que sus ojos podían seguir. ¿Venía hacia ellos o se alejaba? Una mezcla entre un gruñido húmedo y una exhalación profunda hizo que un lento escalofrío recorriera la columna vertebral de Miguel. El sonido no se parecía a nada que hubiera escuchado antes, señalaba a algo salvaje y predatorio.

A Miguel se le subió el corazón a la garganta. La mano de Ángel le indicó que se quedara quieto, el vestíbulo parecía demasiado abierto y las palabras «blanco fácil» temblaban en su mente. Un segundo gruñido rebotó en el vestíbulo vacío, haciéndose más tenue a medida que se adentraba en el edificio.

Y luego, el silencio. La calma se instaló a su alrededor como si el peligro hubiera abandonado por completo el edificio.

—Creo que se ha ido —dijo Ángel—, al menos ahora sabemos a dónde no ir.

A Miguel le temblaban las manos mientras se quitaba la piel de gallina de los brazos.

Ángel dijo algo más, pero Miguel no pudo distinguir las palabras. Algo fue de mal en peor cuando Daiyu estableció el vínculo entre ellos, este lugar no era seguro como cuando había viajado con Daiyu, y no sabía lo que les esperaba, no sabía lo que significaba para ellos ni lo que significaba para Daiyu.

El suelo bajo ellos tembló y esta vez, el temblor se expandió rápidamente, con un grave estruendo.

Abandonar la aglomeración de la Sala Oval antes de que terminara la audiencia fue aún más difícil de lo que James había previsto. Al parecer, lo ideal habría sido que los espectadores se marcharan por las numerosas salidas como olas de hombres y mujeres sudorosos en trajes de negocios. Pero quedarse un minuto más con el teléfono celular vibrando insistente en su bolsillo estaba haciendo que a James le resultara más difícil ocultar que tenía el dispositivo que debería haber dejado en su casillero; se maldijo a sí mismo por haber olvidado dejarlo atrás y se disculpó con la gente que le rodeaba mientras intentaba salir de la octava fila. James soportó las miradas y los comentarios de desaprobación y salió de la Sala Oval en medio de la declaración de Alyssa.

Aunque hubiera podido quedarse, James no estaba seguro de querer escuchar más, Alyssa había contabilizado el tiempo empleado en revisar los alrededores del Ayuntamiento, rastreando y luchando contra su sospechoso. Luego se enfrentó a algunas preguntas incómodas sobre sus decisiones en batalla, eso le dio al señor De la O aún más munición para resaltar lo difícil que había sido encubrir el incidente. Estaba haciendo que toda la unidad pareciera peor que incompetente.

James miró a ambos lados del vestíbulo, asegurándose de que estaba solo antes de sacar su teléfono del bolsillo, vio brillar la foto de perfil de Robin en la pequeña pantalla antes de contestar con voz baja.

—Por fin. Empezaba a preguntarme si estabas ignorando mis llamadas. ¿Qué está pasando?

James sonrió, notando el ligero tono de molestia en la voz de su compañera a través de la línea.

—La audiencia sigue en marcha. No puedo responder exactamente ahí dentro. Ni siquiera debería tener mi teléfono conmigo.

—¿Por qué tardan tanto? Esperaba que ya hubieran terminado.

—Están interrogando a Alyssa sobre cómo manejamos la misión de campo. No va para nada bien.

El silencio al otro lado de la línea le dijo que a Robin no le gustaba lo que estaba oyendo.

—Supongo que no debería sorprenderme. Intentarán desacreditar a nuestra unidad para que la recomendación no sea válida.

James sabía que ella tenía razón. ¿Qué tan en serio podría el Consejo tomar una recomendación de un grupo de novatos?

—Sí, y escucha esto: De la O ha estado insistiendo que o397 pertenece en casos terminales desde que Alyssa terminó su declaración.

Robin dejó escapar una risa sarcástica.

—Por supuesto. Eso explica algunas cosas, supongo.

—¿Encontraste algo?

—Así es, supongamos que alguien tuviera un motivo alternativo para quejarse de nosotros por cualquier razón. ¿Cuál sería el motivo? Uno pensaría que el despecho no valdría la pena, el lucro es un mejor ángulo. ¿Sabías que la empresa puede seguir ganando dinero con los GENEs que van a las instalaciones de Garden City?

Un sentimiento oscuro se instaló en su pecho.

—No, no lo sabía.

—Bueno, pueden hacerlo, recogen datos de personas mejoradas en rehabilitación para ayudar en el proceso de mejoras. Es como volver a la mesa de trabajo y averiguar lo que salió mal. Esto, por supuesto, lleva mucho tiempo. En Garden City al menos intentan priorizar el bienestar de sus pacientes sobre su investigación.

James captó lo que Robin no estaba diciendo, y esperó, contra toda esperanza, que lo estuviera malinterpretando.

—La isla Hart no tiene esa limitación. Es un centro de investigación.

—Correcto. —Oyó el chasquido de un teclado al otro lado de la línea—. Aparentemente, alguien pensó que habría una forma de hacer avanzar la investigación más rápidamente. En el último par de años, ha habido un aumento de casos terminales en Garden City. Lo que significa un aumento de los traslados a la isla Hart.

—No... —Respiró.

La cabeza le daba vueltas, los GENEs funcionaban mal todos los días debido a las nuevas tendencias de las mejoras, no todo el mundo estaba hecho para mutar con éxito, y Garden City estaba ahí para dar ayuda extra a los que no podían. James pensó en la rapidez con la que se desarrollaban nuevas mejoras y nuevos tipos de GENEs. Siempre supuso que algún nuevo avance tecnológico lo hacía posible.

«Qué ingenuo». Podría haberse dado una bofetada.

—James, aunque ganemos esta audiencia, perderemos. —La

voz de Robin continuó en su oído—. 0397 terminará en la isla Hart pase lo que pase.

Robin tenía razón, James pensó en todas las personas que las unidades de Respuesta Especial habían enviado a Garden City. Pensó en los que su propia unidad había enviado allí. Y ahora 0397 podría ser otro de ellos.

—¿Cómo está sucediendo esto?

—No tengo ni idea. He intentado buscar en las solicitudes de traslado y en la base de datos de Garden City, pero no tengo las credenciales para acceder.

—Mierda. Tenemos que hablar con Fox.

—Te dejaré eso a ti.

James oyó un suave golpe en el vestíbulo que lo sacó de su conversación con Robin. Levantó los ojos y miró detrás de él, la puerta de la Sala Oval se estaba cerrando, pero el vestíbulo estaba vacío. Aun así, se sintió observado.

—Tengo que irme. —James apuró sus palabras y terminó la llamada.

—¡Tiger!

James dio un respingo al oír su nombre en clave. Esteban Tomassetti se dirigía hacia él desde los ascensores, que estaban en la dirección opuesta a la Sala Oval, James no lo vio pasar junto a él. ¿Acababa de utilizar sus poderes en el edificio Clover?

—No me digas que has colgado esa llamada por mi culpa. — Esteban se balanceó hacia él, dando pequeños brincos de confianza.

James guardó su teléfono en el bolsillo como si eso fuera a hacer que Esteban se fuera, la ira en la sonrisa de labios apretados de James era imposible de ocultar.

—No esperaba encontrarte aquí solo, Tiger. Sobre todo, con tu nuevo elemento haciéndose pedazos ahí dentro.

—Qué curioso. —James apretó los dientes—. Yo tampoco esperaba verte aquí fuera.

—Oh, solo tenía que estirar las piernas. Esta audiencia se está alargando.

Las ganas de darle un puñetazo al líder de la Unidad Beta surgieron en su interior, ni siquiera estarían teniendo una audiencia si no fuera por Esteban. James respiró profundamente y se recordó a sí mismo lo que era importante, además, aunque lanzara un puñetazo, nunca conectaría. Esteban lo esquivaría más rápido de lo que James podía parpadear, su código no era *Blazing Cheetah* por nada.

—¿Quién era en el teléfono? —Una sonrisa de satisfacción se extendió por la cara de Esteban.

—Komodo se sintió mal y tuvo que excusarse de la audiencia. Solo quería saber cómo estaba.

—¿Ah sí? Sonó más bien como si la hubieras mandado a comprobar alguna información.

El calor se acumuló en el pecho de James. Todo el estrés de las últimas semanas lo agobiaba: el caso que se salió de control, la información que acababa de recibir de Robin, y ahora ser sorprendido en una llamada clandestina por Esteban. Era demasiado para soportarlo todo a la vez. Si no podía luchar contra Esteban, no jugaría a la política con él.

Las palabras salieron de él con la fuerza de un mazo rompiendo una pared.

—Déjate de estupideces. ¿Qué quieres, Esteban?

El joven se detuvo en seco, sorprendido por la dureza de James. Pareció recuperarse rápidamente, una sonrisa se extendió por su rostro como el fuego que lame un trozo de madera. Dejó escapar una especie de risa que a James le recordó al aullido de una hiena.

—Me alegra que te estés divirtiendo. —James se cruzó de brazos, mirando fijamente a Esteban.

—Por eso me agradas. Directo y al grano. —Sacudió la cabeza y señaló a James con el dedo en un movimiento perezoso —. Muy bien. Iré al grano.

Esteban levantó la vista. La sonrisa seguía en su rostro, pero no en sus ojos dorados.

—Tu unidad necesita ayuda urgente. Siento decir que has arriesgado más de la cuenta con este caso. Hay un archivo en tu escritorio ahora mismo, te indicará la dirección correcta.

James se burló, esperaba que cualquier cosa saliera de la boca de Esteban, cualquier cosa menos eso.

—Sabemos que enviaste una queja sobre nosotros al Consejo, ¿y ahora quieres que crea que nos ayudarás?

—Puedes creer lo que quieras. —La sonrisa de Esteban y su actitud perezosa desaparecieron—. Pero has estado en este negocio el tiempo suficiente para saber que esta empresa es nuestra dueña, y la mayoría de las veces, hacemos las cosas porque son órdenes directas. —Una sombra oscura cubrió sus ojos—. Y solo a veces, nos toca hacer cosas para que otros no puedan dormir por la noche.

Detrás de los ojos de Esteban, James vio tal odio tácito que su resolución de no confiar en él vaciló.

—¿Cuál de esas estás haciendo ahora?

Esteban chasqueó la lengua como si tratara de decidir si debía seguir hablando con él o no.

—Una de mis compañeras de equipo murió, ¿y sabes lo que ese maldito enfermo De la O dijo al respecto? Me dijo que buscara un sustituto tan pronto como el Departamento Médico confirmara la eliminación de su cuerpo. Me negó mi petición de notificar a su familia.

Un dolor agudo le picó el pecho a James. Ninguna palabra llegó a su boca.

Esteban Tomassetti soltó una risa amarga.

—Dejaré que decidas por tu cuenta de qué lado estoy. —Se dio la vuelta para alejarse y le dirigió una última mirada—. Ese expediente permanecerá en tu escritorio hasta el final de esta audiencia. Solo un idiota dejaría pasar la oportunidad de hacerle una copia.

MIGUEL_

Todo el edificio Clover se estremeció con un zumbido intenso. El techo de cristal traqueteó, Miguel corrió hacia los bordes del vestíbulo, siguiendo a Ángel para encontrar refugio. Cuando el temblor llegó a su punto máximo, él cayó al suelo de mármol helado y cerró sus ojos con fuerza.

El temblor cesó y después de todo, el vestíbulo volvió a su quietud original.

Miguel se agarró a una fuente para apoyarse, los peces koi de su interior nadaban como si nada hubiera pasado; una mirada más atenta a los peces reveló que nadaban siguiendo un patrón que se repetía. Al levantarse, se dio cuenta de que el agua de la fuente, las nubes del cielo y todo lo que le rodeaba se movía siguiendo un patrón, le recordó a un viejo videojuego, no lo había notado antes.

—¿Miguel? —La voz de Ángel llegó cuando este se acercó, le puso una mano en el hombro y le echó un vistazo con el ceño fruncido—. ¿Estás herido?

Una cálida sonrisa se extendió por el rostro de Miguel.

—Estoy bien. —Nadie le había atendido así desde que llegó

a Estados Unidos. La mayoría de los médicos e investigadores se interesaban en él, pero no se preocupaban por él—. ¿Tú?

—También. —Ángel miró a su alrededor con cautela—. ¿Qué crees que fue eso?

Antes de que Miguel pudiera responder, el sonido de una larga exhalación y un gruñido húmedo rodó por el vestíbulo. A Miguel se le cortó la respiración en el pecho, la sombra amorfa de antes había vuelto. ¿El temblor había llamado su atención? Miguel no quería quedarse un minuto más para averiguarlo.

La dura mirada de Ángel volvió a aparecer, su voz era severa y calculadora.

—Deberíamos seguir avanzando.

El único lugar al que se le ocurrió ir a Miguel fue al ala médica. Era el lugar más alejado de los dormitorios y de la sombra amorfa que vieron en el vestíbulo. Condujo a Ángel a través de las salas de espera, los laboratorios y hasta la sala de recuperación. No había rastro de Daiyu ni de su muñeca. La inquietud le pesaba en la nuca, no estaban más cerca de encontrar a Daiyu que cuando salieron por primera vez del centro de detención de Clover.

Los pasillos vacíos resonaban con sus pasos y la mente de Miguel estaba inundada por preguntas sin respuesta. La conexión psíquica que Daiyu había formado entre ella, Miguel y Ángel iba y venía en oleadas; a veces, podía sentir la presencia de Ángel o sus sentimientos, podía visualizar detalles de sus recuerdos como si tomara prestadas páginas del libro que era su pasado, pero otras veces, la esencia de Ángel se escondía de él, como si estuviera atrapada tras una bóveda.

Había intentado controlar esta nueva capacidad psíquica,

había intentado utilizarla para sentir la presencia de Daiyu y encontrarla. Hasta ahora, no había funcionado.

Miguel se frotó la tensión del cuello. Por su conexión con Daiyu, sabía que algo iba mal y el estado actual del mundo de las sombras no hacía más que confirmarlo: los temblores, las cosas que se movían en patrones y esa espeluznante sombra que vagaba cerca del edificio de los dormitorios. Un inquietante escalofrío recorrió sus extremidades.

—¿Ahora a dónde? —preguntó Ángel detrás de él.

Habían llegado al final de la sala de recuperación. Con los ascensores frente a ellos, podían explorar la sala hipocrática un piso más arriba o intentar explorar los niveles inferiores.

—Supongo que podemos ir un piso más arriba.

—Vamos, entonces. —Ángel comenzó a caminar, pero cuando Miguel no le siguió, se volvió hacia él—. ¿Qué pasa?

La preocupación se agitó en las entrañas de Miguel.

—¿Y si no la encontramos allí?

Ángel frunció los labios.

—Entonces probamos en el resto del edificio. No hay mucho más que podamos hacer, ¿verdad?

Sintió la esencia de Ángel y comprendió que había una preocupación subyacente en él que estaba tratando de ocultar.

—Tú también lo sientes, ¿verdad? —La voz de Miguel salió sometida y derrotada—. Algo malo le está pasando a Daiyu. Y está empeorando.

Ángel bajó la mirada.

—Sí, dijiste que los temblores no ocurrían antes y supongo que esa... cosa allá atrás tampoco estaba antes.

—No estaba.

El silencio cayó sobre ellos. Sus pensamientos ansiosos se fusionaron, ¿tenía Daiyu un límite de tiempo sobre su cabeza?

—¿Y si nos separamos? —Miguel soltó, aunque la idea se

sentía incompleta en su cerebro—. Así podemos cubrir más terreno.

—No vamos a hacer eso. —La mirada que le dirigió Ángel le hizo sentirse como un niño pequeño.

Miguel arrugó la frente.

—¿Y por qué no?

—¿Hablas en serio? Esa cosa de sombras sigue por ahí. Podría pasarte algo.

—¿Solo a mí? ¿Y tú?

—Puedo protegerme. —Ángel cerró el puño con su mano de metal y golpeó su pierna de metal para ilustrar su punto—. ¿Y tú?

Sabía que Ángel tenía razón, Miguel no tenía poderes para protegerse, aun así, rodó los ojos, exasperado.

—Bueno, entonces tenemos que salir de esta parte del edificio, ir a otro lugar. Llevamos horas buscando en el ala médica para nada.

—¿Cómo puedes saber que han pasado horas?

—Parecen horas. ¡Este lugar es enorme! ¿Y eso qué importa ahora?

Ángel levantó las manos, intentando hacer las paces.

Miguel respiró profundamente y negó con la cabeza.

—Sigamos buscando en el ala médica. Podemos pensar qué hacer después si no la encontramos.

Una vez en la sala hipocrática, Miguel se paró frente al despacho del doctor Johannes. Intentó pensar cuántas veces había visitado este lugar desde que llegó a Clover, había perdido la cuenta. Esa puerta siempre estaba abierta cuando necesitaba ver al doctor, pero cuando alcanzó su cerrojo electrónico en el mundo de las sombras, la puerta no se movió.

—¿Y? ¿Puedes abrirla? —preguntó Ángel detrás de él.

—No. —Suspiró—. No lo entiendo, el mundo de las sombras refleja lugares que hemos visitado antes, he estado en esta oficina muchas veces. ¿Cómo es que no se abre para mí?

Ángel se rascó la frente.

—¿Podías entrar en esta oficina a tu gusto antes?

—Pues no. Necesito una cita.

—Entonces debe ser eso. —Ángel se encogió de hombros—. No puedes entrar en esta oficina en el mundo real sin una cita, igual que yo no puedo salir de mi celda. Aquí es lo mismo.

Miguel frunció el ceño, pensando. El mundo de las sombras era un reino lleno de cosas raras, medusas, lluvias de esporas, y ahora sombras sin forma. Pero las cosas seguían sucediendo en un orden lógico: la gravedad era la misma, todavía podía sentir frío y dolor, o incluso hacerse daño, no podía volar ni atravesar paredes, si una puerta estaba cerrada para él en la realidad, seguiría estando cerrada en el mundo onírico de las sombras de Daiyu.

—¿Qué hacemos?

Ángel sonrió.

—Nos las arreglamos. —Pasó junto a Miguel y se dirigió al cerrojo de la puerta. Ladeó la cabeza e hizo una garra con su mano plateada, en un movimiento claro, clavó los dedos en el cerrojo electrónico y lo arrancó de la pared en una madeja de cables.

Miguel jadeó y soltó una carcajada.

—¡Wow! —Sin su cerrojo mecánico, la puerta se abrió a duras penas—. Tienes que enseñarme a hacer eso.

Ángel sonrió y abrió la puerta.

Al igual que todos los demás lugares que habían visitado en el edificio Clover, el despacho del doctor Johannes parecía estéril, intacto. Parecía que nadie había estado allí, como si todo el lugar hubiera sido recién sacado de su embalaje fresco y ordenado; la única evidencia que relacionaba la sala de trabajo con su copia del mundo real era la música de fondo, los tonos de la música sin letra eran extraños, pero Miguel no podía averiguar por qué.

Apartó sus dudas y se obligó a concentrarse en por qué estaban allí.

—Vamos a buscar esa muñeca.

—Si no está aquí, deberíamos ir a todos los despachos de la planta. Quizá alguno de estos médicos sepa algo sobre Daiyu.

Se separaron y empezaron a buscar dentro del botiquín, sobre y bajo el escritorio, e incluso en la estación de café. A Miguel se le encogió el corazón. No había muchos lugares donde pudieran buscar. Era un despacho minúsculo.

—¿Y esa música? —preguntó Ángel.

Miguel se levantó de donde estaba buscando debajo del escritorio y lo miró, Ángel tenía razón, todos los demás lugares del edificio habían estado quietos, silenciosos.

—El doctor Johannes siempre tiene la misma música en su despacho.

—¿Cómo lo sabes?

—Es mi médico, le veo cada dos miércoles. —Miguel casi dio un respingo cuando la revelación tomó forma en su mente—. Debo haber escuchado las canciones que toca una docena de veces, siempre es lo mismo.

—¿Pero aquí hay algo diferente? ¿En este mundo?

—¡Sí! ¡Nunca había escuchado esta canción! Es nueva para mí.

—Si no la conoces, y yo tampoco, ¡debe venir de la memoria de Daiyu! Tiene que estar cerca de este lugar entonces o... ¿o quizás el doctor también la ve?

—¡Sí!

—¿Cómo lo comprobamos?

—Bueno, todo está aquí. —Miguel señaló la computadora

del escritorio y los archivadores que se alineaban en las paredes
—. Los médicos guardan los registros de sus pacientes, así que
podemos buscar su nombre en los archivos.

Ángel soltó una risa, cargada de alivio y esperanza.

—Tú revisa la computadora y yo los archivadores.

—¡Ya tengo algo! —dijo Miguel, triunfante.

Después de lo que parecieron horas de rebuscar en los
archivos del despacho del doctor J, Miguel acabó encontrando la
ficha de un paciente al final de la lista: Zhihou D., junto a su
nombre aparecía una vieja foto de Daiyu.

La información del expediente de Daiyu confirmó algunas
de las sospechas de Miguel. Clover no le dio a Daiyu sus mejoras, la empresa, de alguna manera, le puso las manos encima
después. Cuando abrió el expediente, lo encontró casi vacío,
contenía información básica sobre Daiyu, como su peso, su
altura, su edad y el color de sus ojos: blanco.

Según el documento, su clase GENE estaba bajo investigación, el doctor Johannes había dejado una nota que era como
una sugerencia de cómo llamar a la variación genética de Daiyu:
Sináptica estaba escrita en cursiva con un stylus; Miguel se
desplazó hacia abajo y no encontró nada más. El resto del
archivo estaba vacío, salvo por un número de expediente y la
palabra *Confidencial*.

—¿Cómo va todo por ahí? —preguntó Ángel desde el otro
lado de la habitación.

—No tengo mucho. Está su apellido y algunos datos básicos
sobre ella. También hay un número aquí.

—¿Qué número? Todas estas carpetas tienen números.

—Es ZDS15-34.

Ángel buscó en los archivadores, pasó de uno a otro y pronto sacó una gruesa carpeta manila con marcadores de página multicolores que sobresalían de todo su alrededor.

—¡Lo tengo!

Miguel saltó de su asiento junto al computador y se apresuró a acercarse, la carpeta maltratada estaba en muy mal estado. A Miguel le pareció que esos expedientes habían pasado entre muchos médicos, debían de haber leído y releído su contenido día tras día.

Ángel abrió la carpeta y echó un vistazo a la pila de documentos; miró a Miguel, con una mezcla de ansiedad y emoción en su rostro.

—Hay mucho que revisar.

—Vamos a dividirlo.

Leyeron y leyeron sobre Daiyu, averiguando más sobre ella de lo que ya sabían por su conexión psíquica; Daiyu era una entidad genéticamente mejorada fabricada por una empresa diferente, su variación era rara y solo había dos personas más como ella en el mundo. La descripción de sus habilidades no era concluyente, el equipo de investigación de Clover no pudo averiguar qué debía hacer; entendían que la capacidad de Daiyu mejoraba la comunicación entre sus neuronas y que la química de su cerebro era diferente, su tiempo de respuesta a los estímulos era tan rápido que parecía que podía predecir lo que iba a ocurrir.

—No lo entiendo. ¿Significa esto que puede ver el futuro? —preguntó Miguel.

—Déjame ver. —Ángel leyó el pasaje de las notas del doctor Johannes. Tuvo que leerlo varias veces para entender a qué se referían las notas—. Yo tampoco lo entiendo bien; hay muchas palabras médicas que desconozco. El médico cree que su cerebro puede ver patrones en los estímulos y predecir lo que va a pasar, así que parece que puede predecir el futuro.

—Vaya, ¿cómo puede hacer eso?

Ángel se encogió de hombros.

—No lo sé, pero tampoco entiendo cómo esto funciona. —Señaló con su mano humana a la metálica—. Solo sé usarlo.

Miguel no pudo contener más su curiosidad.

—¿Qué es? —No podía entenderlo, ni siquiera a través de su conexión.

—¿Mi brazo?

—Sí.

Ángel se miró el brazo durante un rato, flexionó los dedos y observó cómo la aleación captaba la luz.

—Un arma.

Compartieron un silencio incómodo.

—Uhm... eres un mejorado, ¿verdad? —preguntó Ángel, con una nota de curiosidad en su voz.

—Lo seré. —Miguel sonrió—. Los médicos dicen que pronto pasaré por mutaciones. No lo entiendo todo, pero supongo que significa que pronto tendré mis poderes.

—Eso es una locura, creo que nunca supe que había otras personas con poderes.

—Hay muchos, y Clover hace un montón de ellos.

—¿Para qué?

—Dicen que estamos hechos para proteger el mundo, para mejorarlo.

Ángel se quedó callado, quizás contemplando la respuesta.

—Deberíamos seguir buscando en la carpeta de Daiyu.

—Está bien.

Volvieron a leer en silencio durante un rato.

—Escucha esto —dijo Ángel y leyó en voz alta—, *el sujeto sigue mostrando signos de mutación mientras está con soporte vital. El Departamento la ha trasladado a la unidad 34 de cuidados intensivos para seguir controlando su evolución*. La fecha es el 15 de octubre, la trasladaron a la unidad de cuidados intensivos hace dos meses.

—¡Quizá sea ahí donde está! —Miguel estalló en sonrisas—. El ala del hospital está cerca. Está un piso por encima de nosotros. Seguro que cuidados intensivos también está arriba.

Ángel miró el expediente y luego a él.

—¿Por qué tendría que estar en cuidados intensivos?

Miguel sintió que la sonrisa se le borraba de la cara casi tan rápido como había llegado. Cuidados intensivos sonaba muy mal.

—Quizá deberíamos averiguarlo.

Se sentaron a leer el resto de las notas del doctor Johannes. Muchas de las notas no tenían sentido para Miguel: las palabras eran largas y complicadas y hablaban de productos químicos y rutinas de cuidado.

Por lo que dedujo, el doctor J era el doctor más reciente de Daiyu. El Departamento Médico de Clover la había pasado de un lado a otro durante un año porque nadie sabía cómo ayudarla. El doctor J era su última esperanza.

—¿Qué significa 'pronóstico'? —preguntó Miguel mientras leía más sobre el estado actual de la paciente.

Ángel levantó la vista de su carpeta manila.

—Es lo que le va a pasar a alguien que está enfermo. ¿Por qué?

Miguel le entregó la carpeta y esperó a que leyera, con la esperanza de que fuera capaz de descifrar aquel mensaje.

La quietud de la voz de Ángel le asestó un doloroso golpe en la boca del estómago.

—Está muriendo.

L a luz del sol entraba en riachuelos a través de la ventana, las aguas del puerto deportivo hacían que el sol del mediodía bailara en el interior del *penthouse* de los Rogers. Robin echó un vistazo al exterior para ver el día extrañamente soleado, probablemente este sería el último día soleado que tendrían antes de que el verdadero invierno llegara a New Graysons. Quedaban pocos días del año y Robin se preguntaba si para el primer trimestre del nuevo año seguiría teniendo trabajo en las Unidades de Respuesta Especial. Esperaba que su visita al *penthouse* resolviera todo eso.

Oyó los suaves tacones de Allison Rogers cuando se le unió en el solárium. La mujer madura llevaba un vestido de seda decorado con tonos rosas pálidos que se ajustaba a su tono de piel a la perfección; llevaba una copa en la mano que estaba casi vacía de su líquido anaranjado.

—Querida, espero que no te importe, he traído un par de mimosas para charlar mientras esperamos a Jim.

Un mayordomo alto la siguió con una bandeja de plata que contenía dos vasos altos. Allison se sentó frente a ella en su lujoso sillón de felpa, el mayordomo colocó las bebidas frente a ellas y desapareció tan suavemente que Robin se olvidó de él casi al instante.

—Tomarás una conmigo, ¿verdad, Robin querida? —preguntó Allison—. Jim odia que beba sola, pero si llegara a casa y nos encontrara bebiendo juntas... —Dio un largo sorbo para terminar su primer trago—. Bueno, eso es otra cosa.

Robin le dedicó a Allison una sonrisa cómplice y tomó un sorbo de su bebida, tenía mucho más champán de lo que ella hubiera esperado de una mimosa normal. Robin decidió que reservaría su bebida todo el tiempo que pudiera, nunca le molestó beber a la hora de la comida, especialmente cuando se trataba de Allison, pero si quería hablar de negocios con Jim Rogers, más le valía hacerlo con la cabeza despejada.

—Así que cuéntame, querida —incitó Allison, aparentemente satisfecha con sus arreglos para la bebida—, ¿qué te trae a nosotros a mitad de la semana? Te esperábamos a ti y a Richard para el *brunch* del próximo fin de semana.

Robin sonrió, su relación con los Rogers iba más allá de Clover. El senador Richard Night, su padre adoptivo, conocía a Jim Rogers desde la universidad; desde que era una niña, asistía a los almuerzos dominicales una vez al mes para charlar.

—En realidad he venido a hablar de negocios con Jim.

Allison sonrió, una idea astuta se encendió en sus ojos, la forma en que la luz del sol incidía en su rostro en ese momento la hacía parecer aún más cuidada de lo que estaba.

—¿Es un favor profesional lo que necesitas?

Jim Rogers era el jefe del Departamento Militar de los Estados Unidos, siempre había dicho que, si alguna vez necesitaba un favor en Clover, solo tenía que pedírselo. Siempre decía amablemente que lo pensaría, sabía que era una oferta única, no era como si Jim pudiera resolver todos sus problemas profesionales por ella. Si alguna vez iba a cobrar ese favor, no había mejor situación que en la que se encontraban ella y la Unidad Delta ahora mismo.

—Algo así. Nunca le preguntaría si no fuera importante.

—No hace falta que me des explicaciones. Una mujer debe buscar su carrera por encima de todo. —Dio un trago a su bebida —. Yo era una mujer de carrera antes de casarme con Jim y podría haber seguido así, pero me gustaba demasiado el veneno. —Guiñó un ojo y terminó su segunda copa de un trago.

Robin se limitó a sonreírle, pero se preguntó si la historia de cómo se convirtió en una esposa trofeo era un poco más complicada.

—Veo que se están divirtiendo —dijo Jim Rogers desde la puerta—, Nicolás me dijo que estaban aquí.

—¡Cariño! Bienvenido a casa. —Alison se levantó sobre un remolino de faldas de seda y plantó un beso en la mejilla de Jim —. Robin vino de visita, ¿no es un encanto?

—Lo es. Robin, ¿cómo estás? —Se acercó a ella y le dio un abrazo.

Robin sonrió y puso su mejor cara, preparándose para pedirle a Jim que volviera a ser su yo laboral en su propia casa. ¿Era culpa lo que sentía?

Seguramente no, Robin rara vez sentía algo, y no iba a empezar a sentirse culpable; era vergüenza, se dio cuenta, cuando Jim la invitó a sentarse de nuevo y se giró para pedirle a Allison que le trajera algo de comer. Qué situación tan vergonzosa era tener que acudir a uno de los jefes de departamento para salir de una situación en la que su unidad no debería estar.

—Robin, oí que estuviste fuera de servicio durante unas semanas. ¿Cómo te sientes?

—Oh, ¿eso? —Robin agitó una mano agradablemente despectiva frente a él—. Gajes del oficio. Los médicos de Clover me hicieron sentir mejor en poco tiempo.

—Bien, bien. Me alegro. No queremos perder a uno de nuestros GENEs estrella.

Robin sonrió a su pesar. Jim y el senador solían decir que el talento que ella poseía estaba sin explotar y no se utilizaba en todo su potencial, le decían que sus habilidades serían lo suficientemente buenas como para llegar a donde ella quisiera, su carrera solo tenía que florecer primero.

—Entonces Robin, ¿a qué debemos esta maravillosa visita? —dijo Jim mientras se desabrochaba los puños de la camisa blanca de vestir que llevaba bajo la chaqueta—. No te esperaba hasta la semana que viene.

—Bueno, Jim, —le ofreció su sonrisa más encantadora—. Lamento decir que esta no es una mera visita social. Me temo que debo pedirte un favor.

Jim rio entre dientes:

—Nunca tengas miedo de pedirme un favor. Sabes que te aprecio a ti y a tu unidad. ¿En qué puedo ayudar?

Robin tragó saliva, pensando que su tono podría cambiar cuando ella terminara de hablar.

—Sabes el tipo de situación en que se encuentra mi unidad en este momento.

—Me sorprende que tú lo sepas. ¿No estás de permiso?

—Siempre me gusta vigilar a mi unidad cuando es posible.

—Qué diligente. —Se sentó de nuevo en su silla, con una mirada agradable—. Por favor, continúa.

—De hecho, he estado investigando por mi cuenta el caso del *Blue Flamingo*.

Jim pareció sorprenderse por esto. Le dirigió una mirada seria, del tipo que un padre podría dar a una hija cuando habla de irse a Europa a ver a amigos que nunca ha conocido en lugar de volver a la universidad. Robin resintió la mirada, pero se tragó su orgullo.

—¿Qué quieres decir?

—He estado investigando el informe y hablando con algunas fuentes externas que mi unidad no pudo contactar mientras trabajaba en esta misión.

—¿Y todo esto mientras estabas de permiso? —Jim continuó con la misma mirada grave en su rostro—. No estarás intentando influir en mi voto sobre este asunto, ¿verdad?

—En absoluto. Solo tengo una teoría sobre lo que está ocurriendo tras bambalinas, y necesito tus conocimientos para probarla, especialmente respecto a la cláusula de salida. Necesito conocer los entresijos de la misma.

—Que tema tan desagradable, querida. ¿Por qué quieres saber más sobre esto? —Jim consideró el tema por un momento. Al final, le dedicó una expresión ambigua—. No me gusta esto del todo, Robin. Debo decir que es una situación arriesgada para ti.

—Sé lo que parece, Jim, créeme, pero una vez que escuches lo que tengo que decir, estoy segura de que estarás de acuerdo en que esta conversación era necesaria.

Robin dejó que su petición de tener una conversación sobre la cláusula de salida se hundiera antes de continuar.

—Jim, tengo un mal presentimiento sobre este caso y esta audiencia. Tengo el presentimiento de que, aunque el Consejo vote a nuestro favor, podríamos ver a 0397 hacer un viaje sin retorno a la isla Hart. Es solo cuestión de tiempo.

Jim Rogers la miró con un destello de comprensión que se desprendía de su mirada.

—Muy bien. Cuéntame más.

—He encontrado algunos registros que indican que alguien del Consejo tiene un contacto en Garden City que, en el pasado, ha trasladado sujetos a la isla Hart. Todo lo que se requería era una firma.

Jim Rogers levantó una mano, impidiéndole decir más.

—¿Tienes un nombre?

—Lo tengo.

—Por favor, Robin. Si sabes lo que es bueno para tu carrera, guárdate ese nombre. —Él suspiró—. Entiendo lo que dices, y déjame decirte que estás jugando con fuego aquí.

—Lo sé.

—¿Por qué haces esto? ¿Tienes la intención de salvar la vida de este chico?

Robin se detuvo un segundo y comprendió que no tenía intención de salvar la vida de nadie, pero James sí.

—Jim, he estado al margen demasiado tiempo. Siempre has dicho que juego con mucho cuidado y me has advertido que algún día tendría que elegir un bando si quería tener éxito. Realmente creo que es esto. Así es como elijo un bando. Es ahora o nunca.

Jim suspiró.

—¿Y tuviste que elegir el bando de Millard Fox? Muy bien. —Respiró profundamente—. Escucha, aquí hay una tercera opción, un tercer resultado para este caso y para 0397.

—Y es exactamente por lo que he venido a ti.

Jim levantó un dedo.

—Si te ayudo, si te ayudo a llegar a esta opción, ya no puedo estar asociado con el equipo Delta. Hay rumores sobre la implicación de tu comandante con el Movimiento por los Derechos de las Personas Mejoradas, a la compañía no le gusta, así que a mí tampoco debería. —Sus ojos se volvieron serios, calculadores —. Cuando salgas hoy de mi casa, dejaremos de conocernos y tu equipo perderá mi apoyo. Cualquier ayuda que haya prestado a la Unidad Delta, cualquier momento en que haya pasado por alto los defectos de esta unidad, todo eso se habrá acabado.

Robin lo pensó durante un segundo. Esto era exactamente lo que ella esperaba de Jim, sabía que, si acudía a él en busca de ayuda, podría arriesgarse a perder su protección. Sabía que los Delta podrían haber sido disueltos muchas veces antes si no fuera por él, pero esto también podría ayudarles a elevarse por encima de su posición. Nunca ascenderían, y de lo contrario, De la O solo haría de ellos chivos expiatorios, y entonces Jim Rogers no podría ayudarles. Se arriesgaban más quedándose con él, ella lo creía firmemente.

—Entiendo.

Los tacones de Allison volvieron a salir del salón hacia el solárium, tomaron esto como una señal de que su conversación había terminado, y Robin había hecho su elección.

Allison entró con el almuerzo de Jim en una bandeja. Robin no miró a la mujer que acababa de unirse a ellos.

—Oh, pero qué tensión. Vaya favor que has pedido, querida.

—En absoluto —dijo Jim—, esto es solo una nueva etapa en la carrera de nuestra Robin, ¿no es así?

—Así es. —Robin levantó su vaso para encontrarlo con el de Jim. Sonrió, pensando que había tomado la decisión correcta. Había perdido a su mayor benefactor en la empresa con una sola conversación, pero ahora haría su propia carrera. De ahora en adelante, ni ella ni los Delta se quedarían estancados. Esto iba a poner las cosas en movimiento.

MIGUEL_

El suelo bajo ellos tembló con una intensidad sin precedentes, Miguel no tuvo tiempo de procesar las palabras de Ángel: Daiyu estaba muriendo.

Perdió el equilibrio y cayó al suelo, las luces de la habitación parpadearon y, a lo lejos, se escuchó un fuerte estruendo. ¿Era la bocina de un barco?

—¡Este va a ser grande! —gritó Ángel por encima de los crujidos y estruendos de la sala hipocrática.

Una ola penetró en la conciencia de Miguel, sintió la esencia de Ángel y el estruendo de los latidos de su corazón.

Ángel lo agarró por los hombros en medio de la oscuridad y la confusión.

—Tenemos que meternos debajo del escritorio, vamos.

Se refugiaron bajo el escritorio del doctor J mientras el despacho que les rodeaba se hacía pedazos por la caída de los archivadores y el yeso del techo; Miguel cerró los ojos, pensando que sus entrañas se licuarían por el temblor.

Tardó un momento en darse cuenta de que el terremoto había terminado.

Las secuelas del terremoto eran peores que antes, cuando

abrió los ojos, Miguel se encontró con que el mundo era un caos gris. Un fino polvo de cemento flotaba a su alrededor y había un inquietante sosiego en el aire. Algo no encajaba, había una sensación de inquietud tras la calma, como si hubiera entrado en una habitación en la que no tenía permiso para estar.

Tosiendo por el fino polvo de concreto en sus pulmones, Miguel salió a rastras de debajo del escritorio. A través de un agujero en el techo, caía nieve y un frío cortante se filtraba.

—¿Qué demonios está pasando? —preguntó Ángel, mirando por la ventana del despacho.

Miguel corrió hacia el otro extremo de la oficina, chocando con el hombro de su amigo en la ventana. Una costa pintaba el paisaje exterior. Con una mano temblorosa, empujó la ventana para abrirla, entró una brisa cálida aderezada con sabor a mar. Bajo el gris edificio Clover, una ciudad costera se extendía por kilómetros bajo un cielo pintado en acuarela.

—¿Es eso...? —La voz de Ángel se coló.

—Es San Gerónimo —susurró Miguel en respuesta.

—¿No es ahí de donde eres?

—Sí... Mi pasado se está filtrando. —Se le revolvió el estómago—. El tuyo también, mira. —Miguel señaló la nieve que caía por el agujero del techo.

Ángel se colocó bajo el agujero del techo, miró la nieve y extendió su mano humana para atraparla, los copos de nieve se derritieron al tocar su piel. Se frotó la humedad.

—¿Qué significa esto?

Miguel sacudió la cabeza.

—Debe significar que Daiyu está empeorando.

Miguel se acercó a la ventana y apoyó la mano en el cristal. La ciudad costera se extendía ante el mar, un día soleado bañaba las calles empedradas que serpenteaban hasta la orilla; las casas de colores se apilaban unas sobre otras, mostrando diferentes niveles de tejados manchados de sal. La respiración de Miguel se hizo más lenta al asimilarlo todo, sus ojos se llenaron de lágrimas: San Gerónimo parecía tranquilo.

—Oye, entonces... —Ángel se acercó un paso más a él—. La mayoría de tus recuerdos sobre San Gerónimo eran felices. Pero en algún momento, todo se volvió confuso, peligroso... no podía entender lo que estaba viendo.

—Yo tampoco. —Miguel suspiró.

Una oscuridad llenó su corazón, nunca entendió lo que había pasado la última vez que estuvo en San Gerónimo; de un momento a otro, toda su vida giraba en torno a la escuela, a jugar al fútbol por las tardes con sus amigos y a preocuparse por los exámenes de matemáticas e historia. El cambio llegó poco a poco, se instauró un toque de queda y nadie salía de casa después de la puesta de sol, su familia dejó de escuchar las noticias, la escuela cerró, sus vecinos desaparecieron.

—Mi padre dijo que vinieron por la plataforma petrolera y se quedaron por nuestra pesca.

—¿Los rusos? ¿Qué hacían allí?

En la obra maestra de acuarela que era el San Gerónimo de su pasado, divisó un punto negro en el horizonte. Era una mancha de tinta negra, que se cernía sobre el pequeño pueblo de pescadores y bodegueros. La plataforma había sido una estructura de acero vacía desde antes de que él naciera, un vestigio de la Guerra.

Cuando llegó la milicia rusa, nadie preguntó por qué, ellos tenían armas, mientras que los habitantes del pueblo solo tenían redes de pesca y una predisposición a ocuparse de sus propios asuntos. Miguel no sabía qué habían hecho los rusos en aquella plataforma, no había sospechado lo que hacían cuando invadieron su pueblo y se instalaron en su hogar. No pudo entenderlo hasta que el hombre de las manos de fuego llegó.

Los recuerdos de la plaza del pueblo ardiendo en llamas se reprodujeron en su cabeza, la gente gritaba y huía de la milicia.

Miró fijamente al hombre que destruyó su pueblo con tan solo el toque de sus manos, recordó la rapidez con la que las llamas consumieron todo.

Miguel oyó su voz decir las palabras, pero no la reconoció como suya.

—Estaban haciendo GENEs.

Una sacudida de electricidad recorrió su columna vertebral, alejando sus pensamientos de San Gerónimo, la energía le llegó con suaves golpes, como la marea del recuerdo soleado fuera de la ventana. Miguel cerró los ojos y exploró la energía, era Daiyu que se acercaba a él. Su mente se llenó de conocimiento y luego desapareció.

Miguel respiró profundamente y se obligó a volver a concentrarse.

—¿Sentiste eso? —preguntó Ángel.

—Sí. —Miguel se giró, con una oleada de preocupación que le invadió mientras terminaba de procesar la nueva información —. Daiyu está perdiendo el control entre las realidades. Tenemos que encontrarla. Pronto.

Ángel miró alrededor de la oficina destruida y resopló.

—Las cosas no podrían estar mejor, ¿verdad?

—¿Qué pasa?

—Mira eso. —Señaló la entrada de la oficina. Un trozo de escombro había caído durante el terremoto, bloqueando la puerta—. Estamos atrapados.

—¿No puedes moverlo? —preguntó Miguel encogiéndose de hombros.

Ángel inspeccionó el inmenso trozo de cemento del que sobresalían varillas metálicas. Negó con la cabeza.

—No soy tan fuerte.

—Tiene que haber otra puerta. El laboratorio del doctor J está en la parte de atrás de su despacho, y hay una salida de emergencia ahí detrás. Tal vez podamos llegar a la unidad de cuidados intensivos por ahí.

—Entonces vayamos antes de que el edificio vuelva a temblar.

Miguel echó una última mirada a San Gerónimo antes de llevar a Ángel a la parte trasera del despacho. Detrás del escritorio del médico, alguien había etiquetado una puerta a ras de suelo con una placa que leía *Laboratorio*. Había cruzado ese umbral tantas veces que lo empujó para abrirlo con la confianza de la rutina, pero un frío antinatural lo golpeó desde el interior de la habitación y lo detuvo en seco.

El laboratorio le recordó la última vez que se había despertado en el mundo de las sombras, en su apartamento, parecía que toda la habitación estaba congelada en el tiempo. Una enfermiza luz verde brillaba sobre el laboratorio, y esporas flotaban a su alrededor, suspendidas en el aire. Escalofríos corrieron por su espalda. ¿Era el frío? ¿O el temor puro que sentía en sus entrañas?

Un gruñido húmedo seguido por un profundo suspiro llegó desde lo más profundo del laboratorio, una sombra amorfa se extendía a través de la pared de fondo. Era una enorme masa tenebrosa, más oscura que la tinta.

—Mierda... —Miguel susurró.

La sombra de tinta chilló al oír su voz, su sonido hizo que su corazón se estremeciera, y se lanzó hacia ellos como un ave de rapiña.

Miguel reaccionó justo a tiempo para cerrar la puerta.

—No creí que nos hubiera seguido. —La cara de Ángel palideció—. ¿Era así de grande antes?

—¡No lo era! —El corazón de Miguel martilleaba en su pecho.

Gruñidos y rugidos llegaron desde el otro lado de la puerta, Miguel se apartó de un salto, conteniendo la respiración.

—Quiere un pedazo de nosotros. —Ángel se dirigió al otro lado de la oficina, hacia el trozo de cemento—. Ayúdame, intentemos mover esto.

—Pero dijiste que...

—¿Tienes una mejor idea?

Miguel fue a ayudar. Empujaron el trozo de techo con todas sus fuerzas, pero fue en vano.

Algo parecido a una explosión estalló detrás de la puerta del laboratorio, Miguel se volvió con los ojos saltones, incapaz de apartar la vista de la puerta rompiéndose. La puerta del laboratorio se resquebrajó como porcelana, la sombra cruzó por las grietas y sus gruñidos antinaturales llenaron la habitación.

Ángel se puso delante de él.

—¿Qué estás haciendo? —La voz de Miguel salió débil y temblorosa.

—Pelearé contra esa cosa —dijo Ángel con sencillez mientras la masa negra seguía entrando en la habitación—, cuando no haya obstáculos, vete por el laboratorio y encuentra a Daiyu.

—¡¿Estás loco?! ¿Cómo vas a combatir con esa cosa?

Ángel se encogió de hombros.

—Al menos puedo distraerlo. Espera hasta que sea seguro y vete. Encuentra a Daiyu.

A Miguel se le hizo un nudo en el estómago.

—No voy a dejarte aquí. —¿Cómo podía Ángel pensar que era una buena idea?

—Tú también lo sentiste, ¿verdad? Daiyu no tiene mucho tiempo.

—Pero...

—Puedo defenderme, ¿recuerdas? —Mostró su mano plateada, sus ojos severos—. Ve a buscarla, yo te alcanzaré.

La sombra oscura gruñó en su dirección, se arremolinó como un torbellino atrapado dentro de un globo de nieve.

Ángel se crujió el cuello y se puso en posición de combate, su voz casi un suspiro: —Qué cosa tan fea.

La sombra volvió a chillar y se precipitó hacia Ángel, se arremolinó sobre sí misma mientras volaba hacia su objetivo, estrechándose en forma de aguja. Cuando estuvo lo suficientemente cerca, Ángel lanzó un puñetazo, pero solo atravesó la sombra, como dando un golpe al aire.

La oscura sombra envolvió el brazo de Ángel con una fuerte y larga exhalación, se enroscó a su alrededor cual serpiente constrictora aferrándose a su presa, Ángel se retorció en su agarre, tratando de liberarse, pero la sombra se introdujo en él, haciendo que su cuerpo se sacudiera y lo paralizara.

—¡Ángel! —gritó Miguel, con el estruendo de su corazón retumbando en sus oídos.

La oscuridad recorrió el cuerpo de Ángel hasta extenderse por el suelo como si fuera su propia sombra. Al mirarla dos veces, Miguel notó la forma de un hombre con gorra militar. Sostenía un bastón en la mano y un ojo rojo neón brillaba a través de la oscuridad de la sombra.

El terror de Ángel abordó a Miguel como la marea alta, se convirtió en una bola dura y helada en su pecho. La criatura de sombra había atrapado a su amigo en sus garras, su conciencia emboscada en un torbellino de sensaciones y recuerdos rebuscados. La mirada de Miguel pasó de Ángel a la puerta rota. No había obstáculos para que se fuera.

Miguel tragó saliva, sabía que Daiyu no tenía mucho tiempo, pero ¿cómo podía irse? Pensó en lo que harían los *Rangers of Earth*. Usarían sus superpoderes y lucharían contra el monstruo, salvarían el día. El miedo surgió de la parte posterior de su columna vertebral y envolvió su mente y su alma, Miguel no era como ellos, los héroes tenían la fuerza para protegerse o ayudar a los demás, pero él era solo un niño.

Con una respiración aguda y el rechinar de sus dientes,

Miguel se obligó a tragarse el miedo. Quizás no tenía super-poderes, pero eso no significaba que no podía intentar ayudar. Con las manos aún temblorosas, se dirigió hacia la criatura de sombra.

La criatura oscura se había solidificado mientras envolvía el cuerpo paralizado de Ángel. La mente de Miguel se estiró en busca de soluciones, a Ángel se le acababa el tiempo, con la sombra enroscándose en su cuello de esa manera, se asfixiaría.

Miguel se preparó e hizo lo único que se le ocurrió, se agarró con fuerza a la sombra y tiró hacia abajo con todo su peso. Tocarla era como tocar un músculo vivo y palpitante, le hizo pensar en una boa constrictora. La sombra oscura era caliente al tacto, y se volvía más abrasadora con cada segundo que pasaba, pero Miguel soportó el dolor y se aferró al cuerpo de la serpiente negra con todo su peso. Su agarre sobre Ángel se relajó.

La sombra oscura gruñó, un sudor frío goteaba de la frente de Miguel, el cuerpo de la serpiente de tinta palpitaba y se calentaba más de lo que Miguel podía soportar. Soltó a la criatura, con las manos temblando de dolor, su piel roja y chamuscada por el contacto con la serpiente. Sin soltar a Ángel, la serpiente volvió a gruñir mientras se hinchaba, duplicando su tamaño.

Entonces, del lugar al que se había agarrado, creció una segunda serpiente negra. Miguel soltó un grito ahogado y saltó hacia atrás, la segunda cabeza de la serpiente se precipitó hacia adelante y atacó a Miguel, le rodeó la cintura y lo levantó en el aire como un muñeco de trapo. La sombra lo golpeó contra el suelo, Miguel gruñó de dolor, luchó por liber-arse del peso de la serpiente. La sombra lo levantó de nuevo y el mundo giró ante sus ojos, la segunda vez que la sombra lo golpeó contra el suelo de la oficina, Miguel quedó sordo del estruendo.

Cerró los ojos y la oscuridad lo envolvió.

Tras la oscuridad de sus párpados, Miguel vio una llamarada naranja.

Algo hizo clic en su interior, una fuerza viva se despertó dentro de él; le hizo abrir los ojos y alejó de él todo el dolor, la energía creció en su interior, salvaje y joven.

La adrenalina se apoderó de él y Miguel expulsó la energía desde sus entrañas. Bengalas anaranjadas volaron por la habitación, atacando a la sombra, un grito agudo salió de ella mientras gruñía y jadeaba. Su agarre se relajó sobre su presa y sus dos cabezas retrocedieron.

Miguel se puso en pie de un salto, buscando a Ángel, lo encontró en el suelo, tosiendo mientras intentaba recuperar el aliento. Marcas negras manchaban su piel en todos los lugares donde la sombra lo había tocado.

Miguel le ayudó a incorporarse.

—¿Estás bien?

—Estoy bien. —Con un movimiento rápido y preciso, Ángel lanzó algo de su mano. El disco pasó volando por delante de Miguel y aterrizó sobre la serpiente de sombra que estaba detrás de él—. Gracias por quedarte.

Una sonrisa se dibujó en el rostro de Miguel cuando Ángel se levantó del suelo.

—¿Viste? ¡Creo que tengo mis poderes!

Otro chillido llegó desde el otro lado del despacho, el arma de Ángel se había atascado en la criatura. Antes, la energía naranja de Miguel la había alejado, podían hacerle daño.

—Acabemos con esto —dijo Ángel, poniéndose al lado de Miguel.

La sombra bicéfala se deslizó hacia ellos, lanzando un grito de guerra con sus gruñidos húmedos. Miguel y Ángel cargaron contra ella, Ángel recibió la sombra oscura con una patada, cerró el puño con su mano metálica y una cuchilla salió de su antebrazo.

Miguel dejó escapar algo entre un jadeo y una carcajada.

—¡Oh, genial!

Ángel se burló.

—¡Atento a la tuya!

—Bien. —Miguel se volvió hacia la cabeza de serpiente que se acercaba a él.

Conectó un puñetazo con una mano cubierta de luz naranja y la sombra retrocedió, gritando de dolor. Una amplia sonrisa recorrió su rostro.

Miguel se concentró en las llamaradas que salían de él, cerró sus manos en puños, concentrando todo su poder en ellas. La energía le llenó mientras pensaba en lo mucho que había esperado esto, todas las visitas al médico, toda la radiación y las duras sesiones de recuperación, todo lo que había soportado durante el último año le había llevado a este momento.

Como si nadara a contracorriente, Miguel sacó la energía de su interior, puso una mano delante de él, apuntando a una de las cabezas de la serpiente. Luces naranjas iluminaron la habitación.

—¡Mierda, Miguel! —Oyó exclamar a Ángel mientras retrocedía y se apartaba del camino.

Miguel levantó la otra mano delante de él, dejando escapar otro chorro de luz naranja. Su ataque impactó en ambos objetivos como si la luz del sol calcinara las sombras.

La sombra emitió un grito de mujer que llenó la habitación cuando las llamaradas anaranjadas de Miguel la ahuyentaron. Miguel observó, asombrado, cómo la luz naranja llenaba la sombra como un globo, los aparatos electrónicos del despacho explotaron, los papeles del suelo se arremolinaron mientras las ráfagas de viento soplaban a su alrededor. Miguel llenó de energía la sombra oscura hasta que su visión se nubló y sus oídos zumbaron.

Justo cuando cayó sobre una rodilla con la cabeza dando

vueltas, vio que la sombra oscura se hinchaba y estallaba. Explotó en sombras más pequeñas que se disolvieron en la luz, una exhalación larga y silenciosa fue todo lo que dejó la criatura oscura en la habitación.

Miguel sonrió, el alivio lo invadió. Jadeó y se tumbó en el suelo, exhausto.

Ángel se cernió sobre él.

—¿Te sientes bien? —Sus reservas para tocarlo eran palpables en toda su voz.

Miguel se rio.

—Ya no estoy cargado.

—Qué bueno. —Ángel le ofreció una mano y le ayudó a sentarse.

—¡Eso fue increíble! —dijo Miguel.

Ángel le dedicó una sonrisa cansada.

—Nunca he luchado contra algo así.

—Yo nunca había luchado contra nada.

Ángel soltó una leve carcajada y negó con la cabeza.

—Vamos a buscar a Daiyu.

La sala táctica de los Delta apareció frente a ella en medio de una explosión de rabia. Apenas podía recordar cómo había conseguido salir de la Sala Oval y volver al despacho de los Delta. Se dirigió a su escritorio y lo miró fijamente, con una bola caliente de rabia revuelta en sus entrañas.

«¿Cómo se atreven?» pensó.

Había muchos papeles con notas frenéticas esparcidos; los montones de informes del Departamento de Psicología adornaban las esquinas del escritorio, y los libros electrónicos evidenciaban su trabajo. Trabajó noche tras noche tratando de entender los informes psicológicos, intentando determinar si 0397 era peligroso y cómo presentar todos los hechos en su informe, pasó la noche anterior a la audiencia buscando casos prácticos que pudieran ayudarla a defenderlo. Había visto la entrevista y los videos de seguridad una y otra vez, intentando predecir lo que el Consejo diría.

No lo admitió para sí misma entonces, pero ahora lo sabía. Se había mostrado esperanzada y demasiado optimista, pensando que al Consejo podía importarle realmente lo que tenía que decir. Se sentó, perdiendo fuerza en las piernas.

Los miembros del Consejo no se habían reído en su cara, pero si lo hubieran hecho, al menos habrían sido honestos, la forma en que De la O tergiversó sus palabras y aludió continuamente a su condición de novata acabó con cualquier argumento que intentara esgrimir a favor de 0397; mencionó que era su primera vez en el campo de batalla y cuestionó la cordura del comandante Fox para darle la autorización GENE. Después de todo, la destrucción que sus poderes habían causado en el Sector Industrial de la ciudad era el incidente más duro que su departamento había tenido que cubrir en todo el año, y 0397 había puesto en peligro al público y al secreto GENE con la ayuda de la Unidad Delta.

Para cuando De la O terminó de hablar, se les había acabado el tiempo y la primera mitad de la audiencia había terminado. En tan solo quince minutos de su largo discurso, ese hombre había echado por tierra su credibilidad y todo su trabajo. Nunca se había sentido tan infantilizada.

Se le llenaron los ojos de lágrimas calientes, la fuerza vital en bruto despertó en su interior y, cuando cerró los ojos, visualizó luces de un rojo intenso sobre el oscuro telón de fondo de su mente. Alyssa respiró profundamente, tragándose las lágrimas, la ira y controlando la electricidad que se agitaba en su interior. Lo último que necesitaba era una explosión eléctrica en medio de la sala táctica.

Alyssa miró el despacho vacío y recordó cuando Fox la había trasladado por primera vez desde Archivos. Antes de capturar a 0397, tres semanas atrás, lo único que tenía en mente era volar bajo el radar y obtener una recomendación del mando que la enviara a casa. Eso se sentía como si fuera hace toda una vida, era increíble lo mucho que este caso la había cambiado. Se preguntó si este caso había significado lo mismo para el resto de los Delta. ¿El veredicto del Consejo les afectaría tanto como sabía que la afectaría a ella? Apartó sus sentimientos antes de que su rabia y frustración pudieran aparecer de nuevo como energía eléctrica. Se obligó a concentrarse en lo que podía controlar en ese momento, y en nada más.

Alyssa miró el reloj digital que había sobre la puerta y se dio cuenta de que sino salía en ese momento, llegaría tarde al despacho de Fox.

Alyssa suspiró y se frotó la tensión en la nuca, tal vez las cosas no estaban tan mal como ella pensaba, tenía tendencia a preocuparse demasiado por cosas que no podía controlar. Cogió su chaqueta y su última esperanza de que el caso mejorara antes de irse.

La reunión en el despacho de Fox empezó aparentemente sin ella. Al entrar, Alyssa encontró a Fox, James y Robin apiñados alrededor del escritorio del comandante, estaban mirando algunos papeles y fotos. Tardó un momento en darse cuenta de que se trataba de su informe y otra documentación. ¿Era el manual militar de Clover?

Alyssa quizás lo había leído una sola vez, después de su traslado, cuando quiso saber hasta qué punto era permanente su baja disciplinaria, la jerga jurídica daba tantas vueltas al asunto que acabó cerrándolo, sin estar más cerca de una respuesta. Las normas para las entidades mejoradas nunca eran claras.

—Gracias por unirse a nosotros, Crimson. —Fox la saludó—. Pensé que le vendría bien un descanso después de la audiencia. Komodo nos ha traído información interesante sobre el caso.

Al menos no tenía problemas con su comandante, temía haber olvidado la hora de la reunión. Alyssa se acercó a la mesa y vio varias fotos de personas que nunca había visto.

—Antes de empezar —le dijo Fox—, necesito que me prometa que esta información no saldrá de esta oficina. Jamás. Hay mucho en juego aquí, y no voy a permitir que nuestra unidad se ponga en peligro por esta nueva información.

La presión creció en su pecho.

—Lo prometo.

—Excelente. Deja que te ponga al día, entonces —dijo Robin—, en resumen, De la O está detrás de la queja a los directores.

—¿Cómo?

—Esteban Tomassetti prácticamente lo confirmó —respondió James—, tuve mi propio encuentro con él afuera de la Sala Oval mientras la audiencia seguía su curso.

—Resulta que tiene gente dentro de las instalaciones de Garden City que están dispuestas a enviar GENEs a la isla Hart por él, lo único que necesita es firmar algunos papeles. Esto nos hizo pensar que, aunque lográramos enviar a 0397 a las instalaciones de Garden City, también podríamos perderlo.

Alyssa sintió un vacío en el estómago, no había sentido un vacío tan desesperante desde que le dijeron que no participaría en la ceremonia de graduación con el resto de su equipo del Reino Unido. Si De la O tenía tal poder, entonces todo el trabajo que ella y James habían puesto en este caso era verdaderamente inútil, realmente no había nada que pudieran hacer por 0397, y todos sus temores eran una realidad. Ella realmente lo había traído de vuelta a Clover solo para morir.

—¿Alyssa? ¿Oíste lo que dije? —La pregunta de Robin la devolvió a la realidad.

—Lo siento... ¿qué fue eso? —preguntó Alyssa, sintiéndose estúpida.

—Dije que, afortunadamente, parece haber un hueco en todo este asunto.

Las mariposas revolotearon en su pecho como si acabara de

ir cuesta abajo en una montaña rusa y estuviera subiendo de nuevo.

—Acudí a Jim Rogers para investigar todo este asunto de la cláusula de salida y cómo funciona. Básicamente, hay una condición en esta cláusula que dice que los GENEs propiedad de Clover están especialmente protegidos contra la cláusula, la empresa tiene que agotar todas las demás opciones antes de aplicar esta cláusula a sus GENEs que funcionan mal y son peligrosos.

—No veo cómo se aplica eso a 0397 —dijo Alyssa—, no es propiedad de Clover.

—Pero puede serlo —dijo Robin, con un destello de victoria brillando en la niebla púrpura de sus ojos—, todo lo que tiene que hacer es firmar un contrato con el comandante Fox. Estaría renunciando a su libertad y a la propiedad de sus poderes y, por lo tanto, se los estaría entregando a la empresa.

—Entonces, ¿se convierte básicamente en propiedad de Clover? —Alyssa se preguntó si esto estaba realmente bien, y entonces recordó que ella también era propiedad de Clover. Ella también había firmado un contrato en el que se establecía que sus habilidades eran de la empresa. Había sido demasiado joven para saber lo que eso significaba.

—Así es —dijo Fox—, no es borrón y cuenta nueva, pero al menos le compraríamos protección, más tiempo para demostrar que no es un peligro y que puede ser un activo para la empresa en otros aspectos que no sean la investigación.

Alyssa lo asimiló todo, miró a su unidad esparcida alrededor del despacho y se dio cuenta que todos y cada uno de ellos eran mejorados, todos eran propiedad de Clover, incluso el comandante Fox. Se sintió mareada.

—¿Por qué es esta su única opción? —preguntó Alyssa a nadie en particular.

Fox se enderezó y la miró con calidez.

—Llevo años haciéndome la misma pregunta. Los GENEs no son como los demás contratistas militares. No hay leyes que nos protejan de lo que la empresa decida hacer con nosotros, porque se supone que el Gobierno no debe saber de nosotros. Nadie debe.

—¿Pero qué podemos hacer al respecto? No me parece bien.

—Empezamos así. Los derechos mejorados dependen de adoptar una postura, y esta es la mejor oportunidad para hacerlo.

Alyssa consideró sus palabras y estuvo de acuerdo en que el Consejo nunca haría nada para darles derechos. Esta era realmente la única manera.

—¿Por dónde empezamos?

El lugar al que entraron no se parecía en nada a lo que Miguel hubiera esperado. Esperaba una habitación de hospital con Daiyu conectada a un montón de máquinas.

En su lugar, encontraron un lujoso jardín que pertenecía a un libro de fantasía. Miguel no había visto nada parecido: los terrenos verdes y bien cuidados se extendían por kilómetros bajo un cielo gris, parecía como si una lluvia perfecta de mediados de primavera acabara de regarlos, el suelo se aplastaba bajo sus pies, empapando sus zapatillas rojas como si caminara sobre una esponja empapada. Estanques y fuentes lujosas se extendían por los jardines.

Seis estatuas de piedra pulida adornaban los jardines. Todas las estatuas eran arcángeles, que Miguel reconoció por sus alas y espadas doradas. Soldados del cielo, los llamaba su madre. Una mirada más atenta a los rostros de las esculturas reveló un parecido con Daiyu, Ángel y él mismo. Miguel ladeó la cabeza, sorprendido, buscó en los otros tres, pero sus rostros estaban incompletos como si los escultores solo hubieran cincelado la mitad de sus rostros.

Más adelante, encontró a una chica con un vestido tradicional de seda negra: Daiyu. Se había quitado los zapatos y estaba de pie dentro de una fuente, su pelo negro caía sobre su hombro en una trenza. Los mechones sueltos ya no flotaban a su alrededor como mechones de sombra, el brillo místico que la rodeaba antes había desaparecido. Esta vez Daiyu parecía ella misma y no la aparición que Miguel había llamado *Shadow Braid*.

—¡Daiyu! —Su voz sonó fresca en el jardín como si fuera el primer sonido que se escuchaba en aquel lugar.

Daiyu levantó una mano para saludarles, sostenía una red de pescador y algo dentro de ella. Cuando se acercaron más, Miguel vio que contenía medusas tan blancas como huesos pulidos.

—Me encontraron. —La sonrisa de muñeca de Daiyu se curvó en su rostro cansado.

Lo abrazó brevemente, con movimientos mecánicos y torpes, el alivio los invadió a todos. Miguel sintió sus emociones tanto como las de Ángel.

Cuando Daiyu lo soltó, Miguel vio que, de cerca, ella parecía agotada. Sus ojos no tenían brillo, su iris era de un blanco apagado y las manchas negras bajo sus ojos revelaban su enfermedad y fragilidad mucho más que antes.

—¿Qué haces aquí? —preguntó Ángel mientras Daiyu lo abrazaba como si fueran amigos de toda la vida—. ¿Dónde es aquí?

Daiyu miró a su alrededor y se encogió de hombros.

—No estoy segura. Me he estado escondiendo de la sombra, así que tengo que saltar de un sitio a otro. Esta es la última ubicación que encontré. —Miró a Ángel con la cabeza ladeada —. Creo que este lugar te pertenece.

Ángel miró a su alrededor y negó con la cabeza.

—No lo reconozco.

—Lo harás pronto. —Daiyu le tranquilizó—. La mente se arregla a sí misma; solo lleva tiempo.

—¿Es eso lo que te está pasando? —preguntó Miguel, sin poder aguantar más sus dudas.

—Algo así. —Daiyu volvió a sus medusas. Recogió la red y lanzó las medusas pescadas fuera de la fuente.

Entonces Miguel se dio cuenta de que había estado limpiando la fuente de medusas muertas.

—Mis poderes... —Su voz se interrumpió como si no quisiera decirlo en voz alta—. Me están matando.

—¿Cómo? —preguntó Ángel, con la voz llena de preocupación.

—Cuando estaba en casa, los médicos me pusieron en un coma para comenzar mi primera mutación. —Daiyu volvió a coger la red de pescador y la sumergió en el agua—. Tenían la intención de despertarme cuando estuviera lista, pero vinieron por mí.

—¿Quiénes?

El silencio de Daiyu duró un latido y su voz pronunció los hechos seca de toda emoción.

—Clover. Me robaron.

Miguel sintió como si alguien le hubiera dado un golpe en la boca del estómago. Clover no era como la gente de la que había leído en sus cómics; en el fondo, tras la promesa de seguridad, lo había sabido desde el principio. Ahora no podía ignorarlo.

—Así que todo este mundo, ¿lo construiste tú? ¿Como en tu mente? —preguntó Ángel.

—En cierto sentido. —La voz de Daiyu tenía la calidad de un paciente profesor de física. —Nuestras mentes utilizan los sueños para ordenar las emociones complejas y ayudar a la retención de nuestra memoria. Estar en coma durante tanto tiempo creó la necesidad de que mi cerebro colocara mi conciencia en algún lugar, así que creó este mundo—. Se encogió de hombros—. O al menos esa es mi teoría.

Miguel y Ángel la miraron fijamente, tratando de seguir la explicación. Daiyu solo tenía un par de años más que Miguel, pero parecía mucho mayor cuando hablaba.

—Pero el mundo que ven a nuestro alrededor, este mundo de sombras como lo apodó Miguel, ya no es solo mi construcción —continuó diciendo—, este mundo también está hecho de lugares que existen en sus recuerdos porque sus mentes ahora también forman parte de él.

—¿Por eso podemos hablar entre nosotros? —preguntó Ángel, con la curiosidad aún fresca.

—Ah, es cierto. Hablar con los demás debió ser difícil en el mundo real. —Daiyu le ofreció una suave sonrisa como si de repente recordara un detalle doloroso sobre él—. Bueno, aquí nuestras mentes están enlazadas así que la necesidad de hablar entre nosotros es inexistente.

Ángel se rascó un lado de la cabeza, pensativo.

—¿Eso significa que ahora mismo no estamos hablando?

—Así es. Nos estamos comunicando a nivel psíquico, pero nuestras mentes procesan la interacción como si estuviéramos hablando.

A Miguel le dolía la cabeza al tratar de entender lo que Daiyu acababa de decir. Una pregunta diferente surgió dentro de su cabeza.

—Si has estado en coma todo este tiempo, ¿cómo es que has podido visitarnos en nuestros sueños?

—No he podido entender esa parte. Mi mente se está expandiendo, así que quizás mis poderes son mucho más fuertes ahora.

—Pero, aunque sean más fuertes, te están haciendo daño —dijo Ángel.

Daiyu asintió.

—Mi cuerpo no está preparado para soportar esta mutación durante tanto tiempo. Llevo meses en este coma cuando se suponía que debía estar en él solo unas semanas.

—Así que necesitabas espacio para expandirte, —dijo Miguel, captando lo que decía Daiyu.

—Correcto. Antes de pedir ayuda, mi mente estaba arruinada, sobrecargada.

—Por eso no podías solo pedir ayuda.

Daiyu asintió.

—Necesitaba reconstruir mi mente. Cuando ustedes aceptaron conectarse conmigo en la Sala Blanca, quedamos vinculados y pude usarlos como batería para alimentar mi esfuerzo, y como unidades externas para albergar mis habilidades.

—Esto es increíble. —Ángel sonaba medio intrigado y medio asombrado, y Miguel tuvo que ponerse de su lado. ¿Cómo era posible que Daiyu se conectara con ellos en un nivel psíquico y construyera un mundo como el que tenía?

A Daiyu se le borró la emoción momentánea de la cara.

—Pero ahora, incluso con su ayuda, mi cuerpo no podrá contener esta mutación. Si los médicos no me obligan a despertar, mi mente se comerá a sí misma.

A Miguel se le enfrió el estómago. Tenían razón. Las señales de que el mundo se desmoronaba a su alrededor significaban que Daiyu se estaba muriendo.

—¿Cómo podemos ayudar?

—Necesito que alguien vuelva al mundo real y convenza a los médicos para que me despierten. Puedo abrir un portal para enviarlos de vuelta, y eso podría ser lo último que haga. —Extendió las manos con aprensión.

Ángel se volvió hacia él, con la tristeza escrita en su rostro.

—Todo esto caerá en ti. Tengo... muchos problemas en el mundo real. No les serviré de nada dentro de esa celda.

Miguel miró a Daiyu. Por un instante, vio una emoción que

conocía demasiado bien: el miedo y la incertidumbre de lo que deparaba el futuro, la creciente sospecha de que no habría futuro. Algo se encendió dentro de su pecho, Clover no era la entidad que él había creído que era, las habilidades que le dieron podrían estar manchadas por todas las decisiones equivocadas que habían tomado para llegar hasta allí. Tal vez los superhéroes no eran reales.

Pero eso no significaba que no pudiera actuar como un héroe.

—Me haré cargo. Iré a ver al doctor Johannes y le convenceré de que despierte a Daiyu. Él escuchará, tiene que hacerlo.

—Abriré un portal y probablemente desapareceré después. Después de saltar dentro del portal, deberían despertar en el último lugar donde estuvieron en el mundo real. —Daiyu volvió a pintar esa perfecta sonrisa de muñeca en su cara y casi susurró —. Gracias. Puede que logre sobrevivir gracias a ustedes dos.

Les ofreció a cada uno un último abrazo, la única forma en que podía devolverles su ayuda.

Daiyu les dirigió una ligera sonrisa y se apartó de ellos, con un chasquido de dedos, abrió un hueco en los jardines. Los ricos colores verdes de la hierba y los grises del cielo se arremolinaron alrededor de esa brecha como si se mezclaran óleos de colores. El portal se llenó de una luz tan brillante que Miguel y Ángel tuvieron que protegerse los ojos de ella, un aire helado sopló a su alrededor, haciendo que a Miguel se le erizara la piel y que un escalofrío le recorriera la columna.

Cuando Miguel volvió a abrir los ojos, Daiyu ya no estaba. Estaban solos en aquellos fastuosos jardines, con el portal brillando, esperando.

—Supongo que este es el final—dijo Ángel sin mirarlo, el aire frío alejando su cabello enmarañado de su cara—, pensé que ayudar a Daiyu me haría sentir mejor por lo que la gente de

Clover dice que hice, como si de alguna manera fuera a borrar lo que pasó. —Se volvió de nuevo hacia él, con los ojos cansados y apagados como los de un anciano—. Sé que no lo hará, pero gracias por ayudarme a hacer algo bueno.

Miguel le sonrió. Le llenó de tristeza la idea de no tener ni a Daiyu ni a Ángel cerca de él en el mundo real, volvería a estar solo.

—Cuando ayude a Daiyu, te encontraré, tal vez podamos ayudarte a ti también.

Ángel dejó escapar una risa seca y extendió su mano derecha.

—Algo me dice que necesitaré tanta ayuda como sea posible. Gracias.

Miguel estrechó la fría mano metálica de Ángel.

—Nos vemos en el otro lado.

La luz del portal los envolvió y una cálida energía lo devolvió a la realidad.

Miguel abrió los ojos, tenía sábanas gruesas de sudor pegadas al cuerpo y el sabor a papel de lija en la boca. Se sentó en la cama y sus miembros crujieron como una casa vieja.

La luz de una mañana de invierno brillaba con un azul fresco a través de los ventanales. Su vivienda en Clover seguía tal y como la había dejado, un plato hondo de cereal a medio comer y su tableta seguían en su mesita de noche; su tableta parpadeó, advirtiéndole que estaba casi sin batería, la cogió para ver la hora. La preocupación rondaba en su mente sin que supiera por qué, llevaba doce horas dormido.

Miguel se estremeció con un suspiro cuando las imágenes de su viaje al mundo de las sombras lo golpearon.

«Gracias. Puede que logre sobrevivir gracias a ustedes dos».

Las palabras de Daiyu fueron repetidas para él.

«Algo me dice que necesitaré tanta ayuda como sea posible. Gracias». dijo Ángel mientras compartían un apretón de manos.

¿Cómo podían caber todas las cosas que vivió con Daiyu y Ángel en solo doce horas del mundo real? Con el corazón y la mente llenos de conflictos y miedos compartidos, sus ojos se llenaron de lágrimas. Cuando entró al mundo real, los había perdido. La incertidumbre de recuperarlos pesaba sobre sus hombros.

Una repentina comprensión lo sacudió de la cama, había vuelto al mundo real para asegurarse de que lo que Daiyu había dicho no fueran sus últimas palabras. Su misión estaba lejos de terminar.

Un blues intenso le recibió cuando salió del ascensor y entró en la sala hipocrática. El doctor Johannes estaba en su despacho. Miguel atravesó el vestíbulo, las notas del saxofón lo llenaron de propósito, había casi un regusto místico en cada nota, una cualidad que devolvía a Miguel a ese lugar irreal del que acababa de despertar. Se quedó de pie frente a la puerta del despacho, escuchando cómo se filtraba la música.

Era la canción que había escuchado en el mundo de las sombras.

Miguel respiró hondo y llamó a la puerta, casi esperaba encontrar la sombra amorfa al otro lado.

El volumen de la música se apagó, oyó un revuelo en el interior del despacho y unos pasos que se acercaban a la puerta. Miguel tragó saliva, esperando estar en el mundo real y que nada le saltara encima, y menos una de esas sombras.

El doctor Johannes abrió la puerta:

—¡Miguel! No tenemos cita, ¿verdad? —El tono del doctor

delataba su falta de organización.

—No, no tenemos una. —El color subió a sus mejillas—. Solo necesito hablar con usted.

El médico debió ver la desesperación en sus ojos y decidió atenderlo.

—Claro, pasa por favor.

Miguel lo siguió. El despacho tenía el mismo aspecto que cuando se produjo el último temblor en el mundo de las sombras, había papeles por todas partes, armarios abiertos y carpetas manila apiladas a ambos lados del despacho. Si Miguel no lo supiera, diría que el doctor estaba reorganizando todos sus archivos.

—Perdón por el desorden. —El médico se disculpó mientras despejaba una silla de carpetas manila—. Sé que este lugar luce mucho mejor para nuestras visitas; los jueves son días de investigación y me dejo llevar. —El doctor bajó el volumen de su equipo de música—. Por favor, toma asiento.

Miguel lo hizo.

—Dime, ¿qué te trae por aquí? ¿Estás bien?

—Lo estoy. —Su corazón palpitaba con inquietud—. Quería decirle algo sobre otro de sus pacientes. ¿Zhihou Daiyu? —Los ojos del médico brillaron con una chispa de curiosidad. Miguel continuó antes de que pudiera preguntar algo—. Sé que esto va a parecer... una locura. ¿Podría escucharme hasta que termine?

El médico le dedicó una cálida sonrisa.

—De acuerdo.

Miguel habló de la primera vez que Daiyu se puso en contacto con él, de cómo su última visita no había sido para pedirle más cómics y confesó que había tenido miedo de contarle los sueños que había tenido. Miguel le contó al doctor sobre las últimas doce horas que había pasado en el mundo de las sombras y sobre su viaje para encontrar a Daiyu y entender para qué necesitaba su ayuda.

—Cuando la encontramos —continuó—, Daiyu nos dijo que había que despertarla. Sus poderes le están comiendo el cerebro y no hay forma de que sobreviva si no la saca del coma. —Miguel respiró profundamente como si acabara de terminar un vaso lleno de agua fría y fresca que tanto necesitaba.

Por un momento, el único sonido entre ellos fue el del blues de fondo. Los ojos del médico traicionaron su juicio sobre lo que Miguel acababa de decir, Miguel no podía culparle, había irrumpido en su oficina y le había contado una historia que parecía sacada directamente de un cómic. Pura fantasía. ¿Se había equivocado al acudir a él?

—Doctor J, tiene que creerme. —La voz de Miguel se convirtió en un susurro—. Por favor.

El doctor respiró entonces profundamente, todavía con cara de preocupación.

—Miguel, lo que me acabas de contar es... increíble. Seré sincero contigo porque acabas de ser extremadamente sincero conmigo. —El doctor J entrelazó los dedos mientras apoyaba las manos sobre el pulido escritorio—. Mi primer instinto es ignorar todo lo que me has contado y pedirte una orden médica para una evaluación psicológica.

El corazón de Miguel se desplomó, amenazando con romperse de decepción. Una pizca de esperanza dependía de lo que el médico pudiera decir a continuación.

—¿Pero?

—Pero, tú sabes cosas sobre esta paciente, Daiyu. No podrías saberlo ni aunque entraras en mi computadora y miraras los archivos de esta oficina. La información que me acabas de dar es confidencial. El científico que hay en mí quiere explicar cómo es que sabes todo esto. Sinceramente, no entendemos en absoluto cómo funcionan los poderes de Daiyu. Por lo que sabemos, todo lo que dices es posible.

—¿Eso significa que nos ayudará?

El doctor sonrió. La música cambió y jazz llenó el silencio entre ellos.

—Sí, Miguel. Significa que los ayudaré.

La ligera sudadera que llevaba no le protegía del frío de la unidad de cuidados intensivos. Cuando Miguel siguió al doctor Johannes al interior de la pequeña sala, comprendió de dónde procedía todo el frío, la cámara criogénica estaba pegada a una pared, conectada a varias máquinas. Aparte del zumbido de los ventiladores de refrigeración y el suave pitido que controlaba el pulso de Daiyu, la sala estaba en silencio.

Miguel se acercó a la cámara para verla mejor, la cámara parecía la cápsula de emergencia de una nave espacial lo suficientemente grande como para albergar el cuerpo de un adulto. Le recordaba a un enorme huevo negro hecho de un material liso que no reflejaba la luz, era como si la cámara pudiera absorber toda la luz. No se le escapó el logotipo impreso cerca del fondo de la cápsula. Un símbolo de una cadena de ADN junto a una estrella roja era la única confirmación que Miguel necesitaba: No pertenecía a Clover.

Los chasquidos de un teclado llamaron su atención cuando el doctor Johannes se puso a trabajar.

—Vamos a ver cómo está nuestra paciente hoy. Me alegra que hayas venido cuando lo hiciste, Miguel. De todos modos, ya me tocaba visitarla.

Con un último chasquido del teclado, el huevo soltó aire como un escape. Una ventana se abrió en la cara de la cápsula, lo suficientemente grande como para ver a la persona que estaba dentro. A Miguel le dio un vuelco el corazón cuando vio a Daiyu, estaba sumergida en hielo y luz azul. Su cabello descansaba en una larga trenza sobre su hombro, y los mechones sueltos flotaban a su alrededor mientras los ventiladores de refrigeración mantenían la cámara en funcionamiento. Sus labios azules y su rostro inexpresivo la hacían parecer un fantasma, llevaba una muñeca de porcelana bajo el brazo y su vestido rojo brillante se arrugaba bajo su agarre.

La preocupación le dio a Miguel una punzada en el costado. Esta era la Daiyu con la que no quería encontrarse en el mundo real, compartía más cualidades con la fantasmal *Shadow Braid* que con la chica de los jardines.

—Interesante. —La voz del doctor Johannes tenía un tono de curiosidad.

Parecía estar analizando los signos vitales de Daiyu en una serie de monitores. Pasó de uno a otro como si comparara la información de ambos, el doctor Johannes levantó la tapa de una caja pegada a la pared que era un comunicador.

—Recepción, habla el doctor Johannes Kingstone. Por favor, dígale a la doctora Jessica Sharp que se reúna conmigo en la unidad 34 de cuidados intensivos. Dígale que es un código naranja.

El médico no esperó respuesta y volvió a trabajar en los monitores. Miguel nunca lo había visto así. Era como si estuviera en trance, mirando las pantallas que tenía delante y tecleando más rápido de lo que podía entender.

La inquietud se instaló en el pecho de Miguel, acortando su respiración.

—¿Pasa algo?

—Miguel. —La voz del doctor Johannes era firme y un poco tensa—. Necesito que me digas lo que recuerdas sobre las habilidades de Daiyu.

—¿Qué?

—No sabemos nada sobre cómo se diseñaron sus habilidades, y ahora mismo necesitamos toda la ayuda posible. Dime lo que recuerdas del mundo de los sueños que has descrito antes, o cualquier cosa que Daiyu te haya dicho. ¿Cómo funcionan sus poderes?

Miguel hurgó en sus recuerdos del mundo de las sombras en busca de información.

—Bueno... recuerdo haber leído sobre sus habilidades en el mundo de las sombras. Decía que la conexión entre sus neuronas funciona como si pudieran hablar entre ellas más rápido.

—¿Cómo se nos pudo pasar antes? —Consultó sus monitores por un segundo—. ¿Qué hacían los científicos de su centro de investigación cuando la metieron en esta cámara?

—Eh, ella dijo que le estaban induciendo el coma, para ayudarla a mutar, y que teníamos que despertarla de él.

El doctor Johannes detuvo su trabajo frenético como si las palabras de Miguel le hubieran atrapado en una epifanía.

La puerta de la unidad de cuidados intensivos se abrió con un pitido. La doctora Sharp entró en la habitación, seguida de una enfermera.

—Doctor. —Miró a Miguel con el ceño fruncido—. ¿Señor De Santos? ¿Qué...?

—Doctora Sharp, necesito que vea estos signos vitales.

La doctora Sharp lanzó una última mirada interrogativa a Miguel y se acercó a los monitores.

—¿Ve su ritmo cardiaco? Parece normal, pero si miramos su actividad cerebral por aquí. —Pulsó más teclas—. Puede ver que disminuye.

La doctora Sharp cayó en el mismo trance en el que estaba antes el doctor J.

—Hemos estado enfocándonos en las estadísticas equivocadas todo este tiempo.

—Exactamente. La hemos estado tratando como a un transhumano que entra en coma cuando su genética funciona mal, pero todo este tiempo ha estado en un periodo de evolución.

—Entonces, ¿fue inducida?

—Sí. Para desencadenar su mutación.

—Fascinante. —Su voz la dejó en un jadeo bajo—. Es como una metamorfosis. Es casi como si su propio cerebro acortara la distancia entre las neuronas. —Pulsó el teclado casi empujando al doctor J.—. ¿Pero cómo?

—Bueno, no puedo explicarlo, pero aquí Miguel es el eslabón perdido. Nuestra paciente encontró una forma de conectarse con sus ondas cerebrales para enviar un mensaje.

La doctora Sharp miró a Miguel, sonriendo con asombro. Miguel nunca la había visto sonreír.

—¿Y cuál es el mensaje?

—Debemos despertarla. Si no, la mutación continuará. He iniciado el proceso para despertarla, pero necesito su ayuda y su orientación para evaluar los daños.

—Oh, doctor. —Hizo una pausa—. Me temo que el daño... —Jessica Sharp se aclaró la garganta y miró a Miguel durante un instante como si midiera sus palabras—. Enfermera, por favor acompañe al señor De Santos fuera de la habitación.

Miguel sintió que ella acababa de apuñalarle en el estómago. ¿Por qué no lo dijo delante de él? ¿Era demasiado tarde para ayudar?

—Espere —habló Miguel mientras la enfermera se acercaba a él—, por favor, dígame si se pondrá bien.

El silencio se instaló en la habitación, y Miguel pudo ver cómo ambos médicos buscaban palabras para dar la noticia. Antes de que ninguno de ellos pudiera decir nada, un dolor agudo en un lado de la cabeza lo cegó, las luces circundantes se hicieron más brillantes, y todo lo que podía ver eran auras blancas. Sus piernas se debilitaron bajo él y cayó al suelo. Los sonidos se mezclaron en una cacofonía resonante. El único sonido relevante era el pitido del pulso de Daiyu.

El pitido se aceleró hasta morir.

CRIMSON_

El frío rompía el aire mientras descendían al centro de detención de Clover. A las tres de la madrugada, el único sonido en las instalaciones era el de sus botas marchando hacia un objetivo en común, el equipo Delta había pasado toda la noche redactando el contrato para 0397, y ahora se dirigían a conseguir que lo firmara. El corazón de Alyssa martilleaba en su pecho mientras seguía al comandante Fox por el pasillo de la instalación de detención.

Pasaron por delante del espejo de doble vista donde todo había empezado. Hacía apenas tres semanas había estado de pie frente a ese espejo esperando que la autorizaran a entrar en la sala y prepararla para la entrevista de Fox. ¿Acaso alguno de ellos esperaba que este caso les llevaría hasta aquí?

Alyssa estaba segura de que nada de lo que había hecho entonces la habría llevado a esto si no fuera por su Recomendación y la conversación que había tenido con Esteban en la cafetería. Habían empezado con un caso más grande que los que habían manejado antes, y nada les prometió que sería fácil, pero se suponía que sería sencillo. Ahora se dirigían a pedirle a su sospechoso que firmara un contrato bajo el amparo de Fox para protegerlo del Consejo.

Esto estaba al margen de la traición.

Llegaron al final de la zona de preparación, donde se retenía a los sospechosos para interrogarlos y donde esperaban hasta que se les asignara una celda, ahora se encontraban frente a la puerta que los conduciría al lugar donde se encontraban los prisioneros en espera a un veredicto. Alyssa miró a su alrededor, sintiéndose culpable, se suponía que ella no debía estar allí, solo los comandantes y los agentes Omega tenían autorización para entrar en la zona de detención. Sus ojos curiosos se detuvieron cuando vieron una cámara de seguridad colgada en una esquina de la sala. Ignoraba las consecuencias que tendría, pero ahora había una prueba física de que había estado allí, yendo a espaldas del Consejo.

Fox sacó su propia tarjeta de identificación y la escaneó en la puerta, esperaron a que la máquina leyera sus datos.

—Será mejor que ustedes tres hablen con él sin mí —habló Fox, su voz grave aún lograba resonar en el pasillo—, después de la entrevista, podría estar menos cooperativo si me ve.

Alyssa asintió, para ayudar a 0397, tendría que confiar en ellos y en su plan. Esperaba que mandarla a ella no fuera un problema. Después de todo, ella fue quien lo trajo al edificio Clover.

—No podemos salir de aquí sin esa firma —continuó Fox—, ya hemos sacrificado demasiado para conseguirla, y no hay vuelta atrás. Cuando hablen con el sospechoso, tengan cuidado. Una palabra equivocada podría costarnos todo.

El portón eléctrico emitió un pitido y se abrió con estrépito.

Alyssa se enderezó y lanzó una última mirada desafiante a la cámara de seguridad antes de seguir al resto de su equipo al otro lado de la puerta. Mientras caminaba por los pasillos de la zona de detención, sintió que quemaba el puente que la llevaría de vuelta a casa, se despidió de su antigua vida, perfectamente satisfecha de saber que nunca podría reconstruir ese puente. Había cosas más importantes por las que luchar ahora mismo.

La celda no era más grande que un armario de mantenimiento. El aire olía a lejía y parecía más una habitación de hospital que una celda de detención, tenía paredes blancas, suelo de cerámica y una cama, un pequeño lavabo y una mesa y silla diminutas. Ninguna de las celdas tenía ventanas.

Los espacios estaban pensados para ser utilizados durante unos pocos días; los sospechosos solían ser retenidos en el edificio principal de Clover durante unos días y trasladados a las instalaciones de detención más grandes. Debido a la complejidad del caso, 0397 había estado retenido allí durante tanto tiempo que Alyssa imaginó que no tenía precedentes. 0397 llevaba tres semanas en aquella diminuta habitación y, por lo que parecía, se había visto obligado a aclimatarse a ella para satisfacer sus necesidades por sí mismo.

Encontraron el endeble marco de la cama sobre su cabeza y relegado contra una pared. Alyssa se imaginó que 0397 lo utilizaba para hacer ejercicio, y que lo dejaba allí para hacer más espacio, no se había molestado en quitar el delgado colchón del marco de la cama, ya que descansaba atrapado entre este y la pared. Alyssa se preguntó si 0397 simplemente dormía en el suelo.

0397 se levantó de su pequeña mesa cuando los vio entrar. ¿Qué hacía despierto a las tres de la mañana? Alyssa sintió que acababan de interrumpir algo.

Tenía mejor aspecto que la última vez que lo había visto, pero no estaba bien, su overol azul marino parecía limpio y su cara estaba bien afeitada. Pero el collar inhibidor que llevaba en el cuello no pasó desapercibido, era una cosa metálica negra con un cuadrado rojo que parpadeaba anunciando que estaba en funcionamiento. Los collares impedían la mayoría de las habilidades de los GENEs y electrocutaban al usuario con una carga eléctrica si decidía intentar utilizar alguna de las habilidades que los collares no eran capaces de suprimir. Alyssa imaginó que 0397 podría quedar debilitado, o que al menos se electrocutaría cada vez que intentara utilizar su brazo. Tenía marcas negras alrededor del cuello y sobre los brazos. ¿Eran quemaduras del collar inhibidor y de las esposas que llevaba antes?

Bajo las luces blancas de la celda, sus rasgos parecían angulosos y afilados, como un rostro cincelado en piedra fría, el ojo morado en su cara y el corte sobre el labio no se le veían por ninguna parte. Los cortes y magulladuras del resto del cuerpo parecían haber desaparecido también, estaba claro entonces que se curaba más rápido de lo que lo haría una persona normal, otra similitud con los transhumanos.

Los ojos de 0397 los examinaron a todos. Cuando se posaron sobre ella, Alyssa vio un destello de reconocimiento en ellos, pero aún había un atisbo de duda. Más allá del frío gris de sus ojos, Alyssa no podía determinar si la recordaba del todo, no podía saber qué pensaba acerca de la situación. 0397 cogió un viejo modelo de traductor de la mesa, probablemente Fox se lo había dejado para que pudiera comunicarse con los guardias y el personal del Departamento de Psicología.

0397 se colocó el auricular en la oreja y, con una expresión que denotaba tanto confusión como fastidio, dijo:

—Ya le he dicho a un comandante todo lo que recuerdo. No conseguirán nada más de mí.

Alyssa y James intercambiaron una mirada de preocupación. No era un buen comienzo.

James se aclaró la garganta.

—No estamos aquí para hacer preguntas. Hemos venido a hacer un trato.

0397 ladeó la cabeza. No esperaba oír eso.

—Muy bien, ¿qué ofrecen?

—Una forma de comprar tu libertad.

—Te escucho.

James hizo una pausa, respirando a través de la tensión en la habitación.

—Las circunstancias que rodean tu caso se nos han ido de las manos. Hemos descubierto que a algunas personas de la compañía les encantaría estudiar tus habilidades y están buscando que te juzguen como un caso terminal.

0397 levantó una ceja ante eso. No podía saber qué significaba eso, pero no sonaba bien.

—Si queremos evitar que te envíen a un centro de investigación, tenemos que ponerte bajo la protección de nuestro comandante. Todo lo que tienes que hacer es firmar un contrato para estar bajo su mando.

—¿Me estás pidiendo que trabaje para ustedes?

—Algo así. Es la única forma en que podemos ayudarte.

0397 dejó escapar una risa seca. Se pasó la mano plateada por el cabello, apartando largos mechones rubios de su cara.

—¿Ayudarme?

«Oh oh», pensó Alyssa. Fox les había advertido que eligieran sus palabras con cuidado o podrían tener una situación en sus manos. James acababa de dar en el clavo.

—Llevo semanas en esta celda diciéndole a la gente que no sé por qué me han traído aquí. Pero nadie me escucha, simplemente me arrojaron aquí y me pusieron esta... cosa. —0397 respiró agitadamente mientras señalaba el collar—. Nadie me dijo lo que estaba pasando por semanas. ¿Y ahora se supone que debo creer que quieren ayudarme?

—La forma en que te han tratado no ha sido la correcta. —James levantó las manos—. Lo entiendo.

—No veo cómo puedes entenderlo. No te veo aquí conmigo —añadió 0397 con un toque sarcástico al final.

—Tienes razón. —El tono de James era calculado, como si tratara de desactivar una bomba—. Estamos tratando de cambiar la forma en que la empresa trata a los GENEs rebeldes...

—Todo el mundo sigue llamándome así: rebelde. Dicen que perdí el control, pero no recuerdo nada. —0397 sacudió la cabeza—. Todo lo que recuerdo de esa noche... —se tocó el costado de la cabeza, haciendo una mueca—. Había sirenas y policías. Estaba sangrando. Y entonces llegaste tú. —Miró a James, atando cabos.

—Entonces, ¿recuerdas nuestro encuentro? ¿En el estacionamiento?

—Apenas. ¿Tú me trajiste?

—Lo hicimos.

0397 se burló.

—Me trajiste aquí. —La confusión en sus ojos se convirtió en algo más—. ¿Pero ahora quieres ayudarme?

—Siempre quisimos ayudarte.

—¿Ah, sí? Tal y como yo lo veo, podrías haberme dejado ir.

—Hicimos lo que nos pareció mejor —habló James, enunciando realmente sus palabras, sonando severo—, estabas fuera de control. Lastimaste a muchas personas.

—Pero no recuerdo nada.

—Sigues diciendo eso como si fuera a cambiar lo que pasó, 0397.

0397 se tocó de nuevo el lado de la cabeza, con dolor.

—¡No me llames así!

Robin se aclaró la garganta ya que parecía que James no iba a ser capaz de obtener nada.

—Tal vez deberíamos darle al chico la oportunidad de respirar, ¿eh, James? Queremos que firme el contrato, ¿recuerdas?

0397 se volvió hacia Robin como si de repente recordara quién era, una agresividad que Alyssa no había visto en él desde el ataque en el *Blue Flamingo* ardía tras sus ojos.

—¿Y tú qué haces aquí?

Robin se volvió hacia él con falsa sorpresa y una mano sobre el pecho. Su voz salió como un ronroneo amenazante.

—¿Tienes algún problema conmigo, güerito?

—Intentaste matarme.

Alyssa se pellizcó el puente de la nariz, tratando de reprimir un suspiro.

—Oh, eso. —Robin se rio—. Mira, niño, puedes pensar lo que quieras de mí, de nosotros, pero realmente estamos aquí para ayudar. ¿Crees que esto es malo? —Hizo una señal a la celda de contención que los rodeaba—. Lo que te puede pasar si no firmas este contrato va a ser mil veces peor.

—¿Es una amenaza?

La luz del collar inhibidor de 0397 parpadeó a modo de advertencia, coincidiendo con su ritmo cardiaco.

Robin puso una agradable sonrisa en su rostro.

—Ten cuidado. No querrás electrocutarte, ¿verdad? Si yo fuera tú me calmaría y escucharía lo que tenemos que decir. Yo soy la mitad de la razón por la que estamos haciendo este trato.

—Entonces no me interesa. —0397 se dio la vuelta y se quitó el aparato traductor.

El silencio se instaló entre los Delta, las posibilidades de rescatar la conversación parecían escasas. James y Robin hicieron una pantomima entre ellos, reprochándose su insensibilidad.

James miró a Alyssa disculpándose y susurró:

—Te toca, *Crimson Thunder*.

Alyssa asintió con la cabeza y dio un paso adelante desde

detrás del resto de su unidad. El alemán que salió de sus labios era más fuerte y seguro que el que había hablado aquella noche en el callejón.

—¿Qué tal si hablamos antes de tomar una decisión definitiva?

0397 se giró para verla, con sus ojos grises clavados en los azules de ella. Su agresividad se calmó, ahora la recordaba.

—¿También vas a decirme que traerme fue lo mejor?

Alyssa le sonrió con tristeza:

—No.

0397 asintió, dejó su aparato traductor sobre la mesa. Se entendían, y él confiaba en ella.

—Hablemos entonces.

—Voy a ser sincera contigo. Cuando te trajimos por primera vez, pensé que te estábamos ayudando. Cuando dijiste que habías perdido el control y que no podías recordar lo que había pasado, te creí, y estaba segura de que la empresa también te creería. Pero me equivoqué.

0397 la miró a los ojos, escuchando atentamente cada una de sus palabras.

—La verdad es que nadie de aquí ha visto lo que puedes hacer. Resulta que están mucho más interesados en saber cómo funcionan tus habilidades que en cualquier otra cosa. Eso significa que quieren enviarte a un centro de investigación. De ahí no hay vuelta atrás. —Por primera vez desde que entraron, Alyssa vio que un golpe de miedo atravesaba la cara de 0397—. Este contrato parece realmente la única forma de protegerte de esa gente de la empresa.

Había una chispa en los ojos de 0397 que le decía a Alyssa que de nuevo acababa de darse cuenta de la complejidad de su situación, pero ella pudo ver una duda obvia y palpable.

—La noche que te trajimos, me dijiste que no habías termi-nado de luchar. Puedo decirte que no habrá mejor momento para luchar que ahora, y no podrás hacerlo a menos que firmes este contrato.

El silencio volvió a instalarse en la habitación. Alyssa vio cómo 0397 sopesaba sus palabras y sus opciones.

—Tienes razón —dijo, asintiendo con la cabeza—, no estoy listo para morir. Si esta es mi única opción, firmaré.

Alyssa sonrió, el alivio la invadió.

—Te ayudaré con el papeleo entonces.

La luz de la mañana entraba a través de los ventanales de la sala de reuniones y brillaba contra la modesta colección de medallas prendidas al hombro de James. Él llevaba su traje militar formal de Clover, la cara bien afeitada y toda la confianza que pudo reunir. Aquella mañana, él y el resto de la Unidad Delta se habían puesto sus trajes de gala y preparado tanto como les fue posible para la reunión de última hora con el Consejo que el comandante Fox había convocado; había dicho que tenían información de última hora que podría afectar a la votación del caso 0397.

Lo que el Consejo no sabía es que no habría caso después de que Fox y su Unidad Delta abandonaran la sala de reuniones.

Los Delta estaban tensos en el extremo de la sala, esperando a que los miembros del Consejo terminaran de revisar el contrato que 0397 había firmado.

Un seco revoloteo de páginas procedente de la señora Page, la presidenta del Consejo, indicó que había terminado de leerlo.

—¿Qué significa esto, comandante?

—Lo que está leyendo es el contrato de 0397 para servir a esta empresa. —Fox comenzó su explicación, pero fue rápidamente interrumpido por el resto de los miembros del Consejo que se estaban dando cuenta de lo que habían hecho.

—¿Reclutó al sospechoso bajo su servicio? —La voz de Alberto Bigagli era de sorpresa, pero su expresión delataba ofensa.

—Lo hice.

Tras soltar una carcajada, el señor De la O habló desde el otro extremo de la mesa.

—¿Con qué fin? No entiendo por qué nos entretenemos con esto.

«Entonces te vas a llevar una gran sorpresa», pensó James mientras levantaba una ceja.

—Ha congelado el caso —explicó Jim Rogers para el resto del Consejo, haciendo un maravilloso trabajo para parecer que era la primera vez que oía esa información—, al poner al chico bajo su mando, lo ha protegido de cualquier veredicto al que hubiéramos podido llegar.

—¿Podido llegar?

—Como su oficial al mando, Millard Fox puede decidir si nuestro veredicto sobre el sospechoso se aplica o no —continuó diciendo el señor Simmons, codirector del Departamento Militar con sede en el Reino Unido. El resto del Consejo los miraba en busca de respuestas, ya que eran los enlaces con el Departamento Militar—, nuestro dictamen ahora sirve para poco en todo lo referente a 0397.

El silencio se apoderó de la sala y todos los miembros del Consejo miraron a Fox esperando alguna justificación. James sintió que la tensión en la sala aumentaba, era asfixiante.

Fox se aclaró la garganta.

—Tenemos razones para creer que el sospechoso de este caso ha sido comprometido. Mi unidad ha presentado pruebas que demuestran que 0397 es un candidato digno de nuestros programas de rehabilitación. No obstante, hay muchas posibilidades de que 0397 hubiera acabado en la isla Hart en cuestión de meses, independientemente de su decisión.

Todos los miembros del Consejo empezaron a hablar entre ellos con incredulidad.

—Silencio —exigió la presidenta, sin levantar la voz—, ¿cómo es posible?

—Creemos que alguien en esta sala tiene la capacidad de manipular el actual sistema de casos terminales en las instalaciones de Garden City. Esta fue la única manera que se nos ocurrió para proteger al sospechoso y los intereses de la empresa.

—¡Esto es indignante! —El señor Bigagli explotó—. ¿A quién acusan de tal cosa?

El resto de los miembros del Consejo Directivo estallaron en protestas e hicieron eco de la exigencia del nombre; ante esta gente poderosa gritándole, el comandante Fox se mantuvo sereno, esperando.

—Por favor, señores —dijo la presidenta para intentar calmar a sus compañeros—, no podemos pedirle a Millard que nombre a quien sospecha de juego sucio. Debemos llevar a cabo nuestra propia investigación para seguir siendo imparciales.

—¡No puedo creer que estemos entreteniendo esta farsa! —La voz de De la O llevaba más indignación de la que James creía natural tener en ese momento—. Si algo se ha comprometido ha sido este caso, Millard Fox se encargó de ir a nuestras espaldas y reclutar a una entidad mejorada bajo sus filas, y una entidad única en su clase. ¿Cómo podemos permitir esto? Rogers, Simmons: Deberían conocer el manual militar como la palma de sus manos —dijo mientras miraba a los jefes del Departamento Militar—, debe haber algo que podamos hacer para detener esta locura.

Jim Rogers y Carter Simmons se miraron como si trataran de buscar soluciones en una conversación silenciosa entre ellos.

Al final, Rogers habló.

—No hay precedentes de algo así, en ninguna parte del manual militar se dice que no se pueda llegar a un acuerdo con un sospechoso. Nos guste o no, 0397 está ahora bajo la protección del comandante.

El silencio se apoderó una vez más del resto de los miembros del Consejo. Sus caras tenían un nivel de incredulidad que James esperaba ver, pero no esperaba lo que vino después.

La presidenta puso la copia del contrato sobre la mesa y se levantó, el resto de los miembros del Consejo la miraron, esperando respuestas.

—Si no hay nada más que hacer, entonces ya terminamos aquí —explicó mientras cogía su abrigo y recogía sus cosas.

—¿Señora presidenta? —aventuró Jim Rogers en voz baja.

—Ustedes mismos lo han dicho. Nuestro dictamen ha quedado obsoleto, y no sé ustedes, pero yo tengo cosas que hacer. —Cogió su bufanda de la mesa y miró a Fox—. No me gusta nada esta situación, Millard, así que esto es lo que va a pasar. Tú responderás por 0397 y lo llevarás por los canales adecuados para que se instale en la empresa. Será mejor que encuentres la forma de demostrar que será útil. Puedes esperar una evaluación programada de tu nuevo cadete pronto. ¿Entendido?

—Sí, señora presidenta.

—Excelente. Jim, Carter, quiero que inicien la investigación en este consejo y que revisen el Manual Militar. Ya no hacemos tratos con los sospechosos, esto no es una telenovela policiaca.

Ambos hombres murmuraron una respuesta afirmativa mientras la presidenta se alejaba. Los Delta la saludaron al salir con respeto a la cadena de mando. Ella se limitó a mirarlos mientras abandonaba la sala de reuniones.

Y así, uno a uno, los miembros del Consejo Administrativo fueron saliendo de la sala de reuniones, la Unidad Delta se quedó allí saludando a todos ellos mientras se marchaban. Ninguno les devolvió el saludo ni los reconoció.

Después de que Jim Rogers se marchara, una risa suave, como ronroneo, les recordó que De la O seguía en la sala.

—No creí que tuvieras el talento, Fox. Ha sido un movimiento político bastante decente.

«Tan decente que te tomó desprevenido», pensó James. Alyssa, a su lado, cambió su peso de un pie a otro.

—Supongo que lo fue —contestó Fox sin comprometerse.

—Lástima que solo hayas conseguido que el chico gane algo de tiempo, y que además hayas tenido que sacrificar las carreras de estos brillantes jóvenes para conseguirlo.

Fox se limitó a mirarle fijamente con un estoicismo que le causó escalofríos a James en la espalda.

—Espero que no creas que puedes proteger al chico para siempre. —De la O volvió a reírse—. ¿Cuánto tiempo crees que te dará el Consejo para mostrar el valor del niño? ¿Un año tal vez? Estarán ocupados con esta investigación interna durante un tiempo, pero una vez que termine, seguramente querrán volver a tratar este caso. Me aseguraré de ello.

De la O cogió su abrigo y se dirigió a la salida. Los Delta le dirigieron un saludo militar de mala gana, y él se detuvo a mirarlos, como si fueran piezas de arte raras.

—Si alguno de ustedes quiere recuperar sus carreras, mi oficina está en el vigésimo piso.

Y con eso, se fue.

Robin dejó escapar un suave silbido.

—Bueno, eso fue intenso.

—¿Qué quiere decir con que se asegurará de ello? —preguntó Alyssa, frunciendo el ceño.

—Podemos esperar que el caso de 0397 se revise dentro de un año —explicó Robin—, intentará deshacer nuestro trabajo y tratará de enviar al chico a la isla Hart de nuevo.

—Entonces estaremos listos —dijo James mientras apretaba los puños.

—Mientras tanto... —Fox se volvió hacia ellos, sus medallas tintineando con cada uno de sus movimientos— Deberían ir a casa y descansar un poco. Todos ustedes. Ha sido un rato agotador, y a todos nos vendría bien.

—¿Y 0397, comandante? —preguntó James.

—Lo procesaré y haré que lo liberen.

Robin dio una palmada:

—Me parece bien. Destrozar nuestras carreras y luchar por los derechos mejorados en la misma noche es bastante agotador.

Fox sonrió ante eso y se dio la vuelta para salir de la sala de reuniones.

—Tengan en cuenta que no sabemos cuándo será nuestra próxima misión, quiero que todo el mundo esté atento y preparado para cuando llegue ese momento.

Los Delta se quedaron en la sala un segundo después de que el comandante se fuera. James echó un vistazo a su alrededor. Había una extraña sensación de quietud en la habitación y en su pecho. Se sentía como si hubiera estado corriendo en su sitio, sin avanzar realmente a ninguna parte, y que de repente había llegado a su destino.

—Vamos, grandulón —dijo Robin desde la puerta—, se nota que te has saltado tu sueño de belleza.

James se rio y siguió a Robin fuera de la habitación, se giró en la puerta para encontrar a Alyssa perdida en sus pensamientos.

—¿No vienes?

Ella le devolvió la mirada y, con una pequeña sonrisa, negó con la cabeza.

—Creo que me pondré al día con el comandante y me ofreceré a ayudar con el procesamiento de 0397.

James sintió calor en el pecho, y se preguntó si sería orgullo.

Alyssa había pasado realmente de ser ese elemento de su unidad que no quería hacerse notar a alguien con una misión más grande que ella misma, hacía casi tres semanas que le había dicho que tenía que abrirse camino en este lado de la empresa, y parecía que acababa de encontrar cómo hacerlo. Asintió y salió de la sala de reuniones, siguiendo a Robin hacia los ascensores.

MIGUEL_

El dolor cesó segundos después de que Daiyu muriera y Miguel recuperó la visión. El personal médico se apresuró a sus puestos de trabajo, olvidándose de él. El corazón de Miguel martillaba en su pecho y un sudor frío le recorría la espalda, ¿había llegado demasiado tarde para ayudar a Daiyu?

—Encendiendo el compresor torácico de la cámara. Enfermera, deme su estado —dijo la doctora Sharp mientras escribía en su teclado con una velocidad furiosa.

—Presencia de asistolia confirmada, doctora.

—Confirmando acceso intravenoso —dijo el doctor Johannes mientras trabajaba en su propio monitor y teclado.

—Dele 1 miligramo de epinefrina.

Miguel se congeló y la culpa cayó sobre él como un cubo de agua helada. Si hubiera seguido a Daiyu a través del portal aquella primera noche, ¿estaría ella bien ahora? Su corazón estaba pendiente del sonido del monitor cardiaco, esperando un pico que le dijera que Daiyu había vuelto. Aceptaría cualquier cosa que le dijera que ella estaba bien.

Daiyu descansaba en su gélida prisión; solo con mirarla,

Miguel la percibió como lo había hecho en el mundo de las sombras. Había una energía procedente de ella que le llenaba, algo que le llamaba a ella. Una chispa de energía blanca brilló dentro de la cápsula.

—Esto no tiene sentido —dijo el doctor Johannes desde su puesto—, su cuerpo no tiene pulso, pero su actividad cerebral sigue aumentando.

Miguel se levantó y dio un paso hacia la cápsula, Daiyu abrió los ojos, que brillaron con una luz blanca y deslumbrante, el dolor en la parte posterior de su cabeza volvió a aparecer. La cápsula negra que albergaba a Daiyu retumbó desde su interior.

—¿Qué pasa? —preguntó alguien en la sala, y el personal médico dejó de trabajar al unísono.

La parte superior de la cápsula salió volando de sus bisagras y se estrelló contra la pared opuesta, rompiendo el azulejo verde. La muñeca de porcelana cayó al suelo, partiéndose la frente. Daiyu salió flotando de la cápsula y se quedó mirando al personal médico como si intentara comprender quiénes eran.

La doctora Sharp corrió hacia el sistema de comunicaciones. Pulsó un botón y sonó una alarma. Probablemente había utilizado el sistema de comunicaciones para llamar a seguridad.

La energía de Daiyu se agitó dentro de Miguel cuando la miró, era inmensa y de un negro como la tinta. Daiyu levantó una mano con uñas azules, y todo el personal médico flotó en el aire. Los empujó contra la pared. Lucharon y gritaron.

—¡Daiyu, no! —Miguel se oyó gritar por encima de las alarmas.

Daiyu se volvió hacia él y se quedó mirándolo. ¿Lo reconocía?

—Deja que se vayan. Solo intentaban ayudar.

Daiyu ladeó la cabeza y flotó hacia él, con la misma expresión muerta de cuando la acababa de conocer.

Miguel miró a Daiyu y se concentró en la energía oscura

que irradiaba de ella ahora, la tinta negra flotaba a su alrededor en ondas como sombras. Buscó la calidez que había sentido en la chica de los jardines. Su corazón se desplomó.

—¿Daiyu?

Con una mirada, ella también lo levantó en el aire, su energía oscura rodeó el cuello de Miguel y lo estampó contra la pared. Se quedó sin aire, intentó hablar, rogarle que se acordara de él, pero no salió ningún sonido de su boca. Todo el aire se agotó en sus pulmones, pero la energía en su interior crecía a cada segundo, esa energía era lo único que lo mantenía consciente. Era la misma energía que había descubierto en el mundo de las sombras, se movía dentro de él, cálida y viva. Miguel alcanzó la fuerza invisible de Daiyu que lo había tomado como rehén. Al entrar en contacto, saltaron chispas naranjas a su alrededor, Miguel empujó su energía naranja contra la de Daiyu, se liberó de su agarre y flotó hacia el centro de la habitación.

La energía en él era fuerte, podía utilizarla para enfrentarse a cualquier cosa que Daiyu le lanzara, pero no quería luchar. Había vuelto al mundo real para mantenerla a salvo, le había prometido a ella y a Ángel que la salvaría.

Contra todo instinto, Miguel renunció a la energía naranja de su interior, dejó de flotar por la habitación cuando la energía naranja abandonó su cuerpo.

Observó a Daiyu tratando de defenderse con la intención de dominarlo.

—Daiyu, soy yo. ¿No me reconoces?

Ella ladeó la cabeza de nuevo, su energía negra se diluyó en una gris.

Miguel le dedicó una sonrisa.

—Conseguí volver, y los médicos me escucharon. Deja que se vayan.

Daiyu mantuvo sus ojos fijos en él. Pero luego hizo lo que él decía. El personal médico cayó al suelo, todos tosiendo y jadeando, pero vivos.

Dio un paso adelante y le tendió la mano.

—Estás a salvo.

Daiyu tomó su mano y cerró los ojos. Toda la energía oscura la abandonó. Se desplomó y Miguel se apresuró a cogerla. Su piel estaba caliente, su respiración era tranquila. Daiyu descansó en sus brazos, inconsciente pero viva.

El frío del estetoscopio contra su pecho le produjo escalofríos.

—Inhala —dijo el doctor Johannes mientras escuchaba los latidos de su corazón—, y ahora exhala.

Miguel dejó salir el aire, el dolor de sus costillas magulladas no había desaparecido, pero al menos ya no le dolía al respirar.

—Muy bien. Parece que estás sano, y te estás curando más rápido que el resto —añadió el médico con una sonrisa antes de volver a su mesa tambaleándose, con un cojeo que aún le quedaba de la noche en que Daiyu despertó.

Miguel pensó en eso por un segundo, después del enfrentamiento con Daiyu, su costado le dolía tanto que temía haberse roto una costilla, solo había pasado una semana, y los moratones casi habían desaparecido. El dolor le molestaba solo lo suficiente como para recordarle el incidente.

El doctor Johannes levantó la vista de sus notas.

—Entonces, Miguel, cuéntame más sobre esa noche. ¿Fue la primera vez que experimentaste la energía que describiste antes?

—No —dijo Miguel—, la primera vez que la sentí fue la noche en que la seguí a través del portal, el que nos llevó al mundo de las sombras.

—¿Y esa noción fue la misma que tuviste la semana pasada?

—Esta vez fue más fuerte. Era como si pudiera ver la energía dentro de mí y controlarla.

El doctor Johannes tomó algunas notas adicionales.

—Es tal como lo sospechamos. Tu primera mutación ocurrió durante la noche, el tiempo que tu conciencia pasó en el mundo de las sombras pudo haber inducido la mutación, o tal vez tu cuerpo ya estaba programado para hacerlo. —Se encogió de hombros con una sonrisa—. En cualquier caso, parece que tus habilidades han despertado.

—¿En verdad? ¿Pero qué son entonces?

—Debemos hacer más pruebas para estar seguros de cómo es tu variación y qué puede hacer. —Se le escapó una sonrisa mientras tomaba más notas—. Es un avance muy emocionante, Miguel. Bien podrías ser nuestro primer GENE cinético, ¿no es emocionante?

Miguel le dedicó una sonrisa diluida e intentó que su voz sonara natural.

—¡Sí! Supongo que ahora tengo superpoderes.

El médico se rio antes de entregarle su agenda para la próxima semana.

—¡Así es!

Miguel salió del despacho del doctor Johannes y se dirigió a la sala de recuperación aturdido, esperaba que la confirmación de sus nuevos poderes por parte del doctor le hiciera saltar de alegría, desde el momento en que firmó su contrato con el comandante Fox, Miguel solo pensaba en obtener sus poderes y en saber cuáles serían. Entonces, ¿por qué no estaba emocionado? ¿No se alegraba de que sus poderes se hubieran desarrollado? Buscó en su interior, pero la respuesta se le escapaba.

Miguel suspiró, apartando los pensamientos sobre sus poderes, tenía cosas más importantes en las que centrarse.

Ahora que Daiyu estaba a salvo, Miguel tenía otra promesa que cumplir.

Pasó su tarjeta de identificación por un lector y la puerta de la sala de recuperación se abrió para él con un pitido. Saludó a la enfermera en turno al pasar por su puesto, Daiyu estaba sentada en su silla verde habitual leyendo en su tableta, la guardó mientras Miguel se acercaba.

—¿Me sentiste venir?

—Sí. —Ella le dedicó su sonrisa de muñeca de porcelana—. Todo el camino desde el ascensor.

—Eso es más que ayer. —Miguel acercó un taburete corto y se sentó cerca de ella—. ¿Ya están volviendo el resto de tus poderes?

Daiyu bajó la mirada y negó con la cabeza. El poder que tenía hace una semana desapareció después de desmayarse en sus brazos.

—Todavía no.

—Oh.

—No pasa nada. Los médicos han dicho que debo esperar a que mi cuerpo se recupere del coma. Cuando mi cuerpo esté sano, mis habilidades deberían volver.

—De acuerdo.

Compartieron un momento de silencio, escuchando la quietud de la habitación.

—¿Estás segura de que estás lista? —preguntó Miguel.

—Estaré bien. —Daiyu le devolvió la mirada y la sostuvo—. Vamos a buscarlo.

Miguel sonrió. Miró por encima del hombro para ver si la enfermera les prestaba atención, y cuando confirmó que no lo hacía, Miguel se volvió hacia Daiyu, le cogió la mano y cerró los ojos.

Daiyu dejó escapar una profunda bocanada de aire mientras

expulsaba la energía de su interior, Miguel la recibió y consiguió hacerla crecer en su interior, vibró lleno de vida. Cuando se convirtió en demasiado para él, la empujó hacia Daiyu, y sus conciencias se fundieron en una sola.

En su mente se sucedieron imágenes: el día soleado en el exterior, la entrada del edificio Clover, la gente corriendo de un extremo a otro del vestíbulo. Vio imágenes de una celda vacía y una larga caminata por el centro de detención vacío, un guardia con un trébol de cuatro hojas se encontraba frente a él. Miguel miró hacia abajo para ver sus manos: una mano humana y otra hecha de una aleación plateada, un guardia le quitó sus esposas y le ofreció una llave para quitarse el collar inhibidor. La puerta de salida del centro de detención se abrió frente a él y el guardia le abrió paso para que saliera.

Las imágenes que se precipitaban ante sus ojos se detuvieron. Daiyu gruñó a su lado y retiró su mano del agarre que mantenía con Miguel como si hubiera tocado un plato caliente. Miguel abrió los ojos y se encontró de nuevo en la sala de recuperación.

—Lo siento, no pude aguantar más —dijo Daiyu mientras se llevaba una mano para detener el sangrado de su nariz.

—¡Daiyu! ¿Estás bien? —Miguel miró a su alrededor y le pasó un pañuelo de papel de una mesa cercana.

—Estoy bien. —Ella hizo una pausa para recuperar el aliento—. Creo que me excedí.

La cabeza de Miguel se llenó de preguntas al reflexionar sobre las imágenes que acababan de ver.

—¿Qué estaba pasando? ¿Qué hemos visto?

—Creo que alguien más intervino para ayudar. Le han dado más tiempo. —Daiyu dejó escapar un suspiro de alivio—. Ahora solo tenemos que encontrarlo.

Miguel rio, el alivio lo invadió. Se le quitó una oscuridad de encima, no se había dado cuenta de cuánto le pesaba antes.

Por primera vez, entendió por qué no estaba tan emocionado por tener sus poderes como había pensado, conseguir superpoderes no era lo único que le quedaba en la vida. Tenía más cosas que esperar, había gente de la que ocuparse, gente importante, y ellos eran mucho más valiosos.

Después de la audiencia con el Consejo, Alyssa nunca pensó que volvería a aceptar una tarea de papeleo, y mucho menos que insistiría en hacerlo.

Hace una semana, alcanzó a Fox de camino a su despacho y se ofreció a ayudar a tramitar a 0397 para su vida militar, su comandante estuvo a punto de echarla.

Alyssa se encontró casi rogándole que la dejara ayudar, había trabajado en este caso desde el principio, y no le parecía bien abandonarlo después de su reunión con el Consejo. Fox la miró con curiosidad, le advirtió que el proceso sería largo, pero si ella quería ayudar tanto, podía hacerlo. Incluso podría ser ella quien diera las noticias a 0397, tanto las buenas como las no tan buenas. Alyssa no tuvo problemas con eso.

Aquella tarde, el centro de detención de Clover no parecía tan frío, caminó por los pasillos vacíos de las instalaciones con un vago sabor a victoria en la boca y la nueva vida de 0397 en sus manos. Como parte de su contrato con la empresa, 0397 recibiría una nueva identidad y toda la documentación legal que la acompañaba, incluso recibiría su propio chip traductor.

Solo tenía que hacerle firmar el papeleo con el que había

trabajado toda la semana, con eso, cerraría su primer caso bajo la Unidad de Respuesta Especial, y 0397 podría empezar su nueva vida.

Alyssa llegó a la oficina de la instalación que había reservado para finalizar la tramitación de 0397. El despacho era un pequeño espacio diseñado para celebrar reuniones sobre casos que necesitaban atención inmediata. Sabía que el espacio nunca se había utilizado para inscribir a un elemento en custodia bajo el servicio de Clover y con un poco de suerte, no sería la última vez que una Unidad de Respuesta Especial consiguiera devolver a la libertad a un GENE rebelde.

Por supuesto, a 0397 aún le quedaría un duro año por delante. Lo único que lamentaba ahora es que no hubieran podido darle inmunidad completa.

Alyssa ordenó unos cuantos papeles y miró su reloj, todavía le quedaban unos diez minutos antes de que seguridad enviara a 0397 a reunirse con ella. Su departamento tenía que hacer algunos trámites antes de entregárselo a ella. Al inspeccionar de nuevo el despacho, encontró una caja de archivos en una esquina de la habitación, debía de ser la caja de evidencia que había pedido que le entregaran esa mañana.

En esa caja, encontró muy pocos objetos envueltos en gruesas bolsas de plástico, el equipo de limpieza había empaquetado todas las pruebas relevantes para el incidente del *Blue Flamingo*. Encontró lo que solían ser discos de plasma, que ahora solo eran pequeños trozos de metal redondos, inútiles como arma o cualquier otra cosa ya que habían perdido sus bordes afilados. También encontró la ropa que 0397 había llevado esa noche, una camiseta de tirantes manchada de sangre y unos pantalones militares rasgados estaban guardados en bolsas separadas. En el fondo de la caja, Alyssa encontró el único objeto que esperaba que el equipo de limpieza hubiera guardado; en una bolsa de gran tamaño, más apretada que cualquiera de los otros artículos, se encontraba una chaqueta verde oliva.

Alyssa la tomó en sus manos y dejó escapar un suspiro. Se había equivocado antes, no era una chaqueta de campaña militar, era una chaqueta de Guardabosques, o eso le decía el logotipo bordado. Sobre el bolsillo derecho del pecho, el emblema de un lobo negro descansaba junto a una bandera alemana. Alyssa se preguntó de dónde habría sacado algo así, examinó la chaqueta más a fondo y encontró manchas anaranjadas y secas dejadas por la bebida que habían arrojado los jinetes del convertible. El evento que lo inició todo. Esperó entonces que el daño a la chaqueta no fuera irreparable.

Un golpe en la puerta la hizo volver al despacho, un guardia abrió la puerta, seguido de 0397. El corazón de Alyssa dio un salto al verle entrar en la habitación. Parecía una persona completamente diferente ahora que le habían dado la ropa de Clover, unos pantalones vaqueros nuevos y una sudadera gris de la Academia le sentaban mejor que el overol azul marino. El collar inhibidor también había desaparecido.

—Hola —dijo ella con seguridad en alemán.

A 0397 se le iluminó la cara al verla, la saludó con una sonrisa en la voz.

—Alyssa, hola.

—Por favor, toma asiento.

Él tomó asiento y ella hizo lo mismo al otro lado de la mesa.

—¿Te están tratando bien?

—Mejor. Me dejaron salir antes y me quitaron el collar.

Intercambiaron una sonrisa incómoda. Los ojos de Alyssa se posaron en las marcas alrededor de su cuello por un segundo.

Se aclaró la garganta.

—Bueno, vine a prepararte para la vida militar. Solo tenemos que repasar el nuevo contrato y firmar.

—De acuerdo.

Alyssa puso los papeles delante de él y se lo explicó todo. Repasó las condiciones del Consejo añadidas a su contrato y los detalles sobre su nueva vida.

—El Consejo aceptó nuestros términos bajo la condición de que te sometas a terapia de recuperación de la memoria durante un año.

—¿Qué pasa después de ese año?

—Habrá una evaluación. —El corazón de Alyssa se sintió pesado al dar esa parte de la noticia—. Si apruebas, te quedas bajo el mando de Fox. Si fallas, el trato se cancela. Lo que significa, bueno...

—La isla Hart.

Respiró profundamente.

—Sí.

—Muy bien. —0397 tomó el bolígrafo que ella le había dejado y firmó. La miró y le dedicó una sonrisa. Ella debió parecer preocupada, porque añadió—: Está bien. Es más tiempo del que tenía antes.

Alyssa sonrió y pasó al siguiente grupo de papeles.

—Eso resuelve esa parte, entonces. Solo tienes que elegir una nueva identidad y firmar tu identificación global. Hay una lista de nombres y apellidos para elegir si quieres echar un vistazo. —Puso un chip traductor empaquetado sobre la mesa—. Este será tu chip traductor. Se conectará con tu centro de idiomas y te permitirá entender lo que la gente diga.

0397 cogió los papeles y los leyó por encima, los firmó todos y se los devolvió. Alyssa cogió su nueva identificación global y leyó el nombre en ella.

—Ángel Graves. —Una cálida sonrisa llenó su rostro—. Me gusta.

—A mí también, sé que no es mío, pero sirve mientras averiguo cuál es el verdadero.

—Bueno, es un placer conocerte, Ángel. —Le tendió la mano.

Él la tomó, el frío metal de su mano envolviendo la de ella.

—Igual.

—Tengo algo para ti —dijo Alyssa mientras se levantaba de la mesa y se dirigía a la esquina de la habitación—. Le pedí al personal de seguridad que me trajera todo lo que se había recuperado de la escena del crimen. —Cogió la chaqueta y se la entregó a Ángel—. Temía que esto se hubiera perdido con toda la confusión.

—Ah, maldición. —Dejó escapar un leve jadeo al verlo—. No recuerdo por qué, pero sé que esto es importante. Esto es... mío. —Su voz llevaba un tono de seguridad en sí mismo—. No tenías que hacer esto.

—No es nada. Solo espero que no esté arruinada. Creo que un viaje a la tintorería podría ayudar.

Ángel se levantó, sujetando la chaqueta con fuerza entre las manos. Unos suaves ojos grises la miraron.

—Gracias. Por todo.

Alyssa sintió que el calor subía a sus mejillas. No había hecho nada de esto para que le dieran las gracias.

—No, está bien. Hicimos lo que pudimos. Lamento que no pudiéramos conseguir un mejor trato con el Consejo. De verdad.

—Soy yo el que debería disculparse.

Alyssa lo miró, confundida por el comentario.

—Tengo la sensación de que me has ayudado más de lo que nadie habría hecho por aquí. Tú y toda tu unidad. Esto no era tu trabajo, y todos debieron pasar un infierno para conseguirlo. Yo estaba demasiado enfadado para verlo antes.

—Me parece justo. —Alyssa se rio, avergonzada por sus palabras—. Muy bien. Tus órdenes dicen que debes presentarte en Orientación. Te acompañaré al vestíbulo. En la recepción te dirán a dónde ir después.

—De acuerdo.

Salieron juntos del centro de detención de Clover y subieron las escaleras hasta el vestíbulo. Alyssa disfrutó del silencio entre ellos.

El ajetreo diario de la vida en Clover los recibió al entrar en el edificio principal. Se quedaron juntos al borde del vestíbulo, la luz pálida de una tarde de diciembre los bañaba a través de los paneles de cristal del techo.

—¿Qué vas a hacer después de la orientación? —preguntó Alyssa después de señalarle la recepción.

Ángel soltó una risa seca.

—No sé por dónde empezar. Supongo que me centraré en recuperar mis recuerdos. Seguir luchando.

—Eso suena bien.

—¿Y tú?

—¿Yo? —Se encogió de hombros—. Esperaré a mi próxima misión, tomaré algunas decisiones sobre mi carrera. Supongo que esa es mi manera de seguir luchando, también.

Se miraron y compartieron otro cómodo silencio, los pasos de los empleados de Clover resonando entre ellos.

Ángel le dedicó una última sonrisa.

—Buena suerte, Alyssa Dietrich.

—A ti también, Ángel Graves.

Alyssa lo observó dirigirse a la recepción, una sensación de calma la invadió. Salió del edificio Clover pensando en la última pregunta. ¿Qué iba a hacer ahora?

Alyssa pensó en los archivos que seguían escondidos en su escritorio en Archivos. Entonces se dio cuenta de que no había pensado en esos casos desde que empezó a trabajar en el caso del *Blue Flamingo*, su deseo de volver a casa desapareció cuando se sumergió en este caso. Y no le importaba en absoluto.

Alyssa sonrió para sí misma, sabiendo que había llegado el momento, era hora de enterrar los esqueletos de su pasado y forjar un nuevo camino. Enterraría los casos que nunca cerró y se centraría en los nuevos, se centraría en todos los GENEs rebeldes a los que podría ayudar. No lucharía por su carrera, por su antigua vida, ni siquiera por ella misma. Alyssa lucharía porque era lo correcto.

AGRADECIMIENTOS_

Como un héroe épico, cada novelista se embarca en un viaje al escribir un libro. Sin la ayuda de un gremio de aliados, nunca serían capaces de llegar al final de su expedición. Mi viaje no habría sido posible sin la ayuda de una extensa lista de personas, y este libro habría quedado como un sueño oculto, olvidado en algún cajón.

Mi esposo, Manuel, fue mi mayor aliado en este viaje. Fue el padre de estos personajes, co-creó nuestro universo compartido, y siempre me ha otorgado su ferviente apoyo. Este libro no habría salido de su primer borrador sin el exquisito talento de Manuel como narrador y creador, además de las muchas noches que pasamos pensando en esta historia. Gracias por empujarme a perseguir este sueño, por asegurarte de que comiera en el proceso, y por amarme tanto que te encargaste de leer cada borrador.

En mi camino a la publicación, tuve la suerte de conocer a muchos otros escritores, pero ninguno tan magnífico como mis mejores amigas escritoras. Quiero agradecer a Jennifer por las largas conversaciones en su carro, sus bellas obras de mis personajes y por ser mi mejor amiga. Agradezco a Mary por siempre estar dispuesta a acompañarme en tantos almuerzos de escritura y descansos para tomar café y hablar de este libro. Y le doy las gracias a Krystal, por compartir su experiencia en la trama, sus apasionados comentarios acerca de mi historia y por inspirarme con su propia carrera de escritora.

También quiero agradecer a las otras hordas de aliados que encontré en mi camino y que ayudaron a dar forma a este libro. A los actuales miembros de mi grupo de escritores, Fiction Crafters, que me ayudaron a dar forma a este libro en lo que es hoy. Un gran agradecimiento a los editores de Salt and Sage, por guiarme a llevar este libro al siguiente nivel. Les mando un agradecimiento muy especial a Veronna y Adrian de Paradigm Shift, que hicieron un excelente trabajo creando esta portada.

Y finalmente, no podría cerrar estos reconocimientos sin hablar de la gente que me apoyó antes de que persiguiera una carrera como autor. Estoy muy agradecida con mi familia en Ciudad Juárez, quienes siempre celebraron mis pasiones y mis logros. Le envío un cálido abrazo a mi querida amiga Atziri, que fue mi primera lectora. Un gran agradecimiento a mis padres, Carlos y Hortensia, por llevarme a los talleres de escritura y por alimentar mi curiosidad por la literatura. Agradezco a mi hermano, Rogelio, por su apoyo inquebrantable y por ser mi mayor animador. Y a mi primo, Luis Rogelio, le envío mi mayor agradecimiento por creer en mí y en mis sueños cuando yo no podía.

ACKNOWLEDGMENTS_

Like an epic hero, every novelist embarks on a journey when writing a book. Without the help of a guild of allies, they'd never be able to reach the end of their expedition. My journey wouldn't have been possible without the help of an extensive list of people, and this book would have stayed a hidden dream, forgotten in some drawer.

My husband, Manuel, was my biggest ally in this journey. He co-parented these characters, co-created our shared fictional universe, and has always been my fiercest supporter. This book wouldn't have made it through its first draft without Manuel's exquisite talent as a storyteller and the many nights we spent brainstorming this story. Thank you for pushing me to pursue this dream, keeping me fed, and for loving me so much that you took it upon yourself to read every draft.

In my path to publication, I was fortunate enough to meet many other writers, but none so magnificent as my writer besties. I want to thank Jennifer for the long plotting conversations in her car, her beautiful artwork of my characters, and for being my truest friend. I thank Mary for being my always-willing accountability buddy and companion to so many writing brunches and late coffee breaks. And I give thanks to Krystal, for sharing her plotting expertise, her passionate feedback, and for inspiring me with her own writing career.

I also want to thank the other hordes of allies I encountered along the way who helped shape this book into the best version of itself. Many appreciations go to the current members of my critique group, Fiction Crafters, who helped me to shape this book into what it is today. A big shout out to the editors at Salt and Sage, for guiding me to take this book to the next level. A very special thanks to Veronna and Adrian at Paradgim Shift, who did such an excellent job creating this cover.

And finally, I could not close these acknowledgments without talking about the people who supported me before I pursued a career as an author. I'm thankful to my family in Ciudad Juarez, who always celebrated my passions and my successes. I send a warm hug to my dear friend Atziri, who was my first reader. A big thank you goes to my parents, Carlos and Hortensia, for driving me to writing workshops and for feeding my curiosity for literature. I thank my brother, Rogelio, for his unwavering support and for being my greatest cheerleader. And to my cousin, Luis Rogelio, I send my biggest appreciation for believing in me and my dreams when I couldn't.

Nacida y criada entre las ciudades fronterizas de El Paso y Ciudad Juárez, Monárrez creció en una cultura bilingüe y diversa. Apasionada por la palabra escrita, se propuso seguir una carrera en la escritura de ficción y se graduó de Southern New Hampshire University con una licenciatura en Escritura Creativa e Inglés.

Monárrez se considera una escritora mexicano-americana. Sus raíces y su formación en la creación de ficción en ambos países han dado a su voz un sabor único. Su escritura tiene como objetivo ofrecer historias situadas en entornos estadounidenses que se hacen eco de su herencia hispana a través de diversos temas, descripciones únicas y el uso del realismo mágico.

Monárrez vive actualmente en Dallas, Texas, con su marido. Cuando no está escribiendo y estresándose por su próximo manuscrito, se la puede encontrar horneando pan de masa fermentada, entusiasmándose con historias de superhéroes o escuchando ávidamente podcasts.

Únete a su *newsletter* aquí: michellemonarrez.com